Lesen was geht

Bei diesem Roman handelt es sich um eine erfundene Geschichte. Namen, Charaktere, Orte und Ereignisse entspringen der Fantasie der Autorin. Falls sie einen realen Ursprung haben, wurden sie von der Autorin fiktional verändert. Daher lassen sich keine Rückschlüsse auf real existierende Personen ziehen.

1. Auflage 2016

verlegt durch EGMONT Verlagsgesellschaften mbH,
Gertrudenstraße 30–36, 50667 Köln

Die englische Originalausgabe erschien 2014 unter dem Titel
»OMG! I'm in love with a geek!«
bei Walker Books Ltd, 87 Vauxhall Walk, London SE11 5HJ, England

Published by arrangement with Eve White Literary Agent

Published by Walker Books and used with permission
Übersetzung aus dem Englischen: Diana Steinbrede
Lektorat: Almut Schmidt, München
Umschlaggestaltung: Anke Koopmann, Guter Punkt, München
Satz: Achim Münster, Overath
Printed in Germany (671575)
ISBN 978-3-505-13699-3
www.schneiderbuch.de

MIX
Papier
FSC FSC® C014496

HILFE, ist das mein Leben? ICH LIEBE EINEN NERD!

Aus dem Englischen von Diana Steinbrede

Schneiderbuch
EGMONT

ALLES ÜBER MICH

Name: Hattie Moore.

Adresse: Derby. Nichts weiter! Ich will nicht gestalkt werden. Wer schreibt schon seine Adresse irgendwo auf?! Crazy-Jen hat mir erzählt, jeder Siebte sei ein potenzieller Mörder. Ich will nicht, dass die wissen, wo ich wohne. (Crazy-Jen glaubt auch, dass Bäume einen mit ihren Ästen angreifen, wenn man ihre Stämme mit Graffiti besprüht. Sie ist vielleicht etwas paranoid. Ich will trotzdem kein Risiko eingehen.)

Telefonnummer: siehe oben!

E-Mail: ACH DU SCHANDE! Als ob ich die aufschreiben würde! Nee, danke, Spammer. Ich will keine Medikamente zum halben Preis. Ich musste Smiley erklären, was Viagra ist. Ich wäre vor Peinlichkeit fast gestorben. GANZ OFFIZIELL.

Geburtsdatum: Wer hat diesen Teil mit den Tagebuch-Infos gemacht?! Gran?! Offensichtlich jemand, der noch nie was von Datensicherheit gehört hat.

Also bestimmt Gran – all ihre Passwörter sind entweder „Passwort" oder „Gran". Sie meint, darauf käme nie jemand.

Lieblingsjahrestag: 14.2. ~~Geburtstag~~ NEIN, Valentinstag.

Lieblingswochentag: Donnerstag. KEINE Matfield – die FIESE Lehrerin, die Kunst und Werken für Generationen unschuldiger Kinder und Teenager verdorben hat.

Lieblingsmonat: August. Keine Matfield! Crazy-Jen sagt, sie hat die Kreativität niedergemetzelt. Na ja, eigentlich hat Jens MUM das gesagt. Wenn die Erwachsenen wissen, dass wir mit Kleber und Seidenpapier gequält werden, warum tun sie dann nichts dagegen?!

Lieblingstageszeit: 16:00 Uhr. Keine Matfield, und normalerweise ist Mum dann noch nicht zu Hause. DOPPELFREI von den Mächten der Finsternis.

Lieblingsfilm: NICHT *Spiderman.* Fred hat ihn 27 Mal gesehen, aber einen Mann, der mit seinen Handgelenken Netze spinnt und wahrscheinlich heimlich Insekten-Butterbrote isst, finde ich zum KOTZEN. Warum wachsen Männer nie aus diesem EKELZEUG raus? Ich war mit vier Jahren über Würmer HINWEG – Sachen im Garten, die nicht mal ein Gesicht haben, interessieren mich nicht.

Lieblingsband: Keine mit attraktiven Jungs, die dämliche Lieder darüber singen, wie sehr sie mich lieben, aber in Wirklichkeit nur mit Models herumknutschen oder mit TV-Moderatorinnen, die aus Versehen total absichtlich ihre hübschen Unterhosen zeigen, oder mit Miss „Ich bin so hübsch, dass mein Gesicht fast explodiert" Hot Pants (MHP).

Lieblingsautor: Nicht Jane Austen. Die soll mal einfach die KLAPPE halten. Sorry, Smiley, ich weiß, dass du sie toll findest, aber Mr Darcy gibt es nicht, hat es nie gegeben, und mürrische Männer sind nicht sexy. Sie werden nur alt und fett und wollen ihr Essen jeden Tag zur gleichen Zeit haben. Ich kann mich an meinen Großvater erinnern. Er hat Weihnachten gehasst und keine sexy Kniehosen getragen, nur grüne Cordhosen mit Flecken, und zwar wochenlang. UND sie riechen immer komisch. *Wenn* Mr Darcy existiert, dann wette ich, dass er mit dem Gemüse in seinem Schrebergarten spricht und nach Eiern stinkt.

Lieblingsbuch: *Vogue*. Ich bin nicht oberflächlich. ICH LIEBE MODE. Besonders wenn sie total abgefahren ist und die Leute Hummer auf ihren Köpfen tragen. Gran meint, das sei „lächerlich" und „Dinge mit Scheren sollten in einer Sahnesoße stecken, nicht auf einem Hut". Gran ist nicht modebewusst. Sie ist hoffnungslos verloren in einer grottigen Kleiderwüste, und der Rettungstrupp wurde abgezogen.

Lieblingswebsite: YouTube. Von Facebook hab ich die Nase voll. MHP benutzt es nur, um per Messenger Quatsch über mich zu verbreiten, zum Beispiel: „Hattie Moore duscht nur, wenn ihre Mum sie dazu zwingt" (Ich bin total sauber und benutze Deo), „Hattie Moore konnte erst mit elf ihre Schnürsenkel zubinden" (selbst wenn es so wäre, na und?) und „Hattie Moores Gran hat einen schottischen Lustknaben, der Lastwagenfahrer ist und ihr Päckchen mit kaputten Keksen von seiner Ladung mitbringt". Das stimmt womöglich – Gran hat immer dreckige Vanillekekse in ihrer Wohnung, und die Verpackungen sehen EKELHAFT aus. Aber das könnte auch an ihren Schränken liegen. Sie traut sich nicht, sie auszuleeren, weil ihr Hund Princess ALLES zu fressen versucht. Und damit meine ich auch Dosen. Princess hat mal eine Dose Spaghetti kaputt gebissen, die Hälfte davon gefressen und mit dem Rest auf Grans Teppich aus reiner Schurwolle herumgespielt. Sogar nach einer Flasche Teppichreiniger konnte man immer noch die orangefarbenen Streifen sehen.

Lieblingsplatz: Mein Zimmer. Solange meine Mum und mein Bruder nicht drin sind. Meine Mum steht immer da und fragt mich, warum ich so komisch gucke – sie sieht zu viele Krimis –, und mein Bruder versucht zu erreichen, DASS ich komisch gucke. So wie damals, als er Essig in eine Wasserpistole gefüllt und DIREKT auf mein Gesicht gezielt hat. Nein, Mum, nicht nur „Übermut" und „beachtliche Treffsicherheit" – TOTAL IRRE.

Lieblingsperson: Meine Gran. ← Aber nicht verraten!

Schlimmste Person: Miss Hot Pants und Matfield. Sie kriegen die Goldmedaille für ihre Hackfressen. ← Erst recht jetzt, wo wir auch noch verwandt sind.

Gran sagt, das Nächste MUSS ich ausfüllen, nur „für alle Fälle". Sie sagt auch, man soll „für alle Fälle" schöne Unterwäsche tragen, falls man mal überfahren wird. Ich bin mir ziemlich sicher, dass ich mir weder Gedanken um mein Tagebuch NOCH um meine Unterwäsche mache, sollte ich jemals von einem Bus erwischt werden, TROTZDEM ...

Im Notfall bitte verständigen:

MUM – Sie ist meine Mum, ABER es könnte sein, dass sie zu beschäftigt damit ist, deftiges Frühstück für Bauarbeiter in ihrem Café zu machen oder sich darüber zu beschweren, wie das Haus aussieht, um mitzukriegen, dass ich ernsthaft verletzt bin. Obwohl ...

nach dem letzten Jahr habe ich kapiert, dass sie in ihrem Innersten eigentlich wunderprächtig ist und mir nur deshalb nichts von meinem richtigen Dad erzählt hat, weil er erwiesenermaßen nutzlos ist.

ROB (Stiefvater) – Fahrlehrer. Er hat fast den ganzen Tag die Hände frei, wird aber nicht rangehen, wenn sein Schüler gerade einparkt, denn er behauptet, dass „85 % der Leute das nicht können und nie können werden". Er sitzt im Auto, könnte also schnell zu einem Krankenhaus kommen, aber er wird keine Geschwindigkeitsbegrenzung überschreiten, denn wenn er seinen Führerschein verliert, ist er auch seinen Job los. Außerdem ist er pingelig mit seiner Lederausstattung, wenn ich also bluten sollte, legen Sie zuerst Plastiktüten über den Sitz. Ansonsten ist er WUNDERVOLL. ECHT TOTAL WUNDERVOLL. Er ist da, seit ich geboren wurde. Er ist schwarz, daher wissen wir, dass er „den Hattie-Schuss nicht abgefeuert hat" (so drückt es mein Bruder Nathan aus).

GRAN – NICHT Gran anrufen, wenn ich in Schwierigkeiten bin. Sie ist jetzt schon irre und wird Panik kriegen. Sie kann so schon kein Handy bedienen, und falls sie beim Bingo ist, hat es sowieso keinen Zweck. Sie wird NICHT rangehen. Auch wenn ihr Hund Princess irgendwas will oder „versucht, mit ihr zu sprechen", sind andere Menschen unwichtig.

SMILEY – Meine BESTE Freundin. Sie ist ECHT nervtötend GROSSARTIG – total vernünftig und klug, UND ihr Dad ist Chirurg. Sie anzurufen, ist genial, ABER riskieren Sie es nie nach 19:00 Uhr. Ihr Dad hat komische Arbeitszeiten, und falls er Bereitschaft hat und Sie auf dem Festnetz anrufen, flippt er aus. Er wird Sie ausschimpfen, dass Sie „rumtratschen, während jemandem der Kopf explodieren könnte".

Jetzt, wo ich das so aufschreibe, finde ich, dass er eigentlich recht hat. Im Notfall könnte es sein, dass er MEIN Hirn rettet. Das IST ein bisschen wichtiger als die Tatsache, dass Dumpfbacke Hannahs neuer Freund versucht hat, sich die Nase mit einem Tacker zu piercen.

Es hat keinen Sinn, Smiley auf dem Handy anzurufen. Sie verliert es alle fünf Minuten.

CRAZY-JEN – Ich liebe sie, aber wegen ihres Glaubens an weiße Hexen denkt sie auch, man könnte Grippe mit Kräutern, Hafer und Gesängen heilen. Wenn mein Bein überfahren wird, brauche ich mehr als ein nettes Lied und einen Minze-Kurkuma-Brei.

NATHAN – Mein Bruder. NICHT ANRUFEN. Er hat mir mehr Verletzungen zugefügt als jede andere Person AUF DER WELT. Als ich klein war, hat er mich die Treppe runtergezogen, eine Stufe nach der anderen, bis mein Arsch ROT war. Außerdem hat er jedes Weihnachten versucht, mich mit Klebeband an die Wand zu kleben, als menschliche Engel-„Dekoration". Er hat es geschafft, bis ich neun war und mich wehren konnte. Wenn er hört, dass ich im Krankenhaus bin, wird er wahrscheinlich ankommen und mich „aus Spaß" komplett in Pflaster einwickeln.

FRED – Also, ihn anzurufen wäre fantastisch. Wir waren schon immer Nachbarn, und in Krisensituationen ist er UNGLAUBLICH.

Zum Beispiel als Gran letztes Jahr in den Schuppen gefahren ist. Er könnte mich wahrscheinlich sogar aus dem Koma singen – solange er nicht irgendwas aus *Joseph* singt. Letzten Monat war er in der Schule der Star darin, und ich habe es SATT, ihn ständig das ganze Musical üben zu hören. Wenn ich mir noch einmal „Schließt jede Tür" anhören muss, bleibe ich lieber bewusstlos!

Allerdings ist es kompliziert, denn ich weiß nicht, WAS ICH FÜR IHN EMPFINDE. Er ist schon so lange mein Kumpel, aber dann gehen mir diese Dinge durch den Kopf, und alles kribbelt irgendwie. Ich weiß, er ist nur ein Freund, aber … wenn andere Mädchen in seiner Nähe sind, bin ich irgendwie eifersüchtig. Ich würde am liebsten schreien: „Lass die Finger von ihm, Frau! Er ist …"

Ich glaube, ich weiß, was ich fühle, aber ich habe Angst, es zuzugeben.

Also, ihn am besten nicht anrufen. Ich muss körperlich gesund werden, nicht auch noch emotional verwirrt. Das Hormonchaos könnte meine Genesung behindern.

KEITH – mein RICHTIGER Dad, den ich bald treffen werde. Nicht anrufen. Er lebt in Australien. Die ersten 14 Jahre meines Lebens hat er sich überhaupt nicht um mich gekümmert. Außerdem, was kann man von Australien aus in einem Notfall schon machen?! Nicht mal eine Karte schicken. Das hat Keith übrigens noch nie geschafft.

PRINCESS, DER HUND – Nicht anrufen. Sie ist ein Hund. LOL! Und sie ist kein netter, nützlicher Rettungshund oder so. Sie würde jeden Menschen für ein Schweinekotelett verrecken lassen.

MHP – OH, KOMM, HATTIE MOORE – SEI VERNÜNFTIG! Ich weiß, ich soll JEDEN hier aufschreiben, FÜR ALLE FÄLLE, ABER NEIN. Okay, ich habe erfahren, dass sie IN ECHT meine Halbschwester ist, aber sie ist auch IN ECHT meine FEINDIN. Dass wir verwandt sind, heißt GAR NICHTS. NICHT anrufen. Sie ist wie mein Bruder. Sie würde in der Unfallambulanz auftauchen, ein Video von mir machen und es auf YouTube stellen. Besonders wenn meine Verletzungen peinlich sind, wie zum Beispiel eine gebrochene Nase. AUF KEINEN FALL anrufen, wenn ich eine Gesichtsverletzung oder auch nur einen schlimmen Pickel habe. Lassen Sie mich allein leiden. Das ist besser.

Ist das hier *EastEnders* oder was?! Nein, DAS ist echt MEIN Leben. Danke, Mum und Keith.

KURZ GESAGT: Im Notfall rufen Sie einfach nur die 112 an und sagen Sie es niemandem, den ich kenne. Danke.

MONTAG, 21. DEZEMBER

21:45 Uhr

Es ist so viel passiert, ich muss alles aufschreiben! Smiley sagt, in solchen Zeiten sei es wichtig zu schauen, WO genau man steht und WER man ist.

Fred will mich dringend sehen. Persönlich. Ist er das? Der Moment, in dem wir dieses ganze komische Zeug auf die Reihe kriegen? Wir MÜSSEN es auf die Reihe kriegen. Ich MUSS es auf die Reihe kriegen. Crazy-Jen nennt es „die Reibung zweier Seelen, die vielleicht schon seit den Zeiten der Pharaonen ineinander verschlungen sind". Smiley nennt es „heiße Leidenschaft". Ich glaube, ich finde Smileys Theorie besser. Der Gedanke, eine verschnürte Mumie zu sein, macht mich wahnsinnig. Das erinnert mich daran, was mein Bruder mit mir machen würde, wenn er die Chance hätte.

21:54 Uhr

Ich habe gerade den Erste-Hilfe-Kasten versteckt, um auf der sicheren Seite zu sein. Es waren nur ein paar Kinderpflaster, eine Bandage und ein antiseptisches Feuchttuch drin, aber selbst damit könnte Nathan mein Leben ruinieren. Er hat einen Verstand, der dazu geschaffen ist, mich fertigzumachen.

Jetzt zu Fred.

Ich glaube, ich muss einfach nur zugeben, dass … ICH FRED LIEBE. WARUM SOLL ICH ES ABSTREITEN?! ICH KANN AN NICHTS ANDERES MEHR DENKEN! OH GOTT! ICH LIEBE EINEN NERD. WIE KANN DAS SEIN? DAS SOLLTE NICHT PASSIEREN!

Mir ist übel. Ich glaube, er mag mich auch. Na ja, ich GLAUBE, dass er Lust hat, mit mir zu knutschen. Das MUSS der Grund sein, warum ich rüberkommen soll. Weil er deswegen fast PLATZT wie ein riesiger Liebesballon.

OH GOTT!

Jetzt ist mir wirklich übel. Muss mir die Zähne putzen. Und die Zunge.

22:35 Uhr

MÄNNER!

ACH DU SCHANDE! UNGLAUBLICH!

Als ich in Freds Zimmer kam, waren seine Mum UND ROB da. Wie soll man rumknutschen, wenn die Eltern dabei sind? Fred hat mich eine Ewigkeit angeguckt. Es gab eine ellenlange Pause, und dann sagte er: „Ich habe einen neuen Gecko – ich wollte, dass die Leute, die in meinem Leben eine besondere Rolle spielen, ihn zuerst sehen!"

Ich habe einen neuen Gecko?!

EINEN GECKO.

Fred wollte mich nicht wegen unseres ewigen Liebesschicksals sehen, das schon Tausende von Jahren zurückreicht. Oder weil wir insgeheim mächtig ineinander VERKNALLT sind. Er wollte mich wegen eines kleinen Echsendings sehen, ZUSAMMEN MIT ANDEREN LEUTEN!

Zufall oder WAS?! Das war das Letzte, was ich erwartet hätte. Ich weiß, als ich sieben war, bin ich rübergestürmt, um ihm von meinem Meerschweinchen „Käpt'n Knabber" zu erzählen, aber jetzt sind wir ja wohl ein bisschen älter!

Ich sagte: „Toll, Fred – viel Spaß mit deinem neuen Haustier." Es hat eine lange Zunge, Beine, die nach allen Seiten abstehen, und sieht so aus wie etwas, das mein Stiefvater Rob mit seinem Schuh erschlagen würde, wenn wir im Ausland sind. Trotzdem sagte Rob so Sachen wie: „Er ist hübsch!" (LÜGNER!). Freds Mum sagte: „Kümmere dich bloß gut um ihn!" HÄ? IST DAS HIER *DOCTOR WHO?* SIND WIR WIEDER IN DER GRUNDSCHULZEIT GELANDET ODER WAS?

Ich habe mich wie eine Idiotin gefühlt. VOLLIDIOTIN. Und ich war WÜTEND. Ich habe nichts gesagt. Dann musste Freds Mutter irgendwas erledigen, und Rob musste irgendwas anderes erledigen (es war ein bisschen komisch, dass sie zusammen rausgingen), und ich blieb allein zurück mit DEM NERD, DER ÜBERHAUPT NICHT AUF MICH STEHT, UND SEINEM BESCHEUERTEN FROSCHDING.

Fred sagte: „Hattie, du kannst ihm einen Namen geben, wenn du möchtest!"

„Okay", rief ich, „nenn ihn Nerd. Nerd, den Gecko."

Das gefiel Fred nicht. Er meinte, Reptilien sollten vernünftige Namen bekommen, weil sie sehr intelligent seien. Ich gab zurück, dass es einem Gecko wahrscheinlich egal ist, wie er heißt, weil er kein Englisch kann, sonst würde er ja wohl eine Supermarktkette führen.

Fred erinnerte mich daran, dass ich meinen Namen immer gehasst habe (Hattie, Schauspielerin, die eine fette Krankenschwester gespielt hat). JA, Fred, aber mein Gehirn ist größer als eine kleine Erbse, und ich habe komplexe weibliche Gefühle (UND HOFFNUNGEN UND TRÄUME, DIE DU GERADE ZERSCHMETTERT HAST). Während der Gecko sich nur für Futter interessiert und dafür, mit seinen großen klebrigen Klebestift-Fingern an der Decke herumzuklettern. Dann sagte ich: „Nenn ihn Mega-Nerd, den Gecko!"

Das habe ich nicht gesagt, nur gedacht.

Fred sah echt sauer aus und brüllte: „Danke für dein mangelndes Interesse. Ich dachte, du würdest … dass DU … und ich ein paar Sachen auf die Reihe kriegen. Deshalb sind Rob und Mum … aber … Sieh mal, ich muss sein Vivarium fertig machen. Bis morgen dann, okay?"

Warum erwarte ich, dass es mit Fred, dem Nerd, wie bei *Dirty Dancing* läuft, wenn es immer nur mit Echsen endet?!

Ich fühle mich wie eine Idiotin. Ich dachte, er mag mich WIRKLICH, auf eine total erotische Art und Weise. Stattdessen war das alles nur VOLLPFOSTEN-GEHABE und … KRAM! Was für KRAM? JEDENFALLS KEIN SCHARFER. Dabei wollte ich ihm sagen, dass ich mit ihm knutschen will. WIEDER mal eine Lektion gelernt. Sag einem Jungen NIE, dass du ihn magst. Überprüfe erst, ob er einen Gecko hat.

Oh, Fred. Fred. Fred.

Ich bin gearscht.

22:55 Uhr

Nein, Rob, der Gecko ist nicht cool. Bitte lass uns keine Unterhaltung führen, wenn ich mich wie ein Volltrottel fühle und ein gebrochenes Herz habe.

Was ist ein Vivarium?

22:59 Uhr

Ein Vivarium ist das, worin ein Gecko lebt. Es ist ein heißer, feuchter Tank. Wie eine Sauna, nur dass man nicht reinpasst, also ist es TOTAL nutzlos.

Tiere bekommen luxuriöse Wellnessoasen. Ich muss mir eine Gesichtsmaske aus Weizenkleie machen. Eigentlich soll man Haferflocken benutzen, aber Kleie ist ja fast das Gleiche. Alles nur Getreide.

Ich könnte Gran vorschlagen, einen Whirlpool für Princess anzuschaffen. Warum nicht? Tiere zählen offensichtlich mehr als Menschen.

23:03 Uhr

Sinnlos. Als Princess beim letzten Mal das Wort „Baden" gehört hat, versuchte sie, auf dem Elektromobil von Grans Freund Tony zu flüchten.

23:14 Uhr

Geckos sind die nutzlosesten Haustiere überhaupt.

Abgesehen von Crazy-Jens Stabheuschrecke Malcolm. Er verbrachte sein Leben mit dem Versuch, ein Zweig zu sein.

Ich versuche, mich aufzumuntern. Es funktioniert. Wenigstens habe ich mich nicht blamiert. Eigentlich war ich eine ziemliche Zicke. GUT.

23:23 Uhr

Geckos haben keine Augenlider.

Hoffe, MHP wird als Gecko wiedergeboren. Keine Augenlider?! Ohne schwarzen Mascara und schimmernden Khaki-Lidschatten kriegt sie die Krise.

ICH MUSS DRAN DENKEN: Sie ist meine Schwester.

23:29 Uhr

Anscheinend essen Geckos lebendige Heuschrecken. Wette, MHP kann LEBENDIGE Insekten mit ihrer Zunge fangen – sie hat ja genug Übung!

23:46 Uhr

MUSS DRAN DENKEN: Sie ist meine HALBschwester. Nicht die richtige.

Ich google Gecko-Zeug. Muss damit aufhören. Dieser Gecko ist das Symbol einer komplett GESCHEITERTEN LIEBE.

OH, FRED. Und was das Schlimmste ist: Ich mag ihn IMMER NOCH. Ich würde ihm am liebsten in den Hintern treten, aber ich könnte ihn immer noch knutschen.

DIENSTAG, 22. DEZEMBER

9:10 Uhr

ALSO GUT.

Nächstes Jahr, Fred, kannst du dich auf deinen Gecko konzentrieren, und ich werde mich darauf konzentrieren, einen ECHTEN, NICHT-NERDIGEN MANN zu finden, der MICH über sein Haustier stellt und keine Angst davor hat, seine GEFÜHLE zu zeigen.

Fred und ich können immer noch Freunde sein. NUR EBEN GANZ PLATONISCH.

Der Gecko und ich können niemals Freunde sein.

10:23 Uhr

Ich kann nicht fassen, dass ich meine Zeit mit Tieren verschwendet habe, wo doch mein richtiger Dad in zwei Tagen auftaucht. Bin ich etwa bekloppt? Ich darf weder an LIEBE noch an HAUSTIERE denken! Fred hätte merken müssen, dass ich gerade etwas MEGA-HEFTIGES durchmache. Ich stehe kurz davor, den Mann zu treffen, bei dem Jeremy Kyle in seiner Talkshow einen DNA-Test gemacht hätte. Das WIRD MEIN LEBEN ÄNDERN. NICHTS wird mehr so sein wie vorher. Es geht um meinen DAD. Den Mann, um den ich mir jahrelang Gedanken gemacht habe. Derjenige, von dem ich WEISS, dass er das VERSTEHEN wird, was Mum nicht versteht, und der für mich da sein wird, wenn harte Zeiten kommen. In denen man zum Beispiel wegen eines Geckos ignoriert wird. Oder fallen gelassen. Oder wenn Matfield in der Schule wegen irgendwas mal wieder rumzickt.

Nur eine Umarmung, mehr brauche ich nicht. Eine Umarmung von meinem richtigen Dad wird alles besser machen. Ich weiß, viele glauben, er wäre ein bisschen blöd, aber Menschen ändern sich … Er kann sich verändern. Und er kommt schließlich extra den langen Weg hierher.

Bitte mach, dass alles gut wird. Ich hatte schon eine MEGAGROSSE ABFUHR von jemandem, den ich liebe.

Diese ganze Sache mit Keith geht mir allerdings ein bisschen zu schnell. Ich komme nicht mal mehr in meinem eigenen Kopf klar. Ich weiß nicht, was ich fühle. Smiley sagt: „Lass dich einfach darauf ein, Hattie", aber die letzten paar Wochen waren TOTAL VERRÜCKT. Ich habe einen neuen Dad, der Keith heißt, MHP ist meine neue Halbschwester, und ich habe herausgefunden, dass mein Opa ein Mafia-Pate war!

10:46 Uhr

Genau genommen war mein Opa ein diebischer Postbote, der Briefe und Pakete gestohlen hat, keine geniale Krimilegende. Wäre er das gewesen, dann würden wir jetzt in einem Haus wohnen wie MHP, mit einem Wintergarten und einer Massagedusche anstatt eines „verdammten Tröpfeldings", wie Rob immer sagt!

11:34 Uhr

Ich habe entschieden, dass ich MHP noch nicht Ruby nennen kann. Ruby. Ich WEISS, dass das ihr richtiger Name ist, aber ein richtiger Name macht sie zu einer ECHTEN Person mit ECHTEN Gefühlen.

Wir wissen alle, dass sie keine hat. Sie hatte eine komplette Gefühlsamputation.

13:10 Uhr

Ich höre Mum unten herumstampfen. Sie ist ÜBERHAUPT nicht glücklich darüber, dass Keith kommt. Das ist meine Schuld, und ich WEISS, dass sie deswegen TOTAL sauer auf mich ist. Sie sagt es natürlich nicht, aber meine Schinkenbutterbrote sind nicht mehr knusprig. Ich habe gehört, wie sie zu Gran sagte, dass es das „beschissenste Weihnachten sei, seitdem es am ersten Weihnachtstag einen Stromausfall gab und du mir einen neuen Eichhörnchen-Nussknacker geschenkt hast". Gran meinte, der sei süß und praktisch gewesen. Mum brüllte: „Rob kann eine Cashewnuss nicht mal angucken, ohne auf seine doppelte Größe anzuschwellen!" Gran gab zurück, dass Nussallergien reine Kopfsache seien und sie es beweisen könnte.

Das ist das Abscheulichste, was sie jemals gesagt hat.

13:23 Uhr

Abgesehen davon, dass sie mal allen in ihrem örtlichen Rentnerklub erzählt hat, man könne Erkältungen mit zwei Schachteln Schoko-Keks-Bonbons und einer Flasche Brandy kurieren. „Der Brandy ist ein natürliches Desinfektionsmittel", sagte sie, „und die Knusperschokolade möbelt einen einfach auf." Nach dieser Behandlung endete sie um zwei Uhr morgens im Bett mit einem Baustellenschild unter der Decke. Das hatte sie noch ewig lange im Gästezimmer!

13:42 Uhr

UND fies war auch, als sie sagte, die RICHTIGEN Baustellenarbeiter könnten mal auf einen „heißen Grog" vorbeikommen und ihr gestohlenes Schild abholen. Gran meint, man müsse sich um die Arbeiter kümmern, besonders wenn sie jung und sexy sind. Sie hatte recht. Sie haben ihr die Dachrinne umsonst repariert und ihr als Andenken einen Schutzhelm geschenkt. Den benutzt sie in der Dusche, wenn ihre Dauerwelle trocken bleiben soll. Die meisten Leute haben Plastikhauben und keinen Helm, auf dem steht: „Fahrwasser und Sohn – Wir bauen größer und gewaltiger!"

19:25 Uhr

MEGADRAMA! Gran hat eine Erdnuss in Robs Essen versteckt! Als er eine halbe Stunde später noch keine Reaktion zeigte, fing Gran an, plötzlich herumzuspringen und zu rufen: „Hab ich's doch gewusst! Ich habe dich geheilt. Existiert alles nur in deiner Einbildung, Rob. Jetzt kannst du eine Mandel wohlwollend ansehen."

20:43 Uhr

Um 20:15 ging es Rob dann richtig übel. Er begann anzuschwellen und musste ins Krankenhaus. Gran glaubt, er habe sich „aufgeregt und in einen Rausch hineingesteigert". Mum sagt, sie spiele mit dem Gedanken, die Polizei zu rufen!

22:35 Uhr

Rob hat ein Ding bekommen, das EpiPen heißt. Es ist wie ein Kugelschreiber mit magischer Medizin drin. Damit muss man sich selbst piksen, wenn man eine Nuss gegessen hat oder irgendwas, das in der Nähe von Nüssen war. Rob muss es ÜBERALLHIN mitnehmen. Mum findet, Gran sollte wegen Mordversuchs strafrechtlich verfolgt werden. Gran beteuert, es sei ein Missverständnis gewesen. Sie wollte nur versuchen zu beweisen, dass Robs Problem „in seinem Gehirn liegt, nicht in seinem Immunsystem". Mum erklärte Gran, dass man nicht zum Medizinexperten wird, nur weil man jeden Nachmittag Arztserien guckt.

Ich persönlich glaube ja, dass Gran eine von diesen mordenden Irren sein könnte, vor denen Crazy-Jen mich immer warnt.

Sie guckt einfach zu viele Sendungen über feine Leute, die auf dem Land ermordet werden. Nach *Silent Witness* verhält sich Gran immer komisch. Sie sagt, wenn sie zu einer anderen Zeit geboren worden wäre, dann wäre sie Pathologin geworden – jemand, der Mordopfer auf Spuren untersucht. „Dieser Job hat alles, was ich mir von einer Karriere verspreche, Hattie – gutes Gehalt, Gerechtigkeit und gut aussehende junge Polizisten, die mich um Rat fragen. Findest du nicht auch, dass mir ein weißer Kittel und eine Knochensäge stehen würden?" Als ich sie fragte, ob sie sich nicht ein bisschen vor den Toten gruseln würde, fing Gran an zu gackern und sagte: „Hattie, ich würde liebend gerne jeden Tag mit Leuten zur Arbeit gehen, die keine Widerworte geben können. Das muss wie im Himmel sein!"

Gran ist ein winziges bisschen psycho. Ich bin froh, dass sie in einer Zeit geboren wurde, in der Frauen die Schule mit 14 verließen, heirateten und Babys bekamen!

23:07 Uhr

Nein, bin ich nicht – das ist schrecklich! ACH DU SCHANDE – wer hat DAS jemals für eine gute Idee gehalten?!

23:12 Uhr

Wahrscheinlich Männer, die Angst davor hatten, dass junge Mädchen ihnen die Jobs klauen. Besonders Pathologen.

23:25 Uhr

Und Polizisten, die Angst vor flirtenden Omas mit Skalpellen hatten!

Ich habe heute NICHTS von Fred gehört. Offensichtlich ist er zu beschäftigt mit seinem Gecko, um daran zu denken, dass sich mein Leben für immer ändern wird. Habe eben mit Smiley darüber gesprochen. Sie meint, ich wäre vielleicht zu „herablassend" gewesen. Als ich sie fragte, WAS ZUM TEUFEL DAS DENN HEISSEN SOLLTE, sagte sie: „Vielleicht hat Fred versucht, dich in etwas einzubeziehen, das ihm wirklich wichtig ist. Es klingt so, als ob du ein bisschen … gemein warst, Hattie!"

ICH GEMEIN?! IST DOCH GANZ KLAR, DASS ICH IHN MAG! Was soll ich denn sonst noch tun? Mich über das NERDIGSTE DING DER WELTGESCHICHTE FREUEN?!

Ich weiß nicht, warum ich Smiley überhaupt nach Männern frage – ist ja nicht so, dass sie schon haufenweise Freunde gehabt hätte.

23:32 Uhr

Das war WIRKLICH gemein. Smiley ist wundervoll.

In Wahrheit bin ich offiziell eifersüchtig auf einen Gecko. Das ist keine gute Lage. Ich will nicht fies sein. Ich will, dass Keith mich mag und nicht denkt, ich wäre so ein schreckliches verwöhntes Ding, das keine Menschen und Tiere mag. Das hat er schon mit MHP! LOL!

Zu alldem türmen sich noch die Weihnachtseinkäufe drohend vor mir auf …

MITTWOCH, 23. DEZEMBER

12:04 Uhr

Weihnachtseinkäufe ~~mit wenig~~ OHNE Geld waren schwierig, aber ich glaube, ich hab's ganz gut hingekriegt. Ich habe Gran einen Nagelknipser gekauft (mit der Technik kommt sie gerade noch klar, mal abgesehen von ihrem Nintendo DS), einen karierten, wasserdichten Minimantel für Princess, ein Britney-Spears-Parfüm für Mum (es war MÄCHTIG runtergesetzt), ein paar Plüschwürfel für Robs Auto (Crazy-Jen sagt, das wäre eine ironische Anspielung auf die Raser-Kultur und würde ihm bestimmt gefallen?) und NICHTS für meinen Bruder. Das ist Tradition!

16:55 Uhr

Heute Nachmittag bin ich zu Gran gegangen. Sie hat mich ins Badezimmer gerufen. Sie war beim Weihnachtsessen ihres Rentnerklubs gewesen und „ein bisschen zu sehr in festliche Stimmung geraten". Sie hatte gerade einen Vajazzling-Versuch gestartet und das Gesicht vom Weihnachtsmann aus Strasssteinchen auf ihren Hintern geklebt. Mit SEKUNDENKLEBER! Sie schrie die ganze Zeit: „Ich kriege es nicht ab, Hattie!" Ich schlug ihr vor, ins Krankenhaus zu fahren, aber sie meinte, das könnte sie nicht, weil Rob gestern schon da war! Sie wollte nicht, dass die Ärzte und Schwestern uns für „eine Familie von Spinnern" hielten. Wir SIND eine Familie von Spinnern! Warum es noch abstreiten?! Dann sagte Gran: „Ich werde im Internet enden oder in *24 Stunden Notaufnahme*. Selbst wenn sie mein Gesicht unkenntlich machen, werden die Leute meine Stimme und meinen Hintern erkennen!"

17:36 Uhr

Woran sollen die Leute Grans Hintern erkennen?!

18:05 Uhr

Gran hat mich gerade auf dem Handy angerufen. Der Bart vom Weihnachtsmann ist teilweise abgegangen. Gran trägt zur Strafe kratzige Baumwollunterhosen.

Hat sie überhaupt eine Ahnung, was Vajazzling ist und wo man es machen SOLLTE? Ich sag's ihr nicht!

18:55 Uhr

Vajazzling. Geckos. Nussallergien. Wo um Himmels willen gerät Keith da hinein? Ich bin ganz durcheinander. Mum ist wütend auf mich, und Gran ist RASEND – zum Teil wegen ihrer juckenden Körperkunst, aber hauptsächlich wegen Keith. Rob hat nicht viel gesagt, aber ich weiß, dass er sich Sorgen macht. Er verbringt viel Zeit in seinem Schuppen. Ich würde ihm gern sagen, dass er immer DER BESTE

NICHTRICHTIGE DAD BLEIBEN WIRD … aber das hört sich bescheuert an.

19:37 Uhr

Ich kann euch sagen, wo Keith da hineingerät: definitiv in die abgewrackteste Unterkunft der Geschichte. Ich hab es vor Kurzem gesehen. Es ist total offensichtlich, dass Gran Keith wirklich, WIRKLICH hasst. Das Bett im Gästezimmer ist verschwunden. Sie sagt, in der Matratze fehlten zu viele Federn. Sie hat das uralte Campingding zum Auseinanderklappen mit der kratzigen Decke hingestellt. Gran hat eine Luxus-Luftmatratze, die fast so groß ist wie ein Doppelbett! Als ich sie danach fragte, schnauzte sie: „Die hat ein Loch. Princess dachte, es wäre eine Katze." Betten sehen nicht so aus wie Katzen. Ich glaube, sie hat Princess befohlen, sie kaputt zu beißen. Aber ich werde darüber nicht streiten. Ich werde NIEMALS mit einer Rentnerin streiten, die eine Vajazzling-Katastrophe hinter sich hat.

20:14 Uhr

ERNSTHAFTE UND MEGASCHRECKLICHE UNTERHALTUNG MIT MEINEM BRUDER.

Ich habe Nathan gefragt, wie er sich wegen Keith fühlt. Weil er sich so verhält, als ob nichts wäre, dabei IST ja was: UNSER BIOLOGISCHER WIRKLICH RICHTIGER DAD taucht MORGEN auf. Ich sagte also: „Nathan, wie fühlst du dich bei alldem?" Und er sagte: „Hattie, ich weiß nicht, wie ich mich fühle. Ich wünschte einfach nur, dass alles so wäre wie immer. Alles war gut. Rob ist der beste Vater der Welt. Alles andere ist doch egal." Ich sagte: „Aber willst du nicht DIE WAHRHEIT wissen? Woher wir kommen, und wer er ist, und warum er sich nie um uns gekümmert hat?" Nathan zuckte nur mit den Schultern und grunzte. Dann sagte er: „Und denk mal drüber nach, wie das für Mum ist. Sie muss die ganzen schlechten Erinnerungen wieder durchleben. AN WEIHNACHTEN. Aber weißt du was, Hattie? Ich bin drüber weg."

ES IST ALSO WIEDER MAL ALLES HATTIES SCHULD! FANTASTISCH! Ich wollte einfach nur, was mir zusteht!

Ich kapier es nicht. Warum ist DAS so schlimm, und warum interessiert sich Nathan nicht das kleinste bisschen dafür? WIE kann er bei alldem so cool bleiben, während ich ein megaemotionales Erdbeben durchlebe, das alles zum Einsturz bringt?!

20:55 Uhr

Der letzte Teil war Quatsch, aber du weißt, was ich meine. Ich bin total durcheinander.

Und jetzt fühle ich mich, als würde ich Mum im Stich lassen und Nathan auch – obwohl ich ihn hasse. Das will ich eigentlich gar nicht. Ich will WIRKLICH, WIRKLICH niemanden verletzen. Ich möchte einfach nur Keith treffen.

21:12 Uhr

Habe gerade Smiley wegen Nathan angerufen. Sie sagt, Männer seien oft „immun gegen Veränderung". Als ihre Mum ihrem Dad ein neues

Duschgel gekauft hat, war er eine Woche lang echt sauer, bis er zugab, dass „zu wenig Schaum" ihn mürrisch macht. Smileys Mum hat Spülmittel in die Flasche gefüllt, um ihm einen Denkzettel zu verpassen, aber er fand es TOLL. Er hat keine Ahnung, was er da seitdem immer benutzt! Smiley meint, Männer würden bloß das sehen, was sie sehen wollen. „Wenn es viel Schaum gibt, Hattie, dann geht's ihnen gut. Selbst wenn sie nach Zitronenfrische duften und ihre Haut wie ein Geschirrhandtuch aussieht."

Kann man eine Familienkrise mit einer Flasche Spülmittel vergleichen?

22:01 Uhr

Habe Mum gerade gefragt, wie ich Keith anreden soll. Ich will ihn nicht „Dad" nennen, aber „Keith" klingt auch komisch. Mum sagte: „Nenn ihn, wie du willst, Hattie! Das ist deine Sache!" Ich erklärte ihr, dass ich über eine Mischung aus Keith und Dad nachdenke, so was wie „Kat". Sie fing ganz merkwürdig an zu lachen und sagte: „Ja, das passt!"

Kapier ich nicht.

22:21 Uhr

Habe Crazy-Jen gesimst. Sie sagt „KAT" sei die Abkürzung für ein Prüfsiegel für „Kontrollierte alternative Tierhaltung". Jen findet, Mum müsse „ihre Bitterkeit überwinden, sonst kriege sie noch Magengeschwüre". Sie bringt uns einen indianischen Traumfänger vorbei, der dabei helfen soll, die negativen Gefühle in ihrem Unterbewusstsein abzuschwächen.

Ich glaube, auch ein riesengroßes Windspiel kann dieses Problem nicht lösen, aber es ist lieb gemeint.

22:45 Uhr

Habe Mum gerade von Jen erzählt. Sie sagt, für ihre Bitterkeit bräuchte sie einen Traumfänger, der so groß ist wie Wales. Dann sagte sie, ich solle „versuchen zu schlafen, denn morgen sei ein wichtiger Tag".

Es IST ein wichtiger Tag. Er ist wichtiger als wichtig. Er ist mega-wichtig. Dafür muss es ein neues Wort geben.

22:56 Uhr

Ultra-mega-superwichtig.

Darauf bin ich ziemlich stolz.

23:02 Uhr

Ich denke mir immer bescheuerte Dinge aus, wenn ich nervös bin und nicht schlafen kann.

23:16 Uhr

Ich glaube, ich kann Fred mit seinem Gecko reden hören. Er sollte mich lieber trösten, anstatt mit dem Ding zu reden!

Ich dachte, Fred mag mich WIRKLICH. Wenn ich mich DARIN getäuscht habe, worin kann ich mich dann noch alles täuschen? Worin HABE ich mich schon getäuscht? Habe ich gerade die größte Katastrophe der Welt heraufbeschworen?

Ich wünschte, Menschen würden aus Eiern schlüpfen. Das würde uns viele Probleme ersparen.

DONNERSTAG, 24. DEZEMBER

Heiligabend

2:12 Uhr

Ich bin total aufgeregt, weil Keith kommt. Jetzt ist er schon im Flugzeug. Ich kann vor Nervosität nicht schlafen. Was habe ich da getan?! Ich wollte ihn so verzweifelt kennenlernen, dass ich kaum über jemand oder etwas anderes nachgedacht habe. Das war FALSCH und MHP-mäßig grausam. Ich habe nicht mal daran gedacht, dass ich jetzt noch einer weiteren Person etwas zu Weihnachten kaufen muss!

2:32 Uhr

HILFE – ich denke freiwillig an andere. So fühlt es sich an, wenn man erwachsen wird.

2:45 Uhr

Ich gehe gleich nach Weihnachten in den Drogeriemarkt. Da gibt es immer runtergesetzte Parfüm-Geschenkpäckchen. Ich werde Keith sagen, dass ich ihn erst kennenlernen wollte, bevor ich ihm etwas kaufe. Man muss schließlich einen Mann erst mal sehen, bevor man ihm ein Aftershave kaufen kann.

2:50 Uhr

Wenn ich von Aftershave spreche, dann meine ich nicht so ein Markenzeug. Eher die Billigmarke.

2:52 Uhr

Wette, MHP kauft ihm irgendwas Superteures. Sie behauptet, sie könne an der Duftwolke riechen, wie viel Geld jemand verdient, und könne die GESAMTE Persönlichkeit eines Mannes erschnuppern! Das hat sie uns mal in Mathe gepredigt, wie so eine stinkige Liebesgöttin. Sie findet, alle Typen, die ein Männerparfüm von Beckham tragen, seien das genaue Gegenteil von Beckham. Sie seien normalerweise arm und sähen in engen Unterhosen furchtbar aus.

Gran hat diese Werbung von Beckham im Slip in ihrer Küche aufgehängt. Sie sagt, als sie die zum ersten Mal gesehen habe, hätte sie fast ihr Rührei fallen lassen, aber mittlerweile bekäme sie jedes Mal ein „natürliches Hochgefühl", wenn sie ihren Kessel aufsetzt.

Was würde David Beckham denken, wenn er wüsste, dass er neben einem karierten Geschirrtuch mit einem Rote-Beete-Fleck hängt?

2:55 Uhr

Ich könnte Keith von meinem ganzen Weihnachtsgeld etwas echt Eindrucksvolles kaufen, von einem Designer.

2:57 Uhr

Nein. Der gute Wille zählt.

6:47 Uhr

Keith ist gerade gelandet. Ich habe es online überprüft. Er ist IM LANDE. ER IST HIER!

Ich fühle mich jetzt nicht anders. Ich dachte, ich wäre aufgeregt. Ich fühle mich einfach nur …

Eigentlich fühle ich gar nichts.

Außer ein komisches Kribbeln in meiner Lippe.

6:57 Uhr

ICH KRIEGE HERPES. DANKE, UNIVERSUM. Mein Dad wird die verschorfteste, ansteckendste Tochter der Welt kennenlernen.

Ich weiß, dass so was eigentlich keine Bedeutung haben sollte. Hat es aber.

7:06 Uhr

Die Zeit vergeht sehr langsam.

7:12 Uhr

Nein, Mum – so komisch das auch ist: Im Moment mag ich echt keine Schokopops.

7:33 Uhr

Warum versuchen Erwachsene, einen zum Essen zu bringen? Als ob Essen irgendwas ändern würde. Wie können zwei Bissen Toast mit Erdnussbutter jemanden beruhigen? Ich muss gleich kotzen.

7:44 Uhr

Habe gerade zwei Bissen Toast mit Erdnussbutter gegessen. Mir ist nicht mehr so übel.

7:50 Uhr

SMS von Fred:

> Denke an dich, Hats.
> Alles Liebe von mir und Nerd

Fred hat seinen Gecko „Nerd" genannt. Das ist süß.

Das ist echt süß.

Fred mag mich einfach nur als Person. Das Leben, Echsen und meine fehlenden Brüste, glaube ich, stehen allem im Weg.

Warum kann nicht einfach alles KLAPPEN?!

8:09 Uhr

Was, wenn Keith mich hasst? Was, wenn es ein Reinfall wird? Was, wenn Gran ihn dazu zwingt, eins von ihren „lustigen übrig gebliebenen Obsttörtchen" zu essen, und er entscheidet, dass es das alles nicht wert ist? Leute haben sehr extreme Gefühle entwickelt, nachdem sie Grans Törtchen ausgesetzt waren. Soweit ich weiß, haben ein paar sogar deswegen das Land verlassen. Er könnte einer von ihnen sein.

8:46 Uhr

Habe gerade mit Gran am Handy das abgefahrenste Gespräch aller Zeiten geführt.

GRAN: Hattie, wir müssen reden.

ICH: Geht es um Vajazzling?

GRAN: NEIN! Du hast doch niemandem davon erzählt, oder?

ICH: NEIN!

Ich habe es nur Jen gesimst, die zählt nicht.

GRAN: Ich möchte mit dir über DICH und Keith sprechen.

ICH: Schau mal, ich weiß, dass du nicht ...

GRAN: NEIN! Hör mir zu, junge Dame. Das ist wichtig. Manchmal bekommen wir im Leben nicht das, was wir wollen, und das ist nicht unser Fehler. Sondern der von anderen Leuten. Sie schätzen uns nicht so, wie wir sind und wie wir es verdienen.

ICH: Gran, ich WEISS, dass wir nicht das bekommen, was wir wollen oder verdienen. Guck dir nur mal mein Handy an.

Eigentlich dachte ich dabei an Fred, aber das sagte ich nicht.

GRAN: Solchen Schrott meine ich nicht. Ich meine DINGE, DIE WIRKLICH WICHTIG SIND! Zum Beispiel die Menschen, die dich lieben sollten. Wie ich von Rob gehört habe, bist du nicht so besonders darin, Signale zu verstehen, darum sage ich dir jetzt: Du bist eine großartige junge Frau mit einem tollen Verstand, du bist witzig, und du hast eine Figur, für die ich in deinem Alter gestorben wäre. Also wach auf und sieh, wer du wirklich bist!

ICH: Hast du dir aus Versehen wieder Whisky in den Haferbrei gekippt?

GRAN:	**NEIN! Ich meine es ernst, Hattie. WACH AUF! Und erwarte nicht, dass dein Vater in dein Leben geschneit kommt und all deine Probleme löst.**	
ICH:	**Ich erwarte nicht, dass er alles besser macht.** ←	Ein Teil von mir schon. Ein bisschen.
GRAN:	**Gut. Er ist nur ein Mann, Hattie.**	
ICH:	**IN ORDNUNG – BOTSCHAFT ANGEKOMMEN!!!**	
GRAN:	**Gut. Bis später.**	

Das war in keinster Weise hilfreich.

Und was sollte das heißen, dass ich keine Signale verstehe? Ich verstehe auf jeden Fall, dass alle sauer auf mich sind! Das habe ich hier schon aufgeschrieben. Ist ja ziemlich OFFENSICHTLICH. Nathan frisst sich gerade durch seine gesamte „Wütend"-Playlist auf seinem iPod. Er hat nur die Playlists „Glücklich", „Traurig" und „Wütend". Das sind die einzigen Gefühle, die er hat. Außer „hungrig" und „müde".

9:15 Uhr

Keith kommt mit dem Zug her und hat kein Handy. Er könnte JEDE SEKUNDE bei Gran aufkreuzen.

9:40 Uhr

Habe gerade Gran angerufen. Er ist noch nicht da.

10:12 Uhr

Er ist immer noch nicht bei Gran.

10.14 Uhr

Gran hat mich gerade angerufen und gesagt, ich solle aufhören, sie anzurufen. Sie verspricht, sich zu melden, sobald er da ist.

10:55 Uhr

Ich glaube, ich habe ein wichtiges Lehrbuch für Naturwissenschaften bei Gran vergessen. Könnte rübergehen.

11:01 Uhr

Habe Gran noch mal angerufen und gesagt, dass ich vorbeikomme, um mein Buch zu holen. HILFE! ÜBERREAKTION!

Sie brüllte: „Du hast dich noch nie für Naturwissenschaften interessiert. Warum jetzt?" Ich erklärte ihr, dass ich ein plötzliches Bedürfnis hätte, etwas über biologische Dinge herauszufinden. Gran sagte: „Du hast ein plötzliches Bedürfnis, als Erste da zu sein, obwohl jemand anders vielleicht eine Ruhepause braucht." Dann meldete sich Mum hinter mir zu Wort: „Hart, aber fair." Danke an alle für ihre Sensibilität bei dem Thema: MEIN RICHTIGER DAD TAUCHT AUF. Mum will mich nur dafür bestrafen, dass ich ihre schreckliche Vergangenheit zu ihrer Gegenwart mache. Ich habe ihr Tagebuch gelesen. Ich weiß, dass es schlimm war.

Ich habe IHR TAGEBUCH GELESEN! IHRE SCHRECKLICHE VERGANGENHEIT!!! Was ZUM TEUFEL MACHE ICH HIER?!

Wenn ich sie wäre, würde ich mir ROHE Schinkenbutterbrote geben.

Muss an etwas anderes denken. Wann sind deine Gefühle nicht so wichtig wie die von anderen Leuten?! Ich will kein sentimentales Weichei sein, aber ich will auch niemandem totales Kopfzerbrechen bereiten! WOHER SOLL ICH DAS WISSEN? Wo lernt man so was? Ich muss lernen, wie man bekommt, was man will, ohne dabei gleichzeitig Leute zu verärgern.

Ich kann nicht denken.

Ich WILL jetzt tatsächlich für die Schule lernen.

11:27 Uhr

Ich habe mir kurz den Prüfungsstoff für Naturwissenschaften im Netz angeguckt, nur um mich abzulenken. Darin geht es um so Zeug wie natürliche Auslese, wie deine Gene dich beeinflussen und wie der Wüstenfuchs sich in seinem Wüstenumfeld entwickelt hat. Genau genommen SIND das Dinge, dich ich JETZT wissen MUSS.

11:39 Uhr

Der Wüstenfuchs kann sicher warten. Er kann mir nicht dabei helfen, meinen Dad zu verstehen. Er hat nur einen großen buschigen Schwanz und frisst die kalten Fritten der Menschen.

11:47 Uhr

Rob hat gerade erklärt, dass man sich nach einem langen Flug etwas frisch machen und ausruhen muss. Nur Rob sagt immer was Vernünftiges. Er ist aus Guyana und versteht was von Langstreckenflügen. Da geht's nicht nur um eine kleine Flasche Chardonnay und eine Minipackung Chips auf einem zweistündigen Billigflug, Mum!

Nathan hat recht. Rob ist perfekt. Was mache ich da?!

Zu spät.

Und ich muss es wissen.

11:54 Uhr

Gran brüllte durchs Telefon, dass sie noch ein paar letzte Sachen überprüfen müsse. Mum sagte: „Ich wette, sie versteckt ihre Wertgegenstände."

ICH DREHTE DURCH. Ich schrie ins Telefon: „Kannst du ihm nicht mal 'ne Chance geben? Das ist 14 Jahre her. Vielleicht hat er sich verändert!"

Gran sagte: „Tut mir leid, Hattie, aber ich garantiere dir, dass hat er nicht. Männer wie er ändern sich nicht! Man kann in einem Leben nicht von Keith Richards zu Cliff Richard werden."

Als ich fragte: „Männer wie er?", gab Gran zurück: „Dein Dad würde einen ganzen Satz antiker Tische in seinen Koffer kriegen!"

Antike Tische?! Gran hat keine Antiquitäten. Ihre Möbel haben Namen wie „Knutstropper" und kommen in flachen Paketen!

Gran seufzte und murmelte so was wie: „Oh, ich kann nicht mit dir streiten, Hattie. Ich habe versucht, dich vor alldem zu beschützen, aber du musstest es ja wissen. Manchmal ist Unwissenheit ein Segen, weißt du das? Du brauchst mehr Lebenserfahrung, bevor du mit solchen Dingen anfängst!"

Also keifte ich: „Ja, gut, dass du mir endlich recht gibst! Darum werde ich auch die Schule abbrechen und durch die Welt reisen!"

Da spielten alle verrückt. Rob versuchte, Mum zu beruhigen.

Ich würde nur bis nach Norfolk reisen, aber ich wollte allen Angst machen.

Wenigstens war der Streit ein guter Zeitvertreib.

13:31 Uhr

Keith ist immer noch nicht hier. Gran sagt, an Heiligabend sei es ein Albtraum, mit dem Zug zu fahren. Die Leute müssten STUNDENLANG stehen, und der Bistrowagen sei schon bei Luton ausverkauft (das ist kilometerweit weg, irgendwo im Norden!). Angeblich wollte Brian aus dem Rentnerklub letztes Jahr an Weihnachten zu seiner Familie nach Glasgow fahren. Stattdessen musste er schließlich sein Früchtebrot mit einer halb verhungerten Nonne, zwei Soldaten und einer Frau teilen, die ab Doncaster durchgehend heulte, weil ihr Freund sie verlassen hatte und sie Weihnachten bei ihren Eltern verbringen musste. Gran sagt immer: „Zugfahren ist, wie einen Krieg zu überleben, Hattie. Danach bist du nicht mehr dieselbe. Du trägst dann die Narben der öffentlichen Verkehrsmittel."

Und das von einer Frau, die anscheinend denkt, ich mache zu viel Wirbel darum, dass mein richtiger Dad auftaucht!

14:06 Uhr

Keith ist immer noch nicht hier. Ich gucke *Toy Story 2*, um mir die Zeit zu vertreiben.

17:12 Uhr

ACH DU SCHANDE! Das war das abgefahrenste Erlebnis aller Zeiten.

Wie soll ich aufschreiben, was ich fühle, wenn es so ein … ich weiß nicht mal, was es ist.

Das war VOLL der Fehler. WARUM HABE ICH *TOY STORY 2* GEGUCKT?! Wenn Jessie an der Straße zurückgelassen wird, muss ich immer heulen.

TYPISCH! Gran hat nicht angerufen, um mich vorzuwarnen, und Keith stand plötzlich vor der Tür! Ich war total verheult wegen eines verlassenen Spielzeugs, aber er dachte, ich würde wegen ihm heulen! Er drückte mich halbherzig und schlaff an sich und sagte: „Ich verstehe, Hattie. Für ein Mädchen deines Alters ist es schwer zu verkraften!" Ich konnte ihm nicht sagen, dass ich heulte, weil ich daran denken musste, wie mein Bruder meinen Teddy „Mr Flauschig" in eine Milchflasche gestopft und ihn den Fluss hinuntergeschickt hatte. Auf eine „dramatische Piratenreise", wie er es nannte (TEDDY-FOLTER). Ich sah sicher aus wie eine Fünfjährige. Jetzt denkt Keith bestimmt, dass ich das kindischste Mädchen DER GANZEN WELT bin. Dann fing ich richtig an zu heulen, weil in meinem Kopf einfach zu viel drin war. Ich konnte nicht mehr aufhören. Da sagte Mum: „Weißt du was, Hattie, das ist alles ziemlich viel für dich. Was hältst du davon, wenn Keith zu Gran geht, um sich erst mal richtig auszuruhen, und morgen wiederkommt? Dann hat er eine Nacht vernünftig geschlafen, und du hast die Möglichkeit, dich erst mal ... ein bisschen zu beruhigen."

Das machte mich ganz wahnsinnig, denn ich heulte ja hauptsächlich wegen *Toy Story 2*, glaube ich, aber als ich zu sprechen versuchte, brachte ich nur ein total peinliches Heulgegrunze heraus, und Rob sagte: „Ja, ich glaube, das ist wirklich eine gute Idee, Hats. Das hier würde jeden aus der Fassung bringen. Es ist nicht deine Schuld."

Keith sah irgendwie verwirrt aus und nickte, und Rob fuhr ihn zurück. Mum umarmte mich und sagte: „Ich habe versucht, es dir zu erklären, Hattie."

Ich war so wütend, dass ich sie wegstieß, und rief: „Hier geht's nicht um dich, hier geht's nur um MICH und *Toy Story 2*."

Sie sah mich verblüfft an. Kann ich ihr nicht verdenken. ICH WEISS NICHT, WIE ICH MICH FÜHLE, ABER SO SOLLTE ES NICHT KOMMEN.

Also werden Keith und ich offensichtlich morgen miteinander reden. Ich habe schon 14 Jahre gewartet. Welchen Unterschied machen da noch 24 Stunden?!

ICH SAG'S DIR: Noch ein Tag voller Nervosität und Übelkeit.

Ich glaube, ich schreibe an Disney und beschwere mich. Sie sollten KEINE Filme machen, die die Leute zum Weinen bringen.

Das alles war so eine Ernüchterung. Ich dachte, ich würde eine riesige Welle voller … Liebe empfinden, aber es hat sich einfach nur angefühlt wie … ein übles PMS.

18:46 Uhr

Echt jetzt, im Moment bin ich trauriger wegen Mr. Flauschig als wegen Keith. Mr Flauschig war ein Teddy-Pionier der Hochsee. Na ja, zumindest vom Fluss Derwent. Ich empfinde gar nichts für Keith. Was habe ich auch erwartet? Vielleicht hatte Gran recht.

18:58 Uhr

Ich fühle etwas! Ich fühle mich ein bisschen …

19:22 Uhr

Bevormundet. Danke, Smiley, das ist GENAU das richtige Wort. VON JEDEM.

Rob war gerade hier oben. Ob ich OKAY BIN, SCHNUPPEL? „Schnuppel" benutzt er nur, wenn er sich wirklich Sorgen macht.

Ich liebe Rob. Das macht die Dinge noch schwieriger – nicht einfacher.

Smiley sagt, ich solle es auf mich zukommen lassen. Dads könnten schwierig sein. Sie muss es ja wissen.

19:41 Uhr

Aber Smileys Dad liebt sie total und sagt es ihr DIE GANZE ZEIT. Er lacht sogar über Sitcoms, wenn keiner zusieht.

20:52 Uhr

Ich habe Crazy-Jen gerade erzählt, was heute passiert ist. Sie bringt noch einen Traumfänger vorbei, um sicherzustellen, dass der Teddy Mr Flauschig in Frieden ruhen kann. Jen versteht, was Vorrang hat.

---

1. Weihnachtstag

FREITAG, 25. DEZEMBER

8:01 Uhr

Habe Gran angerufen. Keith schläft noch. Das kommt vom Jetlag. Gran spielt anscheinend seit 6:17 Uhr ihr spezielles Weihnachtsalbum sehr laut ab. Sie hat zweimal „White Christmas" laufen lassen.

8:50 Uhr

Es funktioniert nicht. Keith schläft immer noch im unbequemsten Bett der Welt und will nicht aufwachen.

Gran sagt, sie kümmere sich darum.

9:21 Uhr

Gran hat sich darum gekümmert. Sie sagte: „Als ich zum Ende vom Slade-Song ‚Merry Christmas Everybody' kam, habe ich ‚It's Christmas!!!' zusammen mit Noddy Holder gesungen. Das hat den Flegel wach gemacht, Hattie."

Danke, Noddy Holder, wer auch immer du bist.

9:34 Uhr

Würdest du dein Kind Noddy nennen? Manchmal glaube ich, dass ich mit meinem Namen noch Glück gehabt habe.

9:45 Uhr

Gran ist OHNE Keith gekommen! Anscheinend macht er irgendeinen „New Age Meditationsquatsch" neben Grans Wäscheschrank. Kapiert er nicht, wie viele Fragen ich an ihn habe?!

Vielleicht muss er sich erst mal sammeln. Vielleicht MÜSSTE ich mich AUCH erst mal sammeln!

11:04 Uhr

Wir haben gerade unsere Geschenke aufgemacht. Ich habe hauptsächlich Geld bekommen. Langweilig, aber gut.

DANN passierte es.

Als ob ich mit mir selbst noch nicht genug zu tun hätte, habe ich JETZT auch noch eine RIESENverantwortung! Gran hat SICH SELBST ein iPad gekauft! EIN IPAD!!! Sie meinte, sie habe es satt, zu Weihnachten immer „Seife und solchen Quatsch" zu kriegen, und wolle endlich „im 21. Jahrhundert ankommen". Sie hat einen zinslosen Kredit über 48 Monate bekommen! Allerdings kapiert sie nicht mal, wie man das iPad anschließt. Gut. Solange sie bei Angry Birds bleibt, ist alles bestens. Ich könnte keine Apps ertragen, die sie mit dem Rest der Welt verbinden!

Mum tat so, als würde ihr der Duft von dem Britney-Spears-Parfüm gefallen, das ich ihr gekauft habe. Aber offensichtlich war es nicht so. Ich hab gesehen, wie sie es zu dem Scheuermittel und den Gummihandschuhen unters Waschbecken gestellt hat! Rob sagte dann noch, er würde die Plüschwürfel in sein Handschuhfach tun, weil es „nicht professionell wirkt, sie aufzuhängen". Ich hätte beinahe gesagt: „Genauso wie das Drive-in als Teil einer Fahrstunde, um einen Hamburger zu kaufen, aber das hat dich bisher noch nie davon abgehalten!" Rob sagt, so lernten die Leute, durch enge Stellen zu fahren. In Wirklichkeit lernen die Leute dadurch nur, zu Schalter zwei zu fahren, um Robs heimliches zweites Frühstück abzuholen!

Mum würde verrückt spielen, wenn sie das wüsste. Ich sage ihr nur nichts davon, weil ich ihn so lieb habe.

12:34 Uhr

Princess gefällt ihr Geschenk anscheinend auch nicht. Da ist so ein Schotte in Grans Rentnerklub, der keine Hunde mag. Princess verbindet Karomuster mit „Feindlichkeit und Männern, die nach Rauch und eingelegten Zwiebeln stinken". Ich sagte, sie könnte es umtauschen, aber Gran meint, der Laden „nimmt wahrscheinlich keinen angefressenen Mantel zurück. Außerdem ist sie ein junger Hund, und Karos sind was für Ältere!"

Princess hat eine bessere Garderobe als ich! Sie hat ungefähr fünf Mäntel, alle auf ihre Fellfarbe abgestimmt.

Ich erzähle dir das alles, weil Keith immer noch nicht hier ist. Ich bin höllisch nervös und mache mir Sorgen, dass ich ihn jetzt für den Rest meines Lebens abgeschreckt habe, weil ich diesen total emotionalen Zusammenbruch hatte.

17:09 Uhr

Keith ist endlich um 14:10 Uhr zum Essen aufgetaucht.

Mum und Rob waren sehr höflich. So, wie man höflich zu einer Person ist, die einen SEHR auffälligen pickligen Hautausschlag hat und bei der man sich nicht anstecken möchte. Gran war einfach nur unverschämt. Sie sagte die ganze Zeit, Keith aufzuwecken sei, als wolle man eine „verdammte Schildkröte aus dem Winterschlaf holen – wobei die allerdings einen abwechslungsreicheren Speiseplan hat und der bessere Gesprächspartner ist".

Sie hat recht. Keith ist nicht sehr gesprächig. Er wollte auch keinen Papierhut tragen, weil es ein „Scherzartikel-Massenprodukt" sei. Außerdem hat er keinen Truthahn gegessen, nur Gemüse. Sein Weihnachtsessen bestand aus zwei Pastinaken und ein paar Sprossen. Er wollte nicht mal Schokopralinen essen, wegen der maßlos übertriebenen Verpackung. Gran fragte: „Kann ich dann deinen Buttertoffee haben? Selbst schuld."

Er scheint sehr grün zu sein. Ich habe nichts gegen grün, aber er ist ein bisschen … zu grün. Finde ich. Ich weiß, dass das Polareis wegschmilzt, aber deswegen verderbe ich anderen nicht das Weihnachtsessen.

DANN: MEGAPEINLICHER SCHRECKMOMENT.

Nach der Rede der Königin ließ Nathan plötzlich seinen Pudding stehen und ging nach oben. Er hörte sich ZU LANGE seine WÜTEND-Playlist an und FLIPPTE DANN AUS. Er kam wieder runter und sagte zu Keith: „Hör mal, Kumpel – du interessierst mich nicht. Ich hab darüber nachgedacht und … tja, ich habe in meinem Leben schon einen Vater: Rob. Du hast dich vorher nie gekümmert, warum also jetzt? Geh mir einfach nur aus den Augen." Rob wollte ihn unterbrechen, aber Nathan sagte: „Nein, Rob, Kumpel, meine Meinung steht fest. Er wird kein Teil meines Lebens sein. So ist es halt."

Keith sagte: „Das tut mir leid, Nathan. Schade, dass du mich nicht in dein Leben und die Leichtigkeit der Vergebung nicht in dein Herz lassen willst."

Nathan schrie: „Nein, Kumpel. Ich lasse keinen Schwachkopf in mein Leben!"

HILFE! Bin ich gemein zu Rob, weil ich Keith in mein Leben lasse?! Das alles ist ein nie endendes Kopfchaos.

Dann sagte Gran ECHT SARKASTISCH: „Seit wann gibt es denn diesen neuen Keith, und wie lange wird die Version sich halten?"

Keith sah einfach nur traurig aus und meinte: „Ich war ein Vollidiot, das weiß ich. Es ging mir nur um Frauen und Trinken. Ich habe genommen, genommen und genommen, aber jetzt … versuche ich, besser zu leben. Ich versuche nur, meine Pflicht zu tun, und es gibt ein paar

Dinge, an die ich glaube, auch wenn sie dir vielleicht nicht passen. Als ich gehört habe, dass eins meiner Kinder mich kennenlernen möchte, musste ich es treffen, oder nicht? Und ich will mich ja mit euch allen wieder vertragen und Rob danken, dass er so einen tollen Job gemacht hat. Ich will einfach nur keine Tiere essen."

Gran schnaubte und sagte: „Mit den ganzen Spaghetti bolognese, die du gegessen hast, hast du schon mehr als deinen Anteil der Kühe auf dieser Welt umgebracht. Bilde dir nur nicht ein, dass du jemals Robs Platz einnehmen kannst. Das kannst du nicht!"

Keith sagte: „Das versuche ich auch nicht. Ich will nur meine Kinder kennenlernen. Glaub mir, mit dir will ich mich lieber nicht anlegen, Violet." Dann zwinkerte er, und SOGAR MUM MUSSTE LACHEN.

Gran lief vor Wut puterrot an. Sie HASST es, mit ihrem RICHTIGEN Namen angesprochen zu werden. Violet – das Veilchen. Sie meint, das wäre eine schwache, nutzlose Blume, die nicht mal einen leichten Frost übersteht. Den Leuten in ihrem Rentnerklub hat sie sogar erzählt, dass sie Rose heißt („Die hat Dornen, Hattie, so was braucht man im Leben").

Keith ist vielleicht grün, aber er hat es geschafft, Gran zum Schweigen zu bringen.

Ich liebe sie, aber es war irgendwie großartig, das mitzukrigen!

Aber Rob sah traurig aus. Ich glaube, er macht sich Sorgen wegen Nathan.

Ich und Keith haben uns ein bisschen unterhalten.

ICH: **Warum hast du dich NIE gemeldet?**

KEITH: **Weil ich so viel Mist gebaut hatte, dass ich einfach nur ganz weit weg wollte. Ich war ein Schwachkopf, wie Nathan sagt. Aber Hattie, diese Person bin ich nicht mehr. Ich war noch ein halbes Kind. Ich habe die ganze Zeit an dich gedacht. Und an Nathan. Und Ruby.**

ICH: **Oh. Gut.** ← WAS SOLLTE ICH SONST SAGEN?!

Mir ist aufgefallen, dass viele Erwachsene die Dummheiten, die sie gemacht haben, darauf schieben, dass sie noch ein Kind oder ein Teenager oder „jung" waren. Aber wenn DU etwas machst, das ihnen nicht gefällt, dann FLIPPEN SIE AUS.

18:49 Uhr

Ich fragte Rob, ob ich sein Leben ruiniert hätte, weil ich Keith in sein Haus gebracht habe. Er sagte: „Natürlich nicht, Hats. Ich verstehe, dass du deinen Dad kennenlernen willst. Wir alle verstehen das!"

Trotzdem sah er traurig aus. Mir wurde klar, dass ich ihm ein Auto-Waschset de luxe mit Frostschutzmittel hätte schenken sollen. Das hätte den Schmerz wenigstens etwas gelindert.

Ich schätze, wir spielen heute Abend nicht alle zusammen Wii Sports, wie ich gedacht hatte.

Kann sein, dass ich allein Tennis spielen muss. Wieder mal.

19:44 Uhr

Gran hat drei Sherrys getrunken und macht gerade Skispringen auf der Wii. Sie kann sich kaum nach vorn lehnen, darum schafft sie immer nur Zwei-Meter-Sprünge. Aber sie wirkt glücklich. Sonst niemand. Mum und Rob waschen schon seit mindestens sechs Stunden ab. Ich weiß, es war eine Menge Geschirr, aber kein Bräter muss so heftig geschrubbt werden. Nathan ist in seinem Zimmer und hört Mumford & Sons. Keith ist im Sessel eingeschlafen. Ich glaube, ich will, dass er weiterschläft. Es ist nicht sein Fehler, aber er ist wie eine Gefühlsbombe.

20:34 Uhr

Keith ist aufgewacht, um zu sagen, dass er MHP treffen will!

BUMM! Das war KEIN guter Knall. Ich habe ihn gewarnt, dass sie eine fiese Zicke vom Zickenplaneten ist. Er sagt, es sei seine Pflicht.

Dieser ganze Tag hat sich entwickelt wie ein Weihnachtspudding, der Feuer gefangen hat, das total außer Kontrolle geraten ist und das ganze Haus niedergebrannt hat. Inklusive Schlitten vom Weihnachtsmann, Rudolph und all die anderen Rentiere, an deren Namen ich mich nicht erinnern kann. Sogar die Elfen weinen. Ich habe sozusagen Weihnachten vernichtet, indem ich Keith, den Grünen Grinch, eingeladen habe.

21:41 Uhr

Gran und Keith fahren zurück zu Gran. Ich bin erstaunt, dass sie ihn nach allem, was heute passiert ist, noch reinlässt. Aber sie muss wohl – Gran braucht Hilfe. Sie hat sich die Hüfte verrenkt, als sie auf der Wii Slalom gefahren ist. Princess wollte mitmachen und hat sie umgeschmissen. Bevor Keith sie ins Taxi schob, versuchte Gran, darüber zu streiten, ob Hunde Wintersport machen können und ob man das als Disziplin bei der größten Hundeschau der Welt einführen sollte.

Princess dürfte nicht mal in die Nähe von irgendeiner Schau für Hunde mit Stammbaum. Erst recht nicht auf Skiern.

22:12 Uhr

Bevor Keith ging, rief er: „Tschüs, Nathan." Er gibt sich Mühe. Nathan hat seit einer Ewigkeit auf der Treppe gelauscht, aber er tat so, als würde er nichts hören.

Morgen bei Gran. Das ist Tradition am zweiten Weihnachtstag. Meistens bedeutet das: Obstpudding, Monopoly und ziemlich viel Fernsehen. Dieses Jahr bedeutet es: SPANNUNG wegen Keith.

Was habe ich getan?

SAMSTAG, 26. DEZEMBER

2. Weihnachtstag

7:23 Uhr

Fred hat gerade gesimst:

> Wie ist es gelaufen, Hats?

Am liebsten hätte ich gesagt: ES IST SCHRECKLICH, Fred. Keith ist alles egal, Princess wird nicht so bald an den Olympischen

Winterspielen teilnehmen, und ich habe einen SUPERSCHRECKLICHEN Fehler gemacht. BITTE lass mich bei dir unterkriechen, Fred, und mit Nerd zusammenleben. Ich will Nerd sein. Ich will bei dir leben. In einem schönen Tank. BITTE LIEBE MICH SO, WIE ICH ES WILL.

Aber ich schrieb nur zurück:

Gut. Bis bald. X

Daran merkt Fred hoffentlich, dass etwas nicht stimmt.

8:12 Uhr

Fred schrieb:

Freut mich, dass alles okay ist :-) Alles Liebe, FX

Ich glaube, er hat nicht gemerkt, dass etwas nicht stimmt.

Vielleicht bin ich auch grottenschlecht darin, Signale auszusenden.

9:23 Uhr

Keith ist aufgestanden und hat sich offensichtlich weder gewaschen noch geduscht. Er sagte, dass „Wasser so wertvoll wie Diamanten" sei und „zu viel Waschen die Pheromone schädigt". Er erklärte, dass „Pheromone einem dabei helfen, auf unsichtbare Weise mit anderen zu kommunizieren und einen Partner anzulocken".

Gran sagte: „Dafür musst du sie zuerst mal abwaschen! Bei all den Problemen, die sie verursacht haben! Außerdem bist du ein Mann, kein Stinktier."

Keith hat nichts dazu gesagt, aber Gran erzählte, er hätte „gelacht wie ein Irrer". Ich glaube, irgendwie mag er sie. Vielleicht ist „mögen" das falsche Wort. Irgendwas. Keine Ahnung.

13:35 Uhr

Gran hat Keith drei Flaschen Deo gekauft. Damit gibt sie ihm nicht gerade feinfühlig zu verstehen, dass er stinkt!

Keith mag keine Sprühdosen. Gran schnauzte: „Dann hole ich dir halt ein paar Deoroller." Die mag er auch nicht. Zum Glück muss ich jetzt kein Geld mehr in der Drogerie verschwenden, um ihm ein Geschenk zu kaufen – LOL!

15:57 Uhr

Gran besprüht Keith hinter seinem Rücken die ganze Zeit mit einer Mischung aus Geruchsneutralisierer und Raumspray. Sie versucht, es heimlich zu machen, aber er fragt sie ständig, was sie da tue. Wenn sie sagt: „Die Luft reinigen!", erklärt er ihr, dass sie die Ozonschicht zerstöre. Gran sagt, die Zerstörung von etwas, an das sie nicht mal glaube, sei ein kleiner Preis dafür, dass ihre Nase nicht mehr jedes Mal vergiftet werde, wenn er vorbeiläuft.

Wer IST dieser Mann? Er ist nicht der „Carlo", von dem jeder geredet hat! Er erscheint mir noch fremder, als er sowieso schon ist. Er wirkt nicht wie jemand, der seine Kinder verlassen würde. Er denkt über alles nach. Er wäscht Becher aus, bevor er sie in den Müll wirft. Das macht doch niemand!

16:32 Uhr

Warte mal, Gran – wie kannst du nicht an die Ozonschicht glauben?

17:15 Uhr

Gran sagt, sie hätte sie noch nie gesehen, genauso wenig wie die Zahnfee.

Das ganze Haus riecht jetzt nach Vanille und Jasmin mit einem Hauch von Waldwiese. Rob muss davon niesen. Gran meint, Rob müsse sich abhärten: „Nüsse?! Raumsprays?! Demnächst bist du noch allergisch gegen Wasser."

18:23 Uhr

Keith glaubt, dass britisches Leitungswasser vergiftet sei. Anscheinend liegt das am Fluorid (das ist in Zahnpasta, wie kann das schlimm sein?!). Keith hofft, dass die Umwelt eines Tages so sauber ist, dass wir bedenkenlos aus Flüssen trinken können. Gran sagte: „Das kannst du jetzt auch schon, wenn du dein Wasser gern mit Ölflecken und leeren Getränkedosen drin magst."

Solche Unterhaltungen führten wir, bis Mum sagte, sie hätte Migräne und wir müssten gehen. Es war eine Migräne, die sie mit zwei Gläsern Pino Noir behandelte, als wir nach Hause kamen, und sie erholte sich auf wundersame Weise. Ich mache ihr echt keinen Vorwurf. Keith ist …

Keith ist ein bisschen ÖDE. Wie kann ich einen öden Dad haben?! Ich hatte einen Typen erwartet, der ein bisschen wilder ist und mich vielleicht sogar in einer Kneipe ein Glas Wein trinken lassen würde. Werde ich mit diesen Genen zum Stumpfsinn heranwachsen und bis zum Ende meiner Tage Tomaten anpflanzen? Wozu? Die kann man im Supermarkt kaufen!

18:49 Uhr

Vielleicht war da irgendwo ein Fehler! Vielleicht IST Rob mein RICHTIGER Vater, und ich bin so was wie ein Albino! Es gibt einen echt coolen Albino in der Elften, der heißt Charlie Swain. Seine Eltern sind Schwarze! Vielleicht muss ich einen DNA-Test machen lassen!

18:52 Uhr

Habe gerade Albino gegoogelt. Ich würde rote Augen haben und wäre total blass. Ich bin nicht von Rob. Ich gehöre Keith.

19:14 Uhr

Vielleicht sollte ich mir mehr Mühe geben. Ich sollte über Dinge reden, die Keith mag. Ich könnte was über die britische Fauna und Flora googeln und gucken, ob ich etwas lernen und mich mit ihm darüber unterhalten kann.

19:48 Uhr

OH GOTT! Wenn Frettchenweibchen keinen Sex haben, sterben sie! Ich bleibe lieber beim Wiesel.

20:12 Uhr

Wiesel sind langweilig.

Keith hat beschlossen, jeden Tag vorbeizukommen, bis er zurückfliegt. Das beweist, dass er sich Mühe gibt.

Ich will mit Fred darüber sprechen. Muss meine Leidenschaft UNTER-DRÜCKEN und mich nur darauf konzentrieren, FREUNDE ZU SEIN. Aber jetzt bin ich zu müde. Ich habe die letzte Stunde in virtuellen Wäldern verbracht und mir die virtuelle Flora und Fauna angeguckt. Kann morgen noch vorbeigehen.

23:38 Uhr

Habe gerade geträumt, dass ich ein Riesenrotkehlchen in mein Haus eingeladen hätte. Zuerst schien es sehr freundlich zu sein, und dann versuchte es, mich zu Tode zu picken!

Ich brauche Jen nicht zu fragen, was der Traum IN WIRKLICHKEIT bedeutet. Ich weiß es.

Er bedeutet, dass Vögel echt fies sind.

23:51 Uhr

Vielleicht hat es auch was mit Keith-Ängsten zu tun.

SONNTAG, 27. DEZEMBER

10:12 Uhr

Ich wollte gerade nach nebenan gehen, als ich Jen zu Freds Haustür gehen sah. Ich wette, sie ist gekommen, um seinen Gecko anzuschauen. Sie ist die totale Reptilienexpertin und ein „großer Fan der kaltblütigen Seele". Anscheinend bringen einem Reptilien eine „einzigartige

Zuneigung" entgegen. Allein beim Gedanke daran, dass Fred und sie jetzt zusammen lachen und quatschen, könnte ich vor Eifersucht platzen.

Ich bin definitiv reifer geworden. Mittlerweile weiß ich fast sofort, wann ich eifersüchtig bin, und kann es sogar zugeben.

10:43 Uhr

Ich brauche etwas, das ich lieben kann. Vielleicht hole ich mir eine Python. Die könnte ihre beiden dämlichen Haustiere auf einmal fressen!

11:11 Uhr

Vielleicht bin ich doch nicht reifer geworden. Jen und Fred sind beide total super, und trotzdem genieße ich gerade die Vorstellung, dass „Teufel" – meine imaginäre Schlange – sie ALLE als leckere Zwischenmahlzeit verschlingt.

17:32 Uhr

Keith hat den ganzen Tag mit MHPs Mum verhandelt. MHP will ihn nicht sehen – erst recht nicht, seitdem sie herausgefunden hat, dass er weder steinreich ist noch in einer gigantischen Villa lebt.

18:35 Uhr

Keith starrte heute Abend eine Ewigkeit in die Luft und sagte dann zu mir: „Ich bin nicht besonders gut, was, Hattie? Du bist die Einzige, die mit mir redet. Nathan hat mir haargenau gesagt, was er von mir hält, und Ruby will mich nicht mal treffen. Kannst du mir helfen?"

Ich erklärte ihm, dass Nathan mich schon als Baby gequält hat und dass MHP mich hasst, weil ich in der Schule nicht cool bin und auch keine Designerklamotten trage.

Keith sagte: „Ich kann dir versichern, dass Nathan dich liebt. Und Ruby – na ja, Gleichgültigkeit ist das Gegenteil von Liebe. Schon mal daran gedacht, dass Ruby vielleicht irgendwie eifersüchtig auf dich ist? Und dass sie deshalb so gehässig ist?"

Lieber Keith, jetzt redest du ganz ehrlich TOTALEN Mist. Ich lachte nur darüber und erwiderte: „Glaub mir, sie ist nicht eifersüchtig. Sie hält mich für die größte Idiotin."

Keith sagte: „Tut mir leid, das zu hören. Schule ist grausam."

ACH DU SCHANDE! Wenigstens DAS versteht Keith!

ABER WARUM interessiert sich mein echter richtiger Vater eigentlich mehr für MHP als für mich?

WARUM? WARUM? WARUM?

19:59 Uhr

Gran meinte, so sei es bei allen Männern: „Halt sie scharf, aber kurz." Anscheinend darf ich nicht so nett sein (?), muss weniger Fragen stellen und weniger Zeit in Anspruch nehmen.

Gran erzählte mir auch, dass sie in den Spiegel geguckt hat und der Vajazzling-Hut vom Weihnachtsmann immer noch auf ihrem Hintern klebt. Sie glaubt, die Spuren vom Kleber würden verblassen.

Also fasse ich mal zusammen: MHP ist für meinen Dad die Nummer eins, aber die Arschdekoration von meiner Gran wird immer besser.

Hurra. Tolle Neuigkeiten.

20:21 Uhr

Vielleicht BIN ich manchmal ein bisschen zu sarkastisch, wie Crazy-Jen immer sagt.

Morgen gehe ich mit Mum und Gran zum Schlussverkauf. Das wird die Hölle, aber wenigstens muss ich mir dann keine Sorgen wegen Keith und MHP machen.

MONTAG, 28. DEZEMBER

19:32 Uhr

Keith und MHP würden sich NIEMALS verstehen. Er hat die meiste Zeit des Tages damit verbracht, uns wegen unserer Einkäufe zu belehren. Ob ich wirklich ein neues Top brauche? Ob Mum wirklich noch einen Kochtopf braucht? Ob Gran wirklich eine Plüsch-Bulldogge braucht, die einen Union Jack trägt und „Gott schütze die Königin" spielt? Ob uns klar ist, wie groß die Müllberge sind und wie sehr die Massenproduktion unsere Welt verschmutzt?! JA, KEITH!

ICH HABE NUR EIN SCHÖNES TOP GEKAUFT!

Keith! Ein Tipp von mir: Hör auf, die Welt zu retten, und rette mich!

20:16 Uhr

Ich muss mir Mühe geben. Das hier muss funktionieren. Das ist meine OFFIZIELLE Mission: EINE GUTE BEZIEHUNG ZU KEITH – MEINEM RICHTIGEN DAD – AUFZUBAUEN, BEVOR ER WIEDER ABREIST! Manchmal kann er total liebenswürdig sein.

DIENSTAG, 29. DEZEMBER

19:46 Uhr

Keith ist heute mit mir ausgegangen! Wir haben Ewigkeiten gebraucht, um ein Café zu finden, das ihm „zusagte" (Fair-Trade-Kaffee, veganes Essen – und das sind nur die Punkte, an die ich mich erinnern kann!). Das hat ungefähr zweieinhalb Stunden gedauert. Dann fiel ihm plötzlich ein, dass er seinen Namen mal in einer alten Toilette auf den Beton gemalt hat, und er bestand darauf, hinzugehen und nachzusehen. Er war immer noch da. Sein Spitzname, „Carlo", in Großbuchstaben. Keith sah wirklich glücklich aus und sagte: „Das da ist Geschichte." Ich brachte es nicht übers Herz, ihm zu sagen, dass es nur irgendein Graffiti ist und wohl kaum zur Touristenattraktion werden wird. Ach ja, und glutenfreies Brot mit Karotten-, Hummus- und Gewürzgurkenbelag ist SUPEREKELIG! Keith ist ganz okay, aber ich musste mich wirklich anstrengen, die Unterhaltung in Gang zu halten. Sobald wir schweigen, wird es echt unangenehm. Wir sind einfach nicht … wie ich dachte, dass wir sein würden. Mal habe ich einen witzigen Dad, dann einen öden Dad, DANN einen Dad, der einige Dinge kapiert, aber TOTAL ahnungslos ist, wenn's um andere Dinge geht.

Als ich nach Hause kam, fragte Mum: „Wie ist es gelaufen?" Ich schrie sie an: „Ich will nicht drüber reden – und hast du Schinken da?"

Die Wahrheit ist, dass ich mit niemandem reden will. Ich dachte, wenn ich Keith kennenlernen würde, hätte ich ein Elternteil, das mich VERSTEHT! Stattdessen habe ich totales Gefühlschaos, kaum Zeit für meine Freunde und wahrscheinlich Mangelernährung wegen ekeliger Butterbrote.

Meine Keith-Mission ist ein *Mission-Impossible*-Film ohne Tom Cruise, der alle rettet.

22:01 Uhr

HILFE! Nathan ist gerade in mein Zimmer gekommen und hat gefragt, wie's gelaufen ist?! Als ich es ihm erzählt habe, sagte er: „Keith scheint wie die meisten von uns zu sein, Hattie. Ein bisschen gut, ein bisschen idiotisch."

Das ist ein DURCHBRUCH für Nathan, der Keith vorher nur als „totalen B*********, der ********* meine ************ Mum und mich verlassen hat und sich einen S****** gekümmert hat" bezeichnet hat.

Vielleicht werden SIE am Ende noch Freunde – und ich bin die Einzige, die das, was sie AM MEISTEN WOLLTE, einfach nur TOTAL verbockt hat. WIE KANN DAS SEIN?!

MITTWOCH, 30. DEZEMBER

11:01 Uhr

Mum und ich hatten heute Morgen eine WICHTIGE Unterhaltung:

MUM: Hattie, ich glaube, du hast zu viel erwartet. Aber nimm es nicht persönlich. Wir sind alle ein bisschen ... durcheinander deswegen. Er ist anders. Er ist nicht mehr der Mann, den ich kannte. Ich weiß nicht, was ich davon halten soll ... Aber ich weiß, dass es sehr, sehr hart für dich sein muss, Hats.

OH GOTT! Sie ist so nett!

ICH: Es ist hart, Mum. Weil er MEIN DAD ist! Er sollte mich von Natur aus VERSTEHEN!

MUM: Du bist wundervoll, Hattie! Er ist nur der Mann, der den Samen gepflanzt hat. Es tut mir so leid, dass du nicht bekommst, was du willst. Oder was du verdienst.

IGITT, MUM, SO GENAU WOLLTE ICH'S NICHT WISSEN!

Ich wusste nicht, ob ich ihr zustimmen oder mit ihr streiten sollte, darum bin ich ins Internet gegangen, um mir Videos von Leuten anzugucken, die irgendwo runterfallen.

15:12 Uhr

Gran hat mich gerade angerufen. Princess und sie haben sich beim Wintersport übernommen und sitzen jetzt mit Wärmflaschen und Menthol-Muskelsalbe auf dem Sofa. Die Muskelsalbe ist nicht für Hunde, aber Princess liebt sie. Laut Gran hat sie über eine Stunde ihr Bein geleckt.

Die Einzigen, die dieses Jahr Weihnachten eine schöne Zeit haben, sind Hunde und Reptilien.

17:24 Uhr

Ich habe gerade den Umwelt-Blog gelesen, den Keith schreibt. ER IST UNGLAUBLICH!

> Grüße aus dem Vereinigten Königreich. Ich finde es hart hier. Es geht nur ums Shoppen: WAS man kaufen kann. WO man es kaufen kann. Nagellack scheint wichtiger zu sein als Umweltverschmutzung. Meine Tochter ist wundervoll – sie ist eine besondere junge Frau –, aber sie scheint ein bisschen besessen davon zu sein, wie sie aussieht und was sogenannte Stars tragen. Ich frage mich, wie viele Teenager in Großbritannien schon mal barfuß durch einen Wald gelaufen sind, unter den Sternen gecampt und mit einem Koalabären gekuschelt haben. Sie MÜSSEN lernen, dass die Verbindung zur Erde wichtiger ist als das, was der Gewinner von X-Factor trägt. Die NATUR muss gewinnen. Lasst uns Fotos von Dingen machen, die wirklich wichtig sind: der Himmel, der Mond, die Sterne. Die ECHTEN Stars. Berühmtheiten werden vergehen. Der Wald lebt für immer. Abgesehen davon entwickelt sich mein Besuch hier zu einer einzigartigen Erfahrung. Einer lehrreichen LEBENSERFAHRUNG. Ich habe ein paar furchtbare egoistische Fehler gemacht und Leute damit verletzt. Ich bereue das zutiefst und versuche, es wiedergutzumachen. Mein Rat: Tut nicht, was ich getan habe. Denkt

an die Leute, die ihr liebt, und tut etwas für sie. Nehmt ein Telefon, schreibt einen Brief, eine E-Mail – egal, was. Verpasst nichts, so wie ich es getan habe. Meine Tochter und mein Sohn haben ihr Leben mit einer wundervollen Vaterfigur gefüllt, die ich nie ersetzen kann. Bereut nicht am Ende alles, so wie ich. Friede sei mit euch.

1. *Du* findest es hart, Keith?! Denk mal an uns. Manchmal kommt es mir so vor, als würde ich mit einer riesigen KOPFSCHÜTTEL-Maschine reden, die gegen alles ist, was WIR tun.
2. Nagellack ist nicht wichtiger als Umweltverschmutzung, aber ich kann am Smog in China nichts ändern. Doch ich kann die Farbe meiner Nägel ändern, und zwar in „Cocktail-Orange".
3. „Meine Tochter ist wundervoll." Vielen Dank. TOCHTER?! Du hast zwei, Keith. Du meinst hoffentlich MICH.
4. „Friede sei mit euch"?! *Was soll DAS heißen?!*
5. HILFE! Mein Dad kuschelt mit Koalabären! Wie fühlen die sich dabei? Ich wette, die mögen bloß Bäume und andere Bären. Oder eine schöne Designertasche, in der sie ihre Eukalyptusblätter verstauen können – LOL! Ich weiß, dass Koalas eigentlich nichts von Designersachen halten. Ich bin einfach nur wütend.
6. Bei dem letzten Abschnitt ... könnte ich heulen. Er FÜHLT all diese Dinge. Es TUT IHM LEID, und er findet mich wundervoll – WARUM SAGT ER MIR DAS NICHT MAL INS GESICHT?!
7. Eigentlich wollte ich ihm sagen, dass es nicht zu spät ist, alles wiedergutzumachen – aber vielleicht ist es das. Ich hab keine Ahnung.

19:34 Uhr

Habe gerade Gran angerufen und ihr gesagt, sie soll den Blog auf ihrem iPad lesen.

22:57 Uh

Gran hat gerade herausgefunden, wie sie den Blog auf ihrem iPad lesen kann.

Ihre Stimme klang ein bisschen erstickt, als sie sagte: „Hattie – guck dir mal den letzten Abschnitt an. Nimm es dir zu Herzen. Verpasse nichts, so wie du es normalerweise tust."

JA, GRAN, ICH HAB'S GESEHEN … UND WAS VERPASSE ICH, BITTE SCHÖN?!

DINGE, DIE ICH WEISS:

1. Es tut Keith leid. Ich dachte, dabei würde ich mich gut fühlen, aber es macht mich nur … traurig. Und wütend. Aber hauptsächlich traurig.
2. Mum, Gran und Rob LIEBEN mich.
3. Smiley und Jen sind meine besten Freundinnen.
4. Nathan liebt mich wahrscheinlich auch, trotzdem will er mich emotional und sozial zutiefst erniedrigen.
5. Fred liebt mich, will aber nicht mit mir knutschen. Wenn man ein Mädchen küssen will, dann tut man es. Man lädt sie nicht zu einer Gecko-Taufe ein, wo noch andere dabei sind. Er liebt mich WIE EINEN KUMPEL. Ich brauche einen Jungen, der mich WIE SEINE FREUNDIN liebt.

6. Fred macht mich traurig, wütend, glücklich, kribbelig, ein bisschen verrückt – aber hauptsächlich fühle ich mich, als wäre mein Kopf im Mixer gelandet.

DONNERSTAG, 31. DEZEMBER

15:12 Uhr

Ich hoffe, Silvester wird besser als letztes Jahr, als wir alle um 23 Uhr im Bett waren. Gran geht nicht zu ihrer Ü-60-80er-Kostümparty. Letztes Jahr war ihr alles zu durchgeknallt. Sie will mal „einen Ruhigen".

17:37 Uhr

Keith kommt Silvester zu uns, aber ihm ist ein wenig (JETZT KOMMT'S) unwohl wegen der Heliumballons, denn offensichtlich führen sie zu einer Heliumknappheit in der Medizinbranche. Er fragte Gran, wie sie sich fühlen würde, wenn sie nicht minimalinvasiv operiert werden könnte, weil jemand eine bunte Party will. Gran sagte: „Das wäre mir egal! Eine große Narbe würde mir nichts ausmachen. Ich habe seit 1979 keinen Bikini mehr getragen!" Keith starrte sie nur an und sagte: „Bist du sicher, Violet? Ich habe gehört, dass bei euren Rentner-Tagesausflügen ans Meer alles Mögliche passiert." Dann zwinkerte er mir zu. Gran hat ihren Meister gefunden! LOL!

18:22 Uhr

Gran hat plötzlich beschlossen, doch zu der 80er-Silversterparty von ihrem Ü-60-Klub zu gehen. „Ich habe nicht mehr so viel Zeit wie du auf dieser Erde, Hattie", sagte sie. Es ist eine Kostümparty unter dem Motto „Die 80er". Sie hat sich eine von Mums alten Gardinen geliehen und geht als Madonna in ihrem „Like a Virgin"-Brautkostüm.

18:44 Uhr

Habe gerade Madonna 1984 gegoogelt. BITTE, Gran, TRAGE KEINEN „Boy Toy"-Gürtel.

19:12 Uhr

Gran hat sich gerade einen „Boy Toy"-Gürtel aus einer Packung Cornflakes und einem meiner alten Glitzergürtel gebastelt, weil sie meint, dass sie authentisch aussehen muss.

TUT MIR LEID. ICH HAB DIE NASE GESTRICHEN VOLL VON FAMILIEN.

Gute Nacht für dieses Jahr.

21:13 Uhr

SMS von Fred:

> Bevor alle verrückt spielen,
> wollte ich nur sagen: Frohes Neues!
> Alles Liebe, ich und Nerd, für immer XX

„Für immer"? Natürlich nur platonisch.

Freeeeeeeeeeeeed.

23:45 Uhr

Ich bin sicher, dass ich gerade höre, wie Keith Helium aus einem Ballon saugt und so tut, als wäre er ein Schlumpf!

KÖNNEN SICH DIE LEUTE BITTE ENDLICH DARÜBER KLAR WERDEN, WAS GENAU SIE SIND UND WAS GENAU SIE FÜHLEN?!

FREITAG, 1. JANUAR

11:21 Uhr

HATTIE MOORES OFFIZIELLE LISTE VON DINGEN, DIE IM NEUEN JAHR WIRKLICH WICHTIG SIND:

Die RICHTIGE, HEFTIGE Liebe finden.

Letztes Jahr habe ich zu viel Zeit damit verbracht, NACH MEINEM DAD ZU SUCHEN (ein Jahr voller Probleme, das nur zu Chaos und zur merkwürdigsten Zeit in meinem GANZEN Leben geführt hat!). UND ich habe zu viel Zeit mit flüchtigen Beziehungen (wie Crazy-Jen es nennt) verbracht – alias heiße Knutscherei.

1. DIESES Jahr geht es um TOTALE LANGZEITLIEBE. Es geht darum, jemanden zu finden, der Hattie Moore liebt. MICH. Ich bin keine KUSSGÖTTIN, ABER ich kann scharfe Sachen machen. Ich hab schon eine erotische Erlebnisbad-Knutscherei hinter mir. Ich war schon mal die Freundin von jemandem. Ich muss mich selbst als ECHTE FRAU sehen und die Tatsache annehmen, dass ich ein reiferes, größeres emotionales Gehirn habe.

Ja, ich habe immer noch winzige Titten – aber ich weiß, dass ich a) daran nichts ändern kann und b) größere Brüste NICHT alle Probleme lösen. Genau genommen, sagt Gran, vergessen die Leute sogar oft, dass sie auch ein Gesicht habe. Außerdem sei es ein Albtraum, große hübsche BHs zu kaufen: „Ich will nicht zwei Zelte, Hattie! Ich will zarten weiblichen Halt, am liebsten crèmefarben mit niedlichen blauen Blümchen." Ich sagte ihr, sie solle sich keine Sorgen machen, weil in ihrem Alter nur sie noch ihre Unterwäsche sieht! Sie durchbohrte mich mit ihrem Blick, darum schaute ich sie nicht an. Gran gab zurück: „Die Leute sehen andauernd meine Unterwäsche, Hattie. Jeder beurteilt dich nach dem Zustand deiner Höschen, glaub mir."

Was weiß ich, Gran könnte haufenweise heimliche Geliebte haben. Nach Bingo benimmt sie sich immer RICHTIG komisch und verliert oft ihren Stift.

13:12 Uhr

Crazy-Jen behauptet, alle Frauen seien Göttinnen. Ich sei offensichtlich keine Sexgöttin, sondern eine Amazonengöttin. Ich sei athletisch und käme aus dem Dschungel. Ich sei die geborene Jägerin.

Das ist Quatsch, denn ich kann im Supermarkt nie den Schinken finden.

TROTZDEM werde ich die wahre Liebe finden. EINE WAHRE LIEBE, die länger hält als die Bananen in der Obstschale. Ich weiß, das klingt verrückt, aber ich verdiene eine Liebe, die nicht nach einer Woche schon schwarz und modrig wird. Und ich will eine Banane nach meinen eigenen Regeln.

AUSSERDEM:

2. Netter zu Mum sein. Daran werde ich vielleicht scheitern, weil sie ein mutierendes Super-Nerv-Gen hat, aber ich werde es trotzdem versuchen, weil ich ihr wegen der Keith-Sache was schulde.
3. Keith kennenlernen. Ich muss es tun, jetzt, wo ich schon mal damit angefangen habe. Es ist eine Pflicht – so wie ich Grans Zahnprothese wiederfinden muss, wenn sie sie an einen sicheren Ort gelegt hat und sich nicht daran erinnern kann (immer auf die vordere Fensterbank, wo jeder sie sehen kann). Ich weiß, dass er seine guten Seiten hat. Im Innersten. Wenn er nicht über Schimpansen in Gefangenschaft oder so was schwafelt.
4. Sicherstellen, dass ich Fred nicht als Freund verliere. Ich muss das Kribbeln einfach vergessen und mehr so sein wie … wie ich früher zu ihm war. Ich habe zu viel erwartet. Man kann keinen Jungen knutschen, mit dem man *Postbote Pat* gespielt hat. Aber … FRED. Es ist schwer. Ich kriege dieses riesige Nerd-Problem einfach nicht aus dem Kopf.
5. MHP so oft wie möglich aus dem Weg gehen. Sie ist meine Schwester, na und? Sie ist immer noch der Feind. Familien hassen sich doch ständig! Darum geht es doch jeden Tag im Fernsehen.
6. Gran mit ihrem iPad helfen, damit sie nicht als internationale Witzfigur endet.

7. Princess Tricks beibringen, damit sie sich ihre eigenen Leckerchen und ihr eigenes Geld verdienen kann (ich kriege eine Beteiligung am Gewinn).
8. Mehr aus dem Haus gehen, um IRGENDWAS ANDERES zu machen, als zu Hause rumzuhängen!

15:15 Uhr

Habe Mum erzählt, dass ich mehr ausgehen will. Mum sagt, dann bräuchte ich einen Job, denn wie wollte ich sonst Kino, Klamotten, Zeitschriften, Pizza, Make-up bezahlen … Ähm … NATÜRLICH MIT WEIHNACHTSGELD, MUM! Und NIEMAND findet einen Job. Selbst Erwachsene tragen Zeitungen aus!

17:23 Uhr

Gran hat angerufen. Sie ist gestern Nacht als George Michael verkleidet heimgekommen. Sie hat keine Ahnung, wer in ihrem Madonna-Kostüm gelandet ist. Sie meint, es war alles ziemlich heftig in den 80ern.

SAMSTAG, 2. JANUAR

17:25 Uhr

Crazy-Jen war heute hier, um mich zu besuchen, ABER sie hat die ganze Zeit mit Keith gequatscht! Sie haben sich wie die allerbesten Freunde über Engel unterhalten. Dann hat Keith sich Jens Aura angesehen. Anscheinend haben wir alle eine Farbe um uns, die unsere wahre Natur widerspiegelt. Nur ganz bestimmte Leute können sie sehen, „Leute mit einem dritten Auge für die spirituelle Welt“, sagt Keith. Mum meint, das sind „Leute, die an allen möglichen Scheiß glauben".

Jens Aura ist angeblich golden und fließend.

Wenn meine eine Farbe hätte, wäre sie grün – ein fieses, EIFERSÜCHTIGES Grün. Jen und Keith verstehen sich einfach auf eine Art und Weise … AUF DIE ART UND WEISE, WIE KEITH UND ICH UNS VERSTEHEN SOLLTEN. Bei ihnen scheint alles so einfach zu sein.

18:13 Uhr

Gran erklärte Keith, dass ihm seine Aura aus dem Arsch scheint. Keith lachte darüber, war aber überhaupt nicht angepisst. Klang eher so, als ob er irgendwie wüsste, dass er sich wie ein Vollpfosten anhörte. Dann sagte er: „Violet, deine Aura ist schwarz. So schwarz wie deine Haarwurzeln waren, bevor sie weiß wurden!" Gran durchbohrte ihn mit ihren Blicken, erwiderte aber nichts! Deshalb musste ich kichern. Da hat Gran mich einen Judas genannt. Ich erklärte ihr, dass Keith bloß einen Witz gemacht hätte. Gran sagte: „Über Haare macht man keine Witze, Hattie. Die Frisur einer Frau ist die Verkörperung ihrer Seele."

18:53 Uhr

Gran ging auf eBay, nur um aus reinem Protest gegen Keiths Anti-Shopping-Mist irgendwas zu kaufen. Sie bietet jetzt für eine Handtasche.

Keith würde das womöglich sogar gut finden – ist ja secondhand! LOL!

19:17 Uhr

Gran hat ihr Gebot zurückgezogen. Sie wollte die Tasche eigentlich nicht. Sie wollte nur „diesem scheinheiligen Kerl" eins auswischen.

19:37 Uhr

Ich habe gerade „scheinheilig" nachgeschlagen. Hauptsächlich sind das mächtig nörgelnde Langweiler. Das trifft auf Keith zu. Aber er kann auch richtig witzig sein. Ich glaube, ich verstehe ihn vielleicht … ein bisschen.

SONNTAG, 3. JANUAR

10:22 Uhr

ACH DU SCHANDE! MHP hat ENDLICH eingewilligt, Keith heute Nachmittag zu treffen. Er wird sie HASSEN. Sie ist die Konsumkönigin. Ihre Aura lebt praktisch bei Topshop!

13:33 Uhr

Er mag sie.

Keith mag sie wirklich.

Er sagt, sie hätte versteckte innere Werte.

WELCHE inneren Werte?

1. Sie hat GEFÄLSCHTE Designerseife, von der Smiley (SUPERintelligent, weiß alles) behauptet, dass sie wahrscheinlich von Kindern in Ausbeuterbetrieben hergestellt wird.
2. Ihre Lieblingsserie ist *Vampire Diaries,* NICHT *Unser Land!*
3. Sie behauptet, echte Mädchen furzen niemals und dass man seinen Bauch darauf trainieren kann, es tagelang zurückzuhalten.

Ich kann nicht mal den Gedanken ertragen, wieder mit MHP zur Schule zu gehen.

Keith sieht offensichtlich das Gute in jedem. Das ist nervig.

16:55 Uhr

UNGLAUBLICH! MHP will Keith NOCH MAL sehen. WARUM?! Sie haben NICHTS gemeinsam. Das ist, als würde die Königin mit einem Mann in die Kneipe gehen, der im Dönerladen arbeitet.

17:16 Uhr

Nicht, dass MHP eine Königin wäre.

17:35 Uhr

Keith wäre außerdem gegen Döner. Er würde sagen, dass es sein inneres Lamm verletzt und wahrscheinlich auch sein inneres Joghurtdressing und Fladenbrot.

Das ist nicht fair. Schon wieder EIFERSÜCHTIG. Bin ich eigentlich die eifersüchtigste Person der Welt? Wassermänner sollten gar nicht eifersüchtig sein! WAS BIN ICH? Wegen dieser ganzen Keith-Geschichte denke ich mehr über mich nach, als ich es jemals getan habe. Es kommt mir vor, als ob alles, was ich je über mich gedacht habe, totaler Quatsch war. WER IST HATTIE MOORE? Diese Frage kann ich nicht beantworten.

20:23 Uhr

Rob kam gerade nach oben, setzte sich auf mein Bett und sagte, er hätte bemerkt, dass ich ein bisschen „still" gewesen sei. Ich erklärte ihm, dass ich in Wirklichkeit so durcheinander sei, dass ich es nicht mal richtig erklären könne. Da fing Rob an, dieses komische Lied zu singen, das heißt: „Die Antwort weiß ganz allein der Wind", und nahm mich fest in den Arm. Er sagte: „Hattie – ich kann dir sagen, wer du bist: Du kannst nicht kochen, du kannst nicht vernünftig staubsaugen und vergisst immer das Stück neben den Fußleisten … ABER es ist ganz toll, mit dir zusammen zu sein. Warum hörst du nicht auf, dich hier oben in deinem Zimmer verrückt zu machen, und gehst mit mir zu KFC? Alles zu seiner Zeit. Hör auf nachzudenken, tu irgendwas und lass uns ein Sparmenü holen!"

Das haben wir gemacht. Rob ist wahrscheinlich der liebste Mensch aus Guyana und vielleicht sogar von der ganzen Welt. Und nach Pommes mit Soße sieht alles gleich viel besser aus.

Morgen FANGE ICH AN, ETWAS ZU TUN.

MONTAG, 4. JANUAR

10:19 Uhr

Zeit, darüber nachzudenken, was Hattie Moore dieses Jahr WIRKLICH tun will!

Um eine ERNSTHAFTE LIEBESBEZIEHUNG zu finden, muss man wahrgenommen werden. Man muss anders sein, aber sich selbst treu bleiben.

Darum kürze ich jetzt den Saum an meinem Schulrock. Neues Schuljahr – neue Minirock-Hattie. Niemandem hier wird es auffallen, nur den Jungs! LOL!

13:32 Uhr

Ich finde, es sieht okay aus. An ein paar Stellen ist es ein bisschen schief, aber das merkt man nur, wenn man ganz genau hinguckt.

16:36 Uhr

Mum hat es sofort gemerkt. Sie sagte, es sei so unregelmäßig, dass es wie der Rock einer Flamencotänzerin aussehe. Sie hat sich fast bepisst vor Lachen und es nachgebessert.

Ich könnte SCHWÖREN, dass sie ihn länger gemacht hat.
Ja, ich fühle mich wie eine Vollidiotin, aber wenigstens habe ich was GETAN!

DIENSTAG, 5. JANUAR

Erster Schultag

17:16 Uhr

TOTAL nerviger erster Schultag.

MHP redet über Keith (ihren „RICHTIGEN Dad"), als ob er tatsächlich die Welt gerettet HÄTTE! Sie behauptet, er sei einer der größten Aktivisten der Welt und hätte eine „wichtige Rolle dabei gespielt, viele gefährdete Arten zu retten". In Wirklichkeit schreibt er einfach nur einen Blog, der von ungefähr 20 Leuten weltweit gelesen wird, MHP! Er ist NICHT auf einem Greenpeace-Boot und rettet Dinge, die gerettet werden müssen. AUSSERDEM sagt Gran, dass er schnarcht, wenn er so tut, als ob er meditiere. Gran sagte: „Hattie, ich habe die 1960er erlebt. Es gibt eine tiefe spirituelle Trance, und es gibt einfach nur Schlaf."

18:01 Uhr

Wenn ich mich so umschaue, gibt es anscheinend mehr erwachsene Spinner als je zuvor. Vielleicht ist das ein Virus.

18:18 Uhr

Smiley hat mir berichtet, dass MHP jetzt offiziell Leuten erzählt, dass ich ihre Schwester bin, aber „nur entfernt". Offensichtlich sagt MHP jedes Mal: „Unfälle passieren halt!" und lacht. MHP, DU WARST AUCH EIN UNFALL!

Das werde ich ihr natürlich nie ins Gesicht sagen. Ich weiß, wie es sich anfühlt, wenn man ein freiwillig-absichtlicher Unfall ist. Ich will nicht, dass sie sich schlecht fühlt.

HILFE! Ich HABE Keiths Nettigkeits-Gen geerbt.

18:36 Uhr

Smiley findet mich wundervoll. Und eigentlich sei ich das auch immer schon gewesen und worüber ich mich eigentlich aufregen würde?

Wie erklärt man jemandem, der weiß, von wem er abstammt, dass es sich anfühlt, als würde man bei lebendigem Leib gebraten, wenn man die Person trifft, von der man abstammt?

Ich denke schon wieder zu viel.

18:55 Uhr

Crazy-Jen meint, all das vegetarische Essen reduziere meine „natürliche Aggressivität". Rotes Fleisch mache einen wütend.

Ich könnte eine Dose Ravioli essen, um diese Theorie zu testen.

19:22 Uhr

Ich will MHP immer noch nicht verletzen.

Ich könnte ein Mini-China-Schweinerippchen essen, um zu sehen, ob das mein Blut zum Kochen bringt.

19:45 Uhr

Ich bin immer noch ruhig. Das muss eine dauerhafte Persönlichkeitsveränderung sein, KEINE fleischabhängige!

21:22 Uhr

Gran ist gerade Keith gegenüber MÄCHTIG ausgeflippt, wegen MHP. Gran hat ihn angebrüllt: „Du warst schon immer beeindruckt von hübschen, funkelnden Dingern mit Geld! Trotz all diesem ‚Rettet die Welt!'-Mist hast du dich nicht geändert. Du bist noch immer scharf darauf, Geld zu kriegen, ohne dafür zu arbeiten!" Angeblich macht Keith Straßenmusik mit einer umfunktionierten Keksdose, hat ein paar komische Jobs und einen Marktstand, wenn ihm „danach ist", zu arbeiten. Gran fing an zu singen: „Faulpelz! Faulpelz! Faulpelz! Faulpelz!"

DAS ALLES hat Gran nach einem kalten Rindfleisch-Gurken-Sandwich gemacht! Jen hat recht! Durch Fleisch wird man irre.

Keith blieb echt ruhig und sagte, Gran solle mal die Luft anhalten. Er HÄTTE sich verändert. Es sei eine Schande, dass SIE immer noch die alte Frau voller Vorurteile von früher sei, die sich Sorgen darum mache, was die anderen denken. Gran drehte durch und sagte: „Du hättest nicht nach Australien FLIEGEN müssen! Ich hätte dir einen Arschtritt gegeben, der dich dorthin befördert hätte. Tja – du verpasst ein paar wundervolle Kinder!"

EIN KIND, Gran. EIN KIND! Nathan hat kein Interesse, und MHP ist nicht wundervoll!

Ich finde aber, Keith HAT sich Mühe gegeben. Auf seine Art. Es ist eine komische Art.

Ach Gott, ich will Fred sehen. Ich will mit ihm über all das sprechen.

MITTWOCH, 6. JANUAR

16:56 Uhr

In der Schule haben wir in Sozialkunde über Chancengleichheit geredet. Es ging um „Männer gegen Frauen" und „Schwarz gegen Weiß". Was ist mit „Fit gegen nicht fit" oder „Designer gegen Discounter"? Das ist die WIRKLICHKEIT! Feminismus betrifft mich nicht! Ich will mich rasieren können, wenn ich Lust dazu habe!

18:39 Uhr

Gran hat mir gerade einen Megavortrag über Frauenrechte gehalten. Sie sagte: „Deine Generation weiß nicht mal, warum sie überhaupt geboren wurde. Bei Feminismus geht es nicht um haarige Beine! Es geht darum, dass wir bekommen, was wir verdienen! Das gleiche Gehalt bekommen wie ein Mann, die gleichen Möglichkeiten wie ein Mann! Meinst du, das war schon immer so?" Keith STIMMTE IHR ZU! „Deine Gran hat recht, Hattie. Frauen mussten sich vor Rennpferde werfen, um überhaupt nur das Wahlrecht zu erhalten!"

Warum haben sie Pferde da mit reingezogen? Waren die auf der Seite der Männer?

Gran sagte, ich solle mich nicht dumm stellen. „Der Punkt ist, dass DEINE Generation den Kampf aufrechterhalten muss! Habt Respekt vor euch selbst! Seid unabhängig. Ich habe für euch protestiert!"

Ich habe Gran gefragt, wo sie protestiert hat, wann sie protestiert hat und wofür genau.

Da schnauzte sie mich echt an: „Also, mir hat jedenfalls sehr viel daran gelegen, und ich habe den Fernseher ganz oft angeschrien!"

Gran gehört zu den Leuten, die einfach den „Gefällt mir"-Button auf Facebook drücken und denken, dass sich auf wundersame Weise etwas ändert. Sie hat das Herz am rechten Fleck, aber die Beine meistens auf dem Sofa! LOL!

Keith MACHT wenigstens was.

Vielleicht muss ich doch feministischer werden.

19:21 Uhr

Ich habe Rob gerade gesagt, dass er mit Abwasch dran ist. War er nicht, aber er ist drauf reingefallen. Ich bin OFFIZIELL eine feministische Aktivistin!

Ich rasiere mich trotzdem noch.

Ich muss rübergehen und Fred treffen. Ich kann es nicht länger aufschieben. Ich kann nicht ohne ihn. Ich muss nur einsehen, dass es andere Jungs gibt, die mich mögen werden und er wie ein … Junge ist, der ein Mädchen ist. Ich stelle mir insgeheim einfach vor, dass er schwul ist.

20:56 Uhr

Ich habe heute Abend endlich Fred gesehen. Am Anfang schien er ein bisschen sauer auf mich zu sein, aber je länger wir quatschten, umso mehr war er wieder wie mein Fred. Er findet Feminismus gut. Seine

Mutter, Donna, nicht. Sie sagt, sie wolle den Männern nicht gleichgestellt sein. Das würde sie eine Stufe herabsetzen. Donna ROCKT!

Ich treffe Fred am Freitag nach der Schule, um über ALLES MÖGLICHE zu reden. Dads. Feminismus. Und Echsen.

Und, BITTE, DARÜBER, DASS ER MICH LIEBT!

Nein. Nein. Nein. Er ist nicht interessiert. Er ist mein nichtschwuler schwuler Freund.

Ich kann das NIEMALS bei ihm ansprechen. Das muss ER machen. Das ist Feminismus. Ich meine nicht, dass der Mann die Initiative ergreift, sondern dass die Frau nicht die Führung übernimmt, weil das Männersache ist!

DONNERSTAG, 7. JANUAR

22:15 Uhr

Oder ist das jämmerlich?

Was sollten Mädchen denn tun?!

Ich kann nicht riskieren, mich wieder wie eine Vollidiotin zu fühlen wie nach dem „Gecko-Abend".

FREITAG, 8. JANUAR

21:12 Uhr

Keith kam rüber, als Fred und ich gerade einen Burger aßen. Er redete eine Ewigkeit auf UNS EIN, über Fast Food und wie schlecht es für einen sei und für die Kühe und Mutter Erde. Fred sagte: „Ich verstehe deine Ansichten, aber ich mag Chicken Nuggets wirklich sehr – und Keith, was ist mit deinen Lederstiefeln?" Keith sagte, sie wären ein Nebenerzeugnis ... von einer bereits toten Kuh. Fred sagte, Chicken Nuggets wären auch ein Nebenerzeugnis ... von einem bereits toten Huhn!

Ich hätte Fred küssen können.

Eigentlich hätte ich ihn sogar richtig heftig küssen können, HEFTIG UND STUNDENLANG.

Aber wir umarmten uns nur, als er ging. Er klopfte mir auf den Rücken. Das ist nicht sexy. Das macht man auch, wenn jemand husten muss.

Als Fred weg war, sagte Keith: „Er scheint ein netter Junge zu sein. Ich mag Leute, die mich herausfordern. Sie helfen meinem spirituellen Wachstum."

Ich sagte: „Ja, er ist nett."

Ich dachte: Er ist wundervoll, er ist ein Nerd, er ist HEISS wie die SONNE oder etwas, das man vor einer Ewigkeit in die Mikrowelle geschoben und dann vergessen hat, und ICH LIEBE ihn.

Stattdessen sagte ich, er sei nett.

SO'N SCHEISS.

SAMSTAG, 9. JANUAR

15:39 Uhr

Heute geriet Keith in einem Einkaufszentrum in eine Demonstration gegen schlechte Arbeitsbedingungen in Fabriken der Dritten Welt. Er wurde von Sicherheitsleuten weggetragen. Er sagte: „Was ist aus England geworden? Früher haben sie friedliche Demonstrationen erlaubt." Gran erwiderte: „Idioten, die nur nach Aufmerksamkeit heischen, sind seit 1998 gesetzlich verboten. Und mal ganz nebenbei: Anstatt dich wegen Arbeitsbedingungen in der Dritten Welt zum Narren zu machen – wie wär's, wenn du erst mal die Dinge hier ins Reine bringst und versuchst, Nathan näherzukommen? Wie wär's damit, eine Beziehung zu deinem Sohn aufzubauen? Den armen Jungen hat diese ganze Sache wirklich aus der Bahn geworfen. Du hast ihn als Baby ignoriert, und jetzt ignorierst du ihn als Erwachsenen. DOPPELABFUHR!"

„Aber er will nicht mit mir reden", verteidigte sich Keith.

„Dann gib dir verdammt noch mal mehr Mühe!", brüllte Gran.

Keith sagte eine Ewigkeit gar nichts. Dann gab er zu: „Du hast recht, Violet … Du hast völlig recht."

„Ja, habe ich", schnauzte Gran. „Und hör auf, mich Violet zu nennen."

Viel Glück, Keith!

17:12 Uhr

HILFE! Ich habe gerade herausgefunden, dass Crazy-Jen mit Keith bei der Demo war. Ich habe ihr gesagt, ich will nicht, dass sie mit ihm abhängt. Ich habe Smiley schon gebeten, Jen zu erklären, wie schwer es für mich ist, dass JEN sich anscheinend besser mit ihm versteht als ich. Jen war das etwas peinlich, und sie sagte, es wäre halt echt schwer, in Derby Leute zu finden, die sich um das Schicksal der Pinguine sorgen UND an alte Maya-Prophezeiungen glauben (???).

Haben die alten Mayas vorhergesagt, dass mein Dad ein Arsch sein kann?!

SONNTAG, 10. JANUAR

11:22 Uhr

Bin heute Morgen aufgestanden und habe an der Küchenpinnwand eine Notiz von meinem Bruder gefunden:

> NICHT DEN BACKOFEN BENUTZEN, WEIL HINTENDRIN EINE WURST FESTSTECKT.

Nur mein Bruder kann mit einer Wurst Chaos anrichten!

11:57 Uhr

KEITH HAT GERADE 20 MINUTEN DAMIT VERBRACHT, DIE WURST CHIRURGISCH ZU ENTFERNEN!

Er sagte, es wäre eine „komplizierte Sache" gewesen, aber „ziemlich einfach" für einen Klempner. Keith sagte noch: „Wenn man schon mal ein ganzes Männerhemd aus einem Sanitärsystem entfernt hat, Hattie, ist eine Wurst ein Klacks."

Nathan grunzte nur irgendwas, machte sich ein deftiges Frühstück und nahm es mit in sein Zimmer.

MANN! WIE UNHÖFLICH! Ich weiß, Keith hat uns verlassen, aber wer den Ofen wieder hinkriegt, verdient wenigstens ein „DANKE, KUMPEL".

12:35 Uhr

Nathan und ich hatten gerade ~~die folgende Diskussion~~ einen HEFTIGEN Streit:

ICH: Das war echt nett.

NATHAN: Was?

ICH: Die Wurst zu retten!

NATHAN: Hattie, ein Schweinefleischprodukt hinter einem Ofen hervorzuholen, macht es nicht wieder gut, dass er Mum verlassen hat, UNSER GANZES LEBEN LANG nichts mit uns zu tun haben wollte und nur auftaucht, weil DU, VERDAMMTE MISS MARPLE, nach ihm suchst.

ICH: Es ist FLEISCH. Er hasst FLEISCH. Er hat FLEISCH angefasst, damit du noch MEHR GEBRATENE TOTE SACHEN essen kannst!

NATHAN: Heißt das etwa, ich soll einfach alles vergeben und vergessen?!

Man kann nicht mit ihm reden. Keith hat es mitbekommen und sagte: „Danke, dass du's versucht hast, Hattie. Das ist wirklich lieb."

Das Komische ist: Ich HÄTTE GERN, dass Keith und Nathan sich verstehen, aber der Gedanke daran, dass er sich mit MHP versteht, ist einfach nur … FALSCH. Aber wie kann das sein? Sie verkörpert ALLES, was er NICHT mögen sollte.

16:46 Uhr

Keith ist heute Nachmittag nach zweieinhalb Stunden zurückgekommen und verkündete, dass er mit MHP über einen „Naturlehrpfad" gegangen ist. Anscheinend liebt sie Hirsche. MHP liebt Hirsche?! Seit wann?!

Ich will ein Riesengeweih, damit ich es MHP in ihren perfekten Arsch RAMMEN kann.

MONTAG, 11. JANUAR

16:23 Uhr

In Englisch gab uns Dr. Richards heute auf, über eine TV-Sendung zu schreiben, die wir hassen. Smiley hat über *EastEnders* geschrieben, weil es darin zu viel Sex gibt. Wenn sie das mit ihren Eltern guckt, fühlt es sich an, wie „langsam vor Scham zu sterben". Ihr Dad fängt an zu husten, und ihre Mum hat das plötzliche Bedürfnis, den Wasserkocher zu entkalken. Crazy-Jen sagte, sie würde fast alles im Fernsehen hassen, weil es sie davon abhält, „das wahre Gefüge der Realität zu erleben und die Natur zu spüren". (???)

Ich sagte, dass ich *Löwenzahn* hasse, weil man Kinder von Diskussionen über die Umwelt fernhalten sollte. Die Sendung ist total langweilig, und es hilft nicht, einfach nur nett zu Dachsen zu sein.

Wegen Keith bin ich sogar etwas sauer auf Dachse. Es ist nicht ihre Schuld, und ich will nicht, dass sie ausgemerzt werden. Ich will einfach nur, dass sie auf ihre gestreifte Art und Weise VERHINDERN, dass MHP und Keith sich gut verstehen!

19:57 Uhr

Sollte ich mich Keith jetzt nicht näher fühlen? Sollte da nicht irgendwas TIEFGRÜNDIGES und Biologisches einsetzen? Manchmal nervt er mich einfach nur – er „umarmt" jeden Morgen die Sonne. Jen macht das auch, aber ich LIEBE sie. Warum liebe ich Keith nicht so TIEF UND INNIG wie Mum und Rob?!

Ich liebe Rob mehr als meinen RICHTIGEN Dad. Das ist doch nicht richtig, oder?

DIENSTAG, 12. JANUAR

16:32 Uhr

HEFTIGER Tiefschlag.

Jen und ich haben uns total zerstritten.

Ich bin am Arsch.

Jen behauptet, seit mein Dad da wäre, hätte ich mich verändert. Anscheinend bin ich „außergewöhnlich streitsüchtig" (sie benutzt immer zu lange Wörter), wenn es um „Dinge geht, die wirklich wichtig sind"!

Ich sagte: „Jen, ich würde AUF DER STELLE einen GANZEN Wal auf dem Butterbrot verspeisen. Ich hab die Nase so was von voll von allem, was GRÜN ist." Jen erwiderte, das sei das Dümmste, was sie JEMALS gehört hätte, und es zeige, wie wenig ich wisse, denn man würde niemals ein Brot finden, das groß genug sei, um einen Wal draufzulegen. Nicht mal ein hauchdünnes Scheibchen! Dann stürmte sie davon.

Jens Aura ist nicht golden – sie ist knallrot und unvernünftig. Und sie stellt Meeressäugetiere über ihre Freundinnen.

17:39 Uhr

Das ist zum Teil Keiths Schuld. Bevor ER gekommen ist, hatte ich für Jens Abgedrehtheit Verständnis.

19:11 Uhr

Ich hasse es, mit Jen zerstritten zu sein. Sie ist wie meine verrückte, abgefahrene Schwester. Mehr als MHP es JE sein wird. Ich war eine Idiotin.

21:23 Uhr

Crazy-Jen und ich haben uns umarmt und uns beide entschuldigt. Sie sagte, sie wolle bloß, dass ich „aufgeschlossen" sei. Ich versprach, niemals ein Bedrohte-Tierarten-Butterbrot zu essen, nicht mal wenn ich ein Brötchen finden würde, das groß genug sei. Ich sagte ihr auch noch, dass ich sie liebe und für sie immer aufgeschlossen sei. Nur für Keith bleibe ich verschlossen. In Wahrheit hat er mich verletzt. Ich dachte, er würde mich LIEBEN und mein Freund sein. Er ist nur ein Freund der Erde. Für die Leute, die darauf leben, ist in Keiths Gehirn kein Platz.

21:51 Uhr

Die traurige Wahrheit lautet: Ich glaube, Keith würde mich mehr lieben und besser VERSTEHEN, wenn ich ein Tintenfisch wäre.

MITTWOCH, 13. JANUAR

20:12 Uhr

Es ist Mitte Januar, und ich habe noch nicht das kleinste bisschen Liebe gefunden. Tief im Herzen hatte ich gedacht, ich würde mit Fred jetzt schon unsere Ferien planen.

21:34 Uhr

Was mir gerade noch einfällt: Heute ist etwas passiert, das meinen Glauben daran bestätigt hat, dass Männer nie erwachsen werden. In der Pause fingen die Jungs an, „Finde den Penis" in einem „Chemie für dich"-Buch zu spielen. Nicky „Bad Boy" Bainton hatte winzige Pimmel auf die Illustrationen und Fotos gezeichnet, und die anderen Jungen mussten sie finden. Einer war auf dem Foto von dem Mann an der Tankstelle, einer auf dem Bild eines Atoms und zwei im Periodensystem. Das war anscheinend SUPERWITZIG.

Ich werde auf jeden Fall Feministin – aber eine Feministin mit Liebesplanung.

21:54 Uhr

Smiley und Crazy-Jen finden auch, dass Feminismus der richtige Weg ist. Solange man sich immer noch enthaaren und knutschen darf.

Männer sind IHR LEBEN LANG unreif und total unberechenbar!

DONNERSTAG, 14. JANUAR

18:24 Uhr

Aus heiterem Himmel!

Keith hat vorgeschlagen, dass „wir" ihn in den Sommerferien in Australien besuchen. Nach der Würstchen-Sache heißt „wir" bestimmt nicht Nathan. Das Würstchen hat die Sache BESIEGELT. ES BEDEUTET: ICH UND MHP.

1. MIT MHP?!!
2. Außerdem ist es eine EWIGKEIT weit weg.
3. Was, wenn ich dann eine Beziehung habe?
4. Tut eine Feministin das, was ein Mann von ihr verlangt?!

Smiley und Crazy-Jen halten es für die Chance meines Lebens. Falls ich hinfahre, werde ich jeden Tag mit ihnen skypen!

19:12 Uhr

ACH DU SCHANDE! Keith hat kein Internet! Er geht zur Bücherei, um seinen Blog zu schreiben! Auf so ein Landei-Level kann ich mich nicht einlassen!

19:39

Ich merke volle Kanne, dass Mum insgeheim total BEGEISTERT darüber ist, dass ich und Keith noch keine besten Freunde sind. Ich muss mir mehr Mühe geben.

20:27 Uhr

Fred (der alle mag) hat heute zugegeben, dass er Keith auch nicht gerade LIEBT. Er hält ihn für ein RIESIGES Kind. „Und wenn er dich IRGENDWIE ärgert, Hattie, mag ich ihn noch weniger." ABSOLUTER SCHWACHSINN – aber süß!

20:42 Uhr

Sehr süß.

TOTAL süß. ABER er hat kein Interesse. Er ist wie alle Männer. Reptilien und Säugetiere und Bäume gehen vor.

Eigentlich ist das nicht fair. Bei Rob gehe ich vor.

20:58 Uhr

Allerdings liebt er sein Auto. Er nennt es Pat – nach einer Exfreundin, mit der man „wunderbar zusammen sein und die man leicht steuern" konnte. LOL!

21:52 Uhr

Eigentlich ist das nicht lustig – das ist SEXISTISCH! Ist Rob ein heimlicher Antifeminist?

22:22 Uhr

Ich habe Rob gerade gefragt, ob er an die Kraft der Frauen glaubt. Er sagte: Auf jeden Fall. Er glaubt an die Kraft der Frauen, außer beim „Wenden in drei Zügen". Anscheinend können wir das nicht so gut wie Männer.

22:49 Uhr

Mum hörte Rob sagen, dass Männer bessere Fahrer sind als Frauen, und flippte aus. Jetzt fahren sie ein Wettrennen auf der Straße. Es ist fast elf Uhr nachts!

23:02 Uhr

Rob hat gewonnen, aber nur, weil sie wegen einer Katze eine Notbremsung machen musste, sagt Mum. Jetzt schreit sie Rob an, dass Männer immer um jeden Preis gewinnen müssen und dass es „wichtiger ist, Leben zu retten". Offensichtlich fangen Männer deshalb Kriege an.

Die Frage ist: Müssen wir als Frauen brutaler werden und Tiere zerquetschen, um den Kampf der Geschlechter zu gewinnen?

23:32 Uhr

Fred hat gerade gesimst. Er hat gesehen, wie meine Mum die Katze gerettet hat, und fand das großartig. Fred ist das, was Gran einen dieser „modernen Männer" nennt. „Sie saugen sogar Staub, wenn du sie fragst, und waschen deine Feinstrumpfhosen per Hand!"

Ich wünschte, er wäre mein Mann. OH FRED – WARUM SIEHST DU MEINE STÜRMISCHE LEIDENSCHAFT NICHT?!

FREITAG, 15. JANUAR

16:47 Uhr

Liebe MHP, HÖR AUF, mich jeden Tag in der Schule so HÄMISCH ANZUGRINSEN. Du gehst mir total auf die Nerven.

~~Alles Liebe~~ Wie auch immer,

Hattie

19:23 Uhr

Solange Keith in der Nähe ist, kann ich mich einfach nicht vernünftig auf Romantik konzentrieren. Ich sollte eine Beziehung zu ihm aufbauen, aber ES IST SCHWER. Ich sehe ihm ein bisschen ähnlich, aber das ist alles. Er ist in Ordnung. Manchmal ist er sogar echt süß, dann wieder macht er verrücktes Zeug. Gran sagt, sie musste sogar ihre kaputten Plätzchen verstecken, weil er keine Konservierungs- und Zusatzstoffe mag.

19:55 Uhr

OH GOTT! Vielleicht hat MHP recht. Vielleicht hat Gran wirklich einen Lastwagenfahrer als Liebhaber, der für sie Sachen aus seinem Laderaum klaut!

20:29 Uhr

Ich habe Gran nach den Plätzchen gefragt. Sie hat ein bisschen komisch geguckt und gesagt, die wären von einem Bekannten mit

„Beziehungen". In ihrem Rentnerklub sind total viele Leute, die illegale Sachen machen, weil die Polizei sie nie verdächtigen würde. Anscheinend hält einen niemand für kriminell, wenn man einen Rollator hat oder Himbeermarmelade ohne Kerne kauft („Kerne können deinem Zahnersatz ganz schön zusetzen").

21:14 Uhr

Ich frage mich, ob ich ein Diebstahlgenie bin wie mein Opa, der klauende Postbote. Vielleicht ist das genetisch bedingt. Das sind viele Dinge, wie ich festgestellt habe. Ich glaube, meine fürsorglichen Eigenschaften habe ich von Keith, abgesehen von der Tatsache, dass er uns verlassen hat.

21:35 Uhr

Gran meint, ich sei nicht für ein kriminelles Leben geschaffen. Wenn ich lüge, merkt sie das schon an der Art, wie mein Knie zuckt. Offensichtlich würde ich bei Verhör und Folter ganz schnell einknicken.

21:59 Uhr

Keith will morgen Zeit mit mir verbringen. Ich hoffe, es hat nichts mit Hirschen zu tun.

SAMSTAG, 16. JANUAR

16:55 Uhr

IRRER TAG!

Ich habe Keith und Gran besucht. Gran bügelt Hemden, bevor sie sie an Wohltätigkeitsläden verschickt! Sie sagt: „Selbst richtig arme Leute und die Obdachlosen sollten Niveau haben, Hattie. Wie sollen sie sonst Arbeit finden?"

Keith war sehr beeindruckt, dass Gran Kleidung spendet. Als Gran das hörte, drohte sie damit, die Klamotten einfach in den Mülleimer zu werfen – und sie meinte nicht die Recyclingtonne!

Dann beschloss Keith, dass wir Grans furchtbare Garderobe „upcyclen" sollten, und zwar zu etwas mit „coolem Retro-Touch". So was macht er anscheinend an seinem „gelegentlichen" Marktstand. Hier geht es um die Garderobe, von der niemand spricht. Das SCHLIMME Familiengeheimnis, vor dem Mum mich gewarnt hat. Grans Garderobe – die Garderobe des PUREN MODEHORRORS! Ein Kleiderschrank voller SCHLECHTER-GESCHMACK-SCHNÄPPCHEN UND MISSRATENER HANDARBEITEN.

Während wir Grans Zeug sortierten, fragte ich Keith, warum er uns verlassen und sich NIE gemeldet habe. Ich glaube, ich erwartete ein paar bessere Antworten.

KEITH: Hattie, ich war damals ein ganz anderer Mensch. Ich wurde mit dem Chaos, das ich angerichtet hatte, nicht fertig. Deine Gran sagte auch, es sei das Beste, wenn ich gehe. Sie hatte recht. In Australien haben sie Klempner gesucht, und ich ... sieh mal ... ich war einfach nicht besonders nett. Das ist die Wahrheit.

ICH: Aber hast du nie an mich gedacht? An uns?

KEITH: Doch, natürlich. Die GANZE Zeit. ABER es ist nicht einfach. Da unten fühlt man sich wie in einer anderen Welt. Es ist so weit weg. Es kam mir vor wie ein anderer Planet. Außerdem begann ich, mich zu ändern. Ich konnte neu anfangen. Niemand kannte mich. Aber ja, ich bin davongerannt. Ich dachte, wenn ich Kontakt aufnehme, würde es ...

ICH: Würde es was?

KEITH: Die Dinge komplizierter machen. Rob war ein großartiger Dad für dich.

ICH: Ich weiß! ABER DU HÄTTEST DICH MELDEN SOLLEN.

KEITH: Ich weiß. Es tut mir leid. Mir wurde nur langsam klar, dass ich niemand Besonderes war. Meine ganzen Kumpels, die mich angestachelt hatten, waren weg, und ich begriff, dass ich keine Freunde hatte und die wirklich wichtigen Sachen versaut hatte. In Tasmanien verstand ich, dass die Erde wichtig ist. Wunderschöne Berge und Flüsse und Dinge, die in deinem Garten herumhüpfen ... Komm doch morgen her und lass uns ein bisschen

		Spaß haben, indem wir ein paar Sachen von deiner Gran upcyclen.
ICH:		Was? Denkst du, für diese Bluse lohnt sich das noch?
KEITH:		Sie ist perfekt fürs Upcycling, würde ich sagen. Sollen wir es morgen versuchen? Was meinst du?
ICH:		Dann muss ein altes Kleidungsstück wohl dafür herhalten, alles wieder einzurenken.

Da musste Keith lachen, und er sagte: „Hattie, das glaube ich nicht, aber ich bin GERN mit dir zusammen. Du bist klug und witzig und ein kleines bisschen sarkastisch."

Er fügte nicht hinzu: „Anders als MHP." DAFÜR ist er zu nett.

SONNTAG, 17. JANUAR

17:38 Uhr

Es ist retrospektakulär!

Upcycling war TOTAL LUSTIG! NIEMAND kann AUSGEFRANSTE braune Häkelwesten rocken oder den Minirock mit Schlitz vorn, den Keith gemacht hat (übel – sieht nur aus wie ein vier Zentimeter langer Riss!). Man kann auch keine schmuddelige Handtasche rocken, auf die ein Regenbogen und Sterne gekritzelt sind. MIT KUGELSCHREIBER. Der Regenbogen hat nur drei Farben: schwarz, blau und rot. Keith meinte: „Die Botschaft zählt." Ich gab zurück, dass ich bei der *Vogue* anrufen und ihn anzeigen würde! Wir haben uns fast bepisst.

Gran erwischte uns dabei, wie wir über ihre furchtbare Garderobe kicherten, und nannte mich eine Verräterin.

18:12 Uhr

Keith und ich waren uns einig, dass Gran irre ist. Ich fühle mich ein bisschen schuldig, aber auch ein bisschen erleichtert.

18:46 Uhr

Mir ist gerade klargeworden, dass alle Australier grausam aussehen müssen.

19:13 Uhr

Allerdings tragen sie nicht viele Klamotten, weil es so heiß ist. Bei einem Bikini kann man ja nicht viel falsch machen!

MONTAG, 18. JANUAR

16:55 Uhr

Als ob ich nicht schon genug an den Hacken hätte, hat die FIESE Folterlehrerin Matfield beschlossen, dass wir in Kunst ein Keramikprojekt machen. Wir müssen ein Tier machen, das wir lieben oder geliebt haben. Florence Morse – ultimative Rebellin – sagte, sie sei mal im Urlaub ans Meer gefahren und habe sich in eine Gruppe Plankton verliebt. Sie hat ihren Ton einfach zu lauter kleinen Kügelchen gerollt. Matfield schimpfte mit ihr, weil sie „Kunstmaterialien missachte". Da schimpfte Florence mit ihr, weil sie „eine tief empfundene und glückliche Kindheitserinnerung missachte". Dann fragte Matfield, wie ihr Tier heißen würde. Als Florence antwortete: „Plankton, das Plankton", flippte Matfield aus.

Was kann ich machen? Ich könnte Hammy, den Hamster, machen, aber sein Gesicht ist zu schwierig. Das Gleiche gilt für Käpt'n Knabber, das Meerschweinchen. Die Gesichter von Nagetieren sind schwer zu modellieren!

War klar, dass Mum mir Haustiere schenkt, die eine künstlerische Herausforderung sind.

18:02 Uhr

Ich kann auf keinen Fall Princess machen. Die hält nicht mal so lange still, dass man überhaupt sehen kann, wie sie aussieht. Wenn ich ihr etwas Leckeres zu essen kaufe, schaffe ich vielleicht eine Skizze.

18:48 Uhr

Gran sagt, Princess mag Hähnchenstreifen aus dem Feinkostmarkt. Die kann ich mir nicht leisten, sie bekommt welche vom Discounter.

18:52 Uhr

Jen hat gerade gesimst. Sie sagt, das ist mein Karma, weil ich Nerd „Nerd" genannt habe.

Ich muss wohl versuchen, Princess zu machen.

Ich wünschte, ich könnte mehr Zeit mit Nerd verbringen. UND mit seinem Besitzer.

DIENSTAG, 19. JANUAR

7:28 Uhr

Bin gerade aufgewacht, und mir war vor lauter Ton ganz schlecht.

18:49 Uhr

War Princess besuchen – sie ist einfach weggerannt. Gran sagt, sie kann niedrigpreisiges Essen riechen. Sie rührt nichts Billiges an. Sie erkennt die Marke. Aber Keith hat es hingekriegt, mir eine schnelle Skizze von ihr zu zeichnen. KEITH IST MEIN HELD (im Moment).

Normalerweise geht Gran dienstags zum Zumba, aber jetzt findet sie plötzlich, dass es eigentlich nur schneller Line Dance ist. Das ist jetzt mindestens die 202. Gesundheitsmarotte, die sie aufgegeben hat. Princess benutzt ihre Yogamatte zum Schlafen!

19:24 Uhr

Mir ist gerade noch eingefallen: Princess hat auch Grans Entsafter im Garten verbuddelt! Sie hat ihn nicht mal vermisst. Und uns hat sie erzählt, sie würde ihre Gelenkschmerzen mit einer täglichen Frühstücksmixtur aus Möhrensaft und Weizengras lindern! Wir wissen, dass sie in Wirklichkeit nur eine Tasse Tee trinkt, eine Riesenschüssel Frosties isst, zwei Schmerztabletten nimmt und ein Schläfchen vor *Raus aus den Schulden* macht. Sie steht auf den Typen, der es moderiert! Sie sagt: „Tolle Frisur. Und er weiß, was man mit Eigentum anstellt. In meinem Alter erfüllt das schon alle Kriterien, Hattie."

19:46 Uhr

HILFE! Keith hat heute Abend beschlossen, Gran wegen Engstirnigkeit, zu wenig Unterstützung für ihre Tochter und unnatürlichen häuslichen Situationen die Meinung zu geigen. Außerdem sagte er, sie würde Dinge zu schnell aufgeben, wie zum Beispiel Zumba. Natürlich meinte er Engstirnigkeit IHM GEGENÜBER!

Also, ich finde es ja lustig, wenn Keith Gran auf den Arm nimmt, aber SO geht das NICHT, denn a) obwohl Gran irre ist, war sie immer für uns da und b) ist Keith nicht in der Position, jemanden zu kritisieren, weil er Zumba aufgegeben hat, während er drei Kinder aufgegeben hat. Auf jeden Fall machte es mich traurig und WÜTEND, und da sagte ich es:

„Dir ist schon klar, Keith, dass du laut neuester Untersuchungen meine Beziehung zu Männern für den Rest meines Lebens verdorben hast, indem du mich verlassen hast?"

Keith wurde echt wütend und weigerte sich, das zu glauben.

Dann ging er einfach heulend weg.

20:26 Uhr

Wette, MHP hat NICHTS dergleichen gesagt.

MHP ist offensichtlich versöhnlicher als ich.

Ich finde das etwas deprimierend.

MITTWOCH, 20. JANUAR

16:01 Uhr

Meine 3-D-Keramikfigur von Princess ist nichts geworden. Ich könnte sie in einen Gecko umformen.

16:55 Uhr

Wie soll ich mich darauf konzentrieren, Nerd praktisch aus Schlamm herzustellen, wenn ich Keith zum Weinen gebracht habe, Mum und Nathan mir anscheinend irgendwie aus dem Weg gehen, Gran sauer ist und selbst Rob die ganze Zeit in seinem Schuppen hockt?!

ICH BIN DIE KÖNIGIN IM GEFÜHLSCHAOS-STIFTEN.

DONNERSTAG, 21. JANUAR

19:01 Uhr

Heute hat Mr Thomas, der neue junge Lehrer, mir ständig Fragen gestellt. Warum? MHP behauptet, er stehe auf mich, weil er genauso eine Streberleiche ist. Das war es nicht. Er gab zu, dass mein Name der einzige ist, den er sich merken kann, weil er so ungewöhnlich ist.

Ich steche immer aus den falschen Gründen hervor – Name, Klammer, ABGEDREHTE Familie.

19:36 Uhr

Fred hat mir gerade GANZ BEILÄUFIG erzählt, dass er am Freitag mit ANNA SHARPLES ins Kino geht! Danach hat er mich ewig lange angestarrt. Was sollte ich dazu sagen? „HERZLICHEN GLÜCKWUNSCH!"?

Hattie EILMELDUNG!

Fred:	Wahrscheinlich GRÖSSTE Liebe meines Lebens – geht mit einem Mädchen ins Kino, das „Die Zunge" genannt wird.
Keith:	Ich habe ihn verärgert, aber er scheint Recycling mehr zu lieben als mich.
Rest der Familie:	verwirrt, sauer, geht mir aus dem Weg – (Kann ich ihnen nicht wirklich verübeln) Ich glaube, sie sind TOTAL wütend auf mich, weil ich meinen richtigen Dad finden wollte.
MHP:	Grün geworden.
Ich:	Auf andere Weise grün geworden, könnte platzen vor Neid.

FREITAG, 22. JANUAR

17:15 Uhr

Matfield hat mir heute gesagt, dass mein Keramikprojekt weder wie ein Hund noch wie ein Gecko aussieht. Ich müsse mich emotional daran binden, damit „es funktioniert". Ich kann mich noch nicht mal an Menschen erfolgreich emotional binden, ganz zu schweigen von Ton.

Nicky „Bad Boy" Bainton hat dann herumerzählt, dass mein Keramikprojekt aussehen würde wie „Titten mit einem Schwanz". Ich hatte versucht, die großen Augen des Geckos nachzubilden. Er sagte, dass ich mir selbst die Brustkorrektur bastle, die ich immer haben wollte.

Ich sterbe einen langsamen sozialen Ton-Tod vor den Augen der gesamten Schule.

18:30 Uhr

Ich habe beschlossen, dass ich die Form verändere und es in einen Pinguin verwandle. Ich hatte nie eine emotionale Verbindung zu einem, aber ich werde einfach lügen.

18:42 Uhr

Das ist nicht wahr. Ich liebe Pingu.

SAMSTAG, 23. JANUAR

11:12 Uhr

Fred ist vorbeigekommen. Gestern Abend hatte er ein Kino-Date, aber heute Morgen machte er sich nur Sorgen um Nerd, den Gecko. Anscheinend sieht er „etwas angeschlagen" aus und frisst nicht richtig! Ich erklärte Fred, dass Nerd vielleicht mehr Gesellschaft brauche (MIT ANDEREN WORTEN: KEINE DATES MEHR). Ich fragte: „Warum trägst du ihn nicht wie eine Brosche an deinem T-Shirt? Dann wärst du total modebewusst, Fred, und Nerd würde andere Leute treffen!" Da unterbrach mich Keith: „Lebende Tiere als Kleidung zu benutzen ist nicht zulässig."

JA! Danke, Keith, dass du nicht mal einen Witz verstehst!

Wann fährt Keith nach Hause?!

11:34 Uhr

Habe Keith gerade ganz nebenbei gefragt. Er sagt, er habe zwei Pässe und könne bleiben, solange er will.

12:19 Uhr

Gran hat das überprüft! Keith kann wirklich so lange bleiben, wie er will, aber wenn er länger als drei Monate bleibt, muss er vielleicht Steuern zahlen. Das hat sie in einer Unterhaltung mit ihm erwähnt. Sie versuchte, dass es sich natürlich anhörte, aber es war total offensichtlich, dass sie meinte: „Hau ab". Gran sagte: „Er MUSS gehen. Er macht meinen Kühlschrank zum Vegetarier. Ich hätte nie gedacht, dass ich mal Tofu im Haus haben würde. Wenn die Leute das wüssten! Der Metzger würde mir keine Knochen für Princess mehr geben!"

18:38 Uhr

Keith hat Fred heute Abend erklärt, dass Nerd unglücklich sei, weil er aus seinem natürlichen Lebensraum gerissen wurde. Laut Keith frisst er nicht, weil er Depressionen hat. Fred wird uns jetzt nicht mehr besuchen, bis Keith nach Hause gefahren ist. Na toll!

19:22 Uhr

ABSOLUT JEDER Erwachsene in meinem Leben verhindert, dass ich mal richtig heftig zum KNUTSCHEN komme! Das ist wie eine der Verschwörungen, von denen Jen immer spricht!

Jeder Erwachsene außer der Präsident der Vereinigten Staaten und die großen Echsen, die als Menschen verkleidet sind und Jens Meinung nach in Wirklichkeit die Welt regieren – die haben NICHTS damit zu tun.

19:42 Uhr

ACH DU SCHANDE! Was, wenn Nerd mit von der Partie ist? Er könnte ein Gecko-Spion sein. Vielleicht macht er einen Hungerstreik, damit Fred und ich nicht zusammenkommen!

SONNTAG, 24. JANUAR

8:39 Uhr

Nach zehn Stunden Schlaf ist mir klar, dass Nerd nur ein Gecko ist.

16:29 Uhr

UNGLAUBLICH!

Keith hat beschlossen, in ein paar Tagen nach Hause zu fahren, weil ER EINE LEBENSGEFÄHRTIN HAT. Ähm … WARUM HAT ER DAS VORHER NICHT ERWÄHNT?! JETZT HABE ICH AUCH NOCH SO WAS WIE EINE STIEFMUTTER.

Dann fing er wieder an zu schwafeln, dass er es so toll fände, wenn ihn all seine Kinder in Australien besuchen würden. Das ist die schlechteste Idee aller Zeiten! 24 Stunden im gleichen Flugzeug wie MHP wären der SUPERGAU! Aber ich weiß ja sowieso, dass sie hochgestuft würde, weil sie wie ein Model aussieht.

Ein Dad, der eigentlich alles besser machen sollte, hat alles nur noch VIEL KOMPLIZIERTER gemacht – und morgen haben wir auch noch KUNST. Soll heißen: MEIN TONPROJEKT. Im Moment ist es einfach nur ein riesiges, beschissenes Dreieck aus Kackmakronen!

Oder so was.

21:25 Uhr

Mum war gerade oben und war UNGLAUBLICH auf eine UNGLAUBLICH UNGLAUBLICHE Art und Weise.

MUM: Hattie, ich möchte dir nur sagen, wie stolz ich auf dich bin.

ICH: Wenn du mich eigentlich ausschimpfen willst, dann tu es, weil ... weißt du, wahrscheinlich verdiene ich es und ...

MUM: NEIN! Das alles war schwer für dich. Aber du hast an andere Leute gedacht, und das ist eine ... nun ja, das ist eine wunderbare Sache. Ich habe gehört, was du zu Nathan gesagt hast und ... schau mal, es gefällt mir nicht, was Keith den beiden wundervollsten und besten Menschen in meinem Leben angetan hat, ABER du hast bewiesen, dass du viel ... über uns nachdenkst.

ICH: Ich habe nicht an dich gedacht. Ich war eine blöde Zicke.

MUM: Du warst ein bisschen egoistisch, ABER das war dein Recht ...

ICH: Aber Mum – Keith versteht mich einfach nicht so, wie ich gedacht habe. Er ...

Mum: Er LIEBT dich. Er lernt erst, ein Vater zu sein. Gib ihm eine Chance. ICH KANN NICHT FASSEN, DASS ICH DAS SAGE, NACH ALLEM, WAS DIESER IDI... MANN MIR ANGETAN HAT, ABER er versucht es.

	Und vergiss nicht, wie STOLZ Rob und ich auf dich sind.
ICH:	**Ist Rob wirklich sauer auf mich?**
MUM:	**Rob ist dein Dad, Hattie. Er liebt dich. Er versteht dich. Mach dir deswegen keine Sorgen.**
ICH:	**Danke, Mum.**
MUM:	**Jetzt mach deine Hausaufgaben.**

Ich liebe meine Mum. Auch wenn sie jede Unterhaltung mit GEMECKER WEGEN DER HAUSAUFGABEN beendet.

Nein – ich liebe sie.

MONTAG, 25. JANUAR

17:34 Uhr

In der Schule versuchte ich, meinen Ton-Pinguin in etwas anderes zu verwandeln, weil ich den Schnabel nicht richtig hinkriegte. Laut Nicky „Bad Boy" Bainton sah er aus wie etwas anderes.

Ja, Nicky – er SAH GENAUSO aus wie ein Pimmel, also machte ich einen Fisch daraus.

Ich bin noch nie eine Verbindung mit einem Fisch eingegangen.

Jen meint, dass ich mich wahrscheinlich in einem anderen Leben mit ihnen verbunden hätte, als ich noch im Wasser lebte. Ich glaube, das stimmt nicht. Eigentlich habe ich nur eine Zitrone mit einem Gesicht gemacht.

DIENSTAG, 26. JANUAR

17:26 Uhr

Fred ist auf sensationelle Weise per SMS nach nur einem Kino-Date abgeschossen worden, weil Anna Sharples gesagt hat, er könne nicht richtig küssen! Das ist der TODESSTOSS für den romantischen Ruf an der Schule. Anna bewertet ALLE Männer, mit denen sie ausgeht. Und sie versteht mehr vom Küssen als JEDER ANDERE! Das Komische ist: Es macht Fred nicht mal was aus, dass er momentan als „Schlürf-Knutscher" abgestempelt wird. Er findet es viel schlimmer, dass Nerd, der Gecko, jetzt gar nichts mehr frisst.

Ich finde es toll, dass Fred sich mehr Sorgen um seinen Gecko macht als darum, was andere von ihm halten. Ich wünschte, ich könnte auch so sein.

Ich wünschte, ich könnte Fred beibringen, wie man küsst.

18:13 Uhr

Ich habe es gegoogelt. Geckos können 30 Jahre alt werden! Wette, dass Fred hofft, er macht weiter Hungerstreik. Sein LIEBESLEBEN ist schließlich RUINIERT. So hat er eine Ausrede, dass er nicht ausgehen kann, wann er will, denn Nerd könnte ja Hunger bekommen. Im Grunde ist er ein Teenagervater, der nicht mal irgendwelche Hilfen vom Staat bekommt.

Gut. Will nicht, dass er mit irgendwem anders ausgeht.

MITTWOCH, 27. JANUAR

15:58 Uhr

Es ist OFFIZIELL! Ich kann nicht mal einen Fisch aus Ton machen. Matfield sagte, mit den Kiemen, die ich gemacht hätte, sähe er eher aus wie „eine Scheibe Brot".

Also rollte ich ihn einfach nur zu einem langen Schlauch und sagte, es wäre eine Schlange. Matfield wollte wissen, wann ich JEMALS so ein spezielles Haustier gehabt hätte. Ich erklärte ihr, dass ich eine Riesenpython habe, die jeden verschlingt, den ich nicht mag. Diese Python existiert nur in meinem Kopf, aber für MICH ist sie SEHR REAL!

Da zog Matfield sich zurück. YES! LEG DICH NICHT mit einem Mädchen an, das durchgemacht hat, was ich durchgemacht habe. Crazy-Jen sagt, ich stecke immer noch in meinem emotionalen Kokon. Das ist eine nette Art zu sagen, dass ich total durch den Wind bin.

DONNERSTAG, 28. JANUAR

17:32 Uhr

Keith fliegt am Sonntag!

WAS HABE ICH JETZT NOCH NICHT GESAGT ODER GETAN?! Was muss ich tun? Was sollte ich tun?

Smiley findet, ich denke zu viel nach und quäle mich nur selbst.

FREITAG, 29. JANUAR

19:24 Uhr

Keith nahm mich heute Abend „auf ein stilles Wort" beiseite.

Er sagte: „Sieh mal, ich weiß, dass es nicht einfach war, aber ich habe verstanden, dass ein Vater zu sein viel mehr bedeutet, als ich mir je vorgestellt habe. Du wirst bald lernen, dass Erwachsene Fehler machen, Hattie, und ich werde versuchen, es sowohl bei dir als auch bei Ruby wiedergutzumachen. Und sogar bei Nathan, wenn er mich lässt."

Ich weiß, Keith – ich habe wegen Mum EINE RIESIGE METALLKLAMMER im Mund!

SAMSTAG, 30. JANUAR

20:12 Uhr

Keith ging zu MHP, um sich zu verabschieden. Er war eine Ewigkeit weg.

21:45 Uhr

HILFE! Ich ließ einen Tennisball gegen meine Wand springen, als Nathan in mein Zimmer STÜRMTE und schrie: „Kannst du vielleicht mal AUFHÖREN, deine Launen am Haus auszulassen?! Ich versuche, in meinem Zimmer *The Walking Dead* zu gucken. Die Wand kann nichts dafür, dass du einen New-Age-Idioten eingeladen hast."

Ich warf meinen Ball nach ihm, aber ich traf nicht.

Dann brach Nathan fast in Tränen aus und keifte: „Für dich ist offenbar alles okay, Hattie. Du hast Mum nicht jede Nacht SCHLUCHZEN gehört. Im Badezimmer versteckt. Erwarte nicht, DASS ICH JEMALS MIT DIESEM MANN REDE!"

22:13 UHR

Ich hatte gerade einen heftigen unterdrückten Heulkrampf. Ich glaube, Fred ist nicht in seinem Zimmer, aber wahrscheinlich hat Nerd mich schniefen gehört.

Ich kapiere gar nichts, und ich WILL, dass alle damit aufhören, die Wahrheit vor mir zu verbergen. ICH KANN DAMIT UMGEHEN! ICH KANN ES SCHAFFEN!

Der Einzige, der mein Weinen gehört hat, war ein Gecko. Der kann einem nicht mal ein Taschentuch geben!

23:23 Uhr

Habe Mum gerade beim Gute-Nacht-Sagen ganz fest umarmt und ihr gesagt, dass ich sie liebe. Ich hasse die Vorstellung, dass sie wegen alldem hier weint. Ich werde jetzt sogar eins ihrer labberigen Schinken-Butterbrote essen, um meine Liebe zu beweisen.

SONNTAG, 31. JANUAR

15:23 Uhr

Habe mich gerade von Keith verabschiedet! Wir haben uns fest umarmt, und er sagte: „Bis bald!" Und dann war er weg.

Was fühle ich jetzt?

Ich sollte gerührt sein. Aber ich bin eher ein bisschen sauer auf ihn. Er kann ein dämlicher Moralprediger sein. Er scheint Schnecken mehr zu lieben als Menschen. Er sah, wie der Postbote auf eine drauftrat, und spielte verrückt. Es war der gleiche Postbote, der mal fast von einem Dobermann in den Knöchel gebissen wurde und den Besitzer nicht verklagt hat. Jeder weiß, dass es bei Hundeangriffen einen Klageanspruch gibt! ABER obwohl Keith mich manchmal echt wütend gemacht hat, war er manchmal auch süß und HAT sich Mühe gegeben. Aber ich will die Menschen, die ich liebe, nicht länger verletzen. Ich will nicht mal Nathan verletzen.

Ich überlasse jetzt Keith das Ruder. ER kann Kontakt zu MIR aufnehmen. Er kann beweisen, dass er sich kümmert. Das ist der richtige Weg, und es ist auch total feministisch.

20:42 Uhr

Nerd, der Gecko, frisst wieder! Vielleicht hat Keith ihn auch zu Tode gelangweilt!

MONTAG, 1. FEBRUAR

16:02 Uhr

MHP hat angeblich drei Stunden lang geheult, weil sie so eine tiefe persönliche Verbindung zu ihrem „Dad" gespürt hat. Wahrscheinlich weil sie glaubt, er wäre heimlicher Millionär oder so was. Wie der Penner Walter, der jeden Tag auf der Bank vor dem Hauptpostamt Xylophon gespielt und am Ende 3,2 Millionen dem Katzentierheim vererbt hat.

Auf jeden Fall habe ich mit Smiley und Jen eine ausgiebige Unterhaltung über meinen Dad geführt. Für sie ist alles okay. Sie haben ihre Väter immer gekannt.

Nur Fred versteht das so richtig.

Auf jeden Fall will ich nicht mehr über DIESE GANZE KEITH-DAD-GESCHICHTE nachdenken!

Übrigens: Habe mein Tonprojekt heute zurückbekommen, nachdem es gebrannt (in einen großen Ofen gesteckt und zu Gran-Standardteighärte gebacken) wurde. Ich habe keine Princess, keinen Gecko und keine Schlange gemacht. Ich habe ein zackeliges Strichtier gemacht. Das habe ich Mum geschenkt. Sie sagte, sie würde damit den Abfluss frei machen, und knuddelte mich ganz fest.

Mum versteht das. Sie war auch scheiße in Kunst.

Ich denke immer noch nicht an KEITH.

DIENSTAG, 2. FEBRUAR

18:13 Uhr

SO – Zeit für LIEBE. Riesige, HEFTIGE KONZENTRATION AUF LIEBE. Jetzt heißt es: EIN MANN FÜR HATTIE.

Sorry, Mum, ist mir egal, dass deine herzhaften Muffins nichts geworden sind. Ich habe auf Durchzug geschaltet. Obwohl es ja klar ist, dass das mit Cheddarkäse und Chilischoten nichts werden kann. Wir wollen Ultra-Doppel-Schokolade mit megaviel Schokostreuseln.

18:37 Uhr

Na gut, Mum, ich WERDE einen deiner herzhaften Muffins probieren.

18:56 Uhr

Ich habe gerade ein bisschen davon gegessen und ihr gesagt, dass es lecker war. War es nicht. Ich habe den Rest im Wäscheschrank versteckt. Es ist schwer, an die Gefühle deiner Mum zu denken. Und für deine Geschmacksknospen ist es noch schwieriger.

Vielleicht sollte ich Fred simsen und fragen, ob Geckos herzhafte Muffins als Beilage zu ihren Grillen mögen.

Nein, Hattie Moore – das ist nur ein Vorwand, und du weißt es.

MITTWOCH, 3. FEBRUAR

7:22 Uhr

Mum hat gerade versucht, mir einen herzhaften Muffin zum Frühstück anzudrehen. Sie hat ungefähr 30 Stück davon. Ich wette, sie werden ganz hinten im Tiefkühlschrank enden, und wir werden sie erst wiedersehen, wenn sie ihn in drei Jahren abtaut! Dann wird sie sie wegschmeißen.

Ich habe allerdings einen „zur Schule" mitgenommen. Ich gebe mir ja Mühe.

18:54 Uhr

ACH DU SCHANDE!

1. Gran hat einen Twitter-Account unter dem Namen „Die Welt von Princess" eingerichtet!
2. Smiley verhält sich echt merkwürdig. Ich weiß, dass ich viel Zeit mit meiner Familie verbracht und sie ein bisschen vernachlässigt habe, aber sie ist eine richtige Heimlichtuerin geworden. Als ob etwas in ihrem Leben passiert, aber sie mir nicht davon erzählen kann. Wir haben noch nie große Geheimnisse voreinander gehabt. Sie kann mir alles sagen.

19:12 Uhr

Außer: „Hattie, der Junge, auf den du seit einer EWIGKEIT stehst, hat mich um ein Date gebeten, aber ich habe es dir nicht gesagt." Aber das war letztes Jahr. Jetzt haben wir eine völlig neue Stufe erreicht. Unsere Beziehung hat sich weiterentwickelt.

20:13 Uhr

Ich habe Crazy-Jen nach Smiley gefragt. Sie meinte, das sei ihr auch aufgefallen. Ihre Ausstrahlung sei aus dem Gleichgewicht geraten. Ich dachte, Smiley hätte Jen vielleicht was erzählt, aber Jen schwor bei ihrem Leben und ohne gekreuzte Finger, dass sie das nicht getan hat. Und sie ist der festen Überzeugung, dass einem am nächsten Tag ein Klavier oder so was auf den Kopf fällt, wenn man diesen Schwur bricht.

Ich sage ihr nicht, dass ich JEDEN TAG kleine Notlügen erzähle und noch nie von einem Musikinstrument angegriffen wurde.

20:49 Uhr

Das ist nicht wahr. Nicky „Bad Boy" Bainton hat mir vor zwei Jahren mal mit seinem Rekorder auf den Kopf geschlagen. Vielleicht IST es wirklich Karma.

21:16 Uhr

Nein, er ist nur ein Idiot. Man rechnet nicht mit einem Schlag auf den Kopf, wenn man „Schiffe versenken" spielt.

21:52 Uhr

Ich habe mir gerade den Twitter-Account von Princess angeschaut. Sie hat getwittert:

> Spurensuche interessiert mich nicht. Gib mir ein Hühnerbein und halt die Klappe.

28 Leute haben „Gefällt mir" gedrückt und 7 retweetet. Ich gebe auf.

Smiley hat ihren Facebook-Status DEN GANZEN ABEND nicht aktualisiert. Sie muss sich mit jemandem unterhalten.

<u>MIT WEM?</u>

DONNERSTAG, 4. FEBRUAR

16:35 Uhr

Ich habe Smiley gesimst, ob sie rüberkommen will. Sie hat Sonderunterricht beim Bollywood-Tanzen. Ihre Eltern sind total streng – das ist das Einzige, wofür sie mal rausdarf.

Aber da steckt mehr dahinter.

Smiley, es gibt etwas, das du mir nicht sagst, aber ich WERDE ES HERAUSFINDEN!

Und wenn es um einen Jungen geht, bin ich vielleicht ein bisschen sauer und besorgt.

ACH DU SCHANDE – hoffentlich ist es nicht Fred.

17:12 Uhr

Nein. Das ist Quatsch. Smiley hasst Krabbeltiere. Sie kreischt ja schon, wenn sie eine Spinne sieht, ganz zu schweigen von einem Ding mit Schwanz und einer zehn Meter langen Zunge.

19:35 Uhr

Wo wir schon mal bei Dingen mit Schwanz und zehn Meter langen Zungen sind: MHP folgt Princess auf Twitter. Damit meine ich übrigens MHP, nicht Princess. LOL!

FREITAG, 5. FEBRUAR

17:12 Uhr

Grans Princess-Twitter-Account hat jetzt 12724 Follower.

Sie glaubt, sie wird reich. Ich sagte: „Gran – wie denn?" Sie sagte: „Hattie – das ist das Internet. Ich werde RICHTIG MOOOOOO-NEEEEETEN machen." Ich sagte: „Aber WIE, Gran?" Das konnte sie mir nicht sagen. Sie glaubt einfach, dass jemand ihr Millionen für ihre Idee anbieten wird.

Gran hält sich für Instagram.

Ist sie nicht.

21:23 Uhr

OH GOTT! Ich kann nicht glauben, dass ich das schreibe!!!

SMILEY HAT EINEN HEIMLICHEN FREUND. Ich bin die Einzige, die es weiß, und darf es keiner Menschenseele erzählen. Nicht mal nach 50 Jahren. Nicht mal, wenn ich tot bin! Falls mich mal ein Medium kontaktiert, darf ich es nicht mal dem erzählen.

Smiley hat diesen Jungen namens Bhavin auf einer Hochzeit kennengelernt. Ihre Blicke haben sich über Hunderte von Leuten hinweg getroffen, die mit erhobenen Armen wie verrückt herumtanzten. Sie haben eine Limo zusammen getrunken und über „ernsthafte Dinge" gesprochen. Dann haben sie beschlossen, sich heimlich zu sehen! Smiley trifft sich mit ihm im Park, wenn sie eigentlich zu ihren Tanzstunden gehen soll. SMILEY VERSTECKT SICH AUF ABENTEUERSPIELPLÄTZEN UND KNUTSCHT MIT BHAVIN!

Oder, wie sie ihn nennt: „Den Bhavster".

ABER ES IST SUPERSTRENG GEHEIM. Ich kann dir gar nicht sagen, wie sehr Smileys Eltern am Rad drehen würden, wenn sie das wüssten. Es wäre SO WAS von aus, und Smiley bekäme Hausarrest, bis sie mindestens 45 ist.

Sie ist TOTAL verliebt. Das MUSSTE ja passieren. Sie ist unglaublich hübsch, und es kann ja nicht sein, dass sie keine Hormone hat. Ich bin sicher, ihre Eltern haben das geprüft. LOL!

22:03 Uhr

Wollte nur sagen, dass Smileys Mum und Dad echt nett sind. Sie sind nur einfach echt streng. Sie sind nicht fies oder so. An Weihnachten bekommt sie mehr als ich, obwohl sie Hinduistin ist!

22:38 Uhr

SCHON WIEDER! Ist dir mal aufgefallen, dass ECHTE Liebe IMMER von den Familien RUINIERT wird? Die machen alles kaputt. Ich finde, die sollten sich raushalten!

Selbst wenn sie am Anfang NICHTS von der Beziehung wissen.

Meine Familie hat mein Liebesleben ruiniert.

Nein, ich habe mein Liebesleben UND mein Familienleben ruiniert, weil ich wegen Keith durchgedreht bin.

23:02 Uhr

Smiley und ich haben uns ein geheimes Codewort für all das ausgedacht. Wir nennen es „Operation Bhavin". Das ist SO offensichtlich, dass keiner darauf kommen wird. Wir sind so genial wie James Bond.

SAMSTAG, 6. FEBRUAR

8:45 Uhr

Ich bin Teil von einem großen Geheimnis. Das macht alles echt aufregend, auch wenn das Leben sonst nur so spannend ist wie eine Schüssel Cornflakes!

12:01 Uhr

Bisschen durcheinander. Ich habe Smiley heute Morgen per SMS gefragt, wie Operation Bhavin läuft. Sie antwortete:

> Operation läuft gut.
> Hast du Lust auf ein Treffen
> im Park morgen, um das Subjekt
> kennenzulernen?

Kapier ich nicht.

14:12 Uhr

OH GOTT! SIE MEINT: BHAVIN TREFFEN!!!

KANN'S KAUM ERWARTEN!!!

15:33 Uhr

Princess (alias Gran) hat von Günther Jauch einen Retweet bekommen. Und zwar auf den Tweet:

> Gib mir was von deinem Frühstück ab, sonst bekommt's die
> Rassekatze von nebenan.

16:01 Uhr

Oh. Es ist nicht der echte Günther Jauch. Es ist ein Typ aus Cardiff, der auf StarTrek und Leuchttürme abfährt. Er hat 23 Follower.

Gran ist ein bisschen enttäuscht, aber sie glaubt immer noch, dass sie „an einer Sache dran ist".

19:04 Uhr

Mum hat gerade den Muffin im Wäscheschrank entdeckt.

Ich erklärte ihr, dass ich sie nicht aufregen wollte und ihn deshalb zwischen den Strandlaken versteckt hätte.

Da sagte Mum: „Hattie, ich weiß das zu schätzen, aber du solltest mir die Wahrheit sagen. Ich kann damit umgehen."

Aber ich habe festgestellt, dass die Wahrheit manchmal ziemlich mies sein kann. Und wenn man einen bescheuerten ~~richtigen Vater~~ Muffin irgendwo verstecken kann, sollte man das tun.

SONNTAG, 7. FEBRUAR

10:02 Uhr

Operation Bhavin beginnt heute Abend im Park um 17 Uhr unter der Rutsche. Smiley muss zum Gemeindezentrum gehen, aus dem Hintereingang laufen, Bhavin treffen, mit ihm lachen und knutschen, zurück zum Gemeindezentrum laufen und sich von ihrer Freundin Kelsey erzählen lassen, welche Tanzschritte sie im Bollywood-Unterricht gemacht haben. Ich treffe sie dann im Park.

Ich hoffe, Bhavin ist es wert.

18:34 Uhr

ER IST ES WERT!

Bhavin sieht verdammt gut aus! Es war großartig. Als ich auftauchte, knutschten sie schon unter einem Baum in der Nähe der öffentlichen Toiletten. Obwohl sie unter einer riesigen Straßenlaterne saßen, war es TOTAL romantisch. Er hatte ihr ein Twix gekauft, und dann taten sie so, als würden sie mit den Riegeln einen Schwertkampf machen. Von so was habe ich immer geträumt. Sie starren sich an und essen Schokolade. Sie müssen nicht mal reden. Es ist WUNDERVOLL.

Und Smiley schaffte es rechtzeitig zurück.

Ich gab ihr ein Kaugummi, damit ihr Atem nicht nach Twix roch. Smileys Vater ist ein Mann, der solche Dinge riechen und gleich Verdacht schöpfen würde.

20:16 Uhr

Ich erlebe mein eigenes Leben durch die Beziehung von jemand anderem. Ist mir egal. Es ist, als würde ich *Romeo und Julia* gucken!

21:02 Uhr

Den romantischen Mittelteil von *Romeo und Julia* – nicht den furchtbaren Gifttod von beiden am Ende.

21:16 Uhr

Ist mir doch nicht egal. Es ist genau das, was ich will. Es ist das, was ich WIRKLICH will.

OH, FRED! Das könnten WIR sein, weißt du? Ich werde mich auf deinen Gecko einlassen, so wie Rob sich auf mich und Nathan eingelassen hat. Ich glaube, das könnte ich hinkriegen.

MONTAG, 8. FEBRUAR

17:35 Uhr

Heute in der Schule hat Crazy-Jen Smiley und mich gefragt, ob sie uns beleidigt hätte, weil wir ein bisschen „distanziert" wirken würden. Arme Jen – sie ist supersensibel, aber wir dürfen ihr nichts erzählen, weil sie sich aus Versehen verplappern könnte. Smiley sagte, es wäre NICHTS, aber sie ist auch eine furchtbare Lügnerin. Es war echt peinlich. Ich weiß, dass Jen ihre Tarotkarten befragen wird.

20:45 Uhr

LOL! Habe gerade auf Twitter geguckt! Grans Account wurde gehackt – Princess gibt jetzt Tipps, wie man mithilfe von Guave abnehmen kann.

DIENSTAG, 9. FEBRUAR

16:38 Uhr

Jen hat uns erzählt, dass sie bei ihren Tarotkarten „lauter Zauberstäbe und Tassen" bekommt – was bedeutet, dass ihre Freunde absolut vertrauenswürdig sind.

Ich finde, sie sollte bei ihren Runen bleiben. Zu denen hat sie eine bessere Verbindung.

19:09 Uhr

Gran hat ihren Twitter-Account gelöscht. Sie sagte: „Es ist Princess zu Kopf gestiegen. Sie wollte letzte Nacht zweimal zugedeckt werden. Ich will doch keine Diva."

Sie hat eine Diva ERSCHAFFEN.

Ich fragte sie nach all den Tausendern, die sie machen wollte. Da erklärte Gran mir, mit einem „fingierten Tier-Twitter-Account sei kein Geld zu machen. Es ist eine Schande, Hattie, denn ich wollte den Gewinn für eine kleine Schönheits-OP benutzen. Jetzt muss ich die Rückzahlung meiner Heizungsrechnung für Botox ausgeben."

MITTWOCH, 10. FEBRUAR

19:01 Uhr

Smiley kann Bhavin heute Abend nicht treffen. Ihr Tanzunterricht wurde abgesagt, weil praktisch das ganze Dach vom Gemeindezentrum geklaut wurde. Von Leuten, die Gebäudeteile stehlen.

14 Leute haben es gesehen, aber sie haben einfach angenommen, die würden das Dach „für Wartungsarbeiten" abbauen und auf der Ladefläche eines weißen Lasters verstauen.

Ich fragte Smiley, warum sie ihrem Dad nicht einfach von Bhavin erzählt. Er ist ein wundervoller Junge, total süß und höflich.

Mrs Rathod würde ihn LIEBEN. Smiley sagte: „Hattie, gestern Abend hat Dad zu mir gesagt, dass er sich echt richtig Sorgen um die Menschheit und die Gesellschaft macht. Als ich ihn fragte, warum, sagte er: Wegen *Das perfekte Dinner*. Er wird nicht damit klarkommen, dass ich herumknutsche!"

Ich hoffe, die Dachdiebe erkennen das Elend, das sie verursacht haben. Ich hoffe, sie enden alle mutterseelenallein zwischen ihren Dachrinnen.

Ich habe eingewilligt, Mum und Rob anzulügen, dass ich morgen Abend mit Smiley ins Kino gehe. Rob wird Smileys Dad anrufen und ihm sagen, dass er uns hinbringt und wieder abholt. Wir treffen uns mit Bhavin vor Saal 4.

DONNERSTAG, 11. FEBRUAR

21:37 Uhr

War im Kino. Bhavin und Smiley haben den ganzen Film durchgeknutscht. Dann lud er sie zu McDonald's ein und hat ihr ein Happy Meal von *Die Schöne und das Biest* spendiert. Dann haben sie noch mehr geknutscht, bis Rob kam und Bhavin sich bei Mäkkes im Klo versteckt hat.

Ich habe einen Milchshake genommen.

Die Liebe von anderen ist wundervoll, aber sie geht mir auf die Nerven.

FREITAG, 12. FEBRUAR

10:01 Uhr

Ich habe Fred heute von Bhavin erzählt. Tatsache ist, dass ich mich deshalb NOCH einsamer und FRED-bedürftiger fühle. Er meinte, Smiley sollte es ihren Eltern erzählen und „wahre Liebe sollte nicht versteckt werden". Ich fauchte zurück: „Ich glaube, du stehst auf Smiley und willst, dass es aus ist, damit DU sie kriegst!"

Ich habe absolut KEINEN PLAN, warum ich das gesagt habe. KEINEN PLAN. Fred schaute mich an, als wäre ich übergeschnappt. In dem Moment war ich das auch.

Ich bin übergeschnappt vor Liebe. Im Moment mache ich immer alles FALSCH, wenn ich mit ihm zusammen bin. Ich bin wie ein Feuerlöscher, der das LETZTE bisschen Hattie-Liebesfeuer auslöscht, das noch in ihm steckt.

23:39 Uhr

Könnte mir einen Gecko anschaffen. Die sorgen dafür, dass man bei Verstand bleibt. Und dann hätten wir was gemeinsam.

SAMSTAG, 13. FEBRUAR

8:08 Uhr

Mum sagt, ich darf keinen Gecko haben, weil die stinken.

Warum darf mein Bruder dann hierbleiben?! LOL!

11:07 Uhr

Als ich gerade mit Crazy-Jen skypte, platzte Mum NUR IM BH herein und fing an, mir einen zu erzählen, dass ich das Bad sauber machen müsste, nachdem ich mir die Beine rasiert hätte. Dann motzte sie MICH an, warum ich ihr nicht gesagt hätte, dass Jen am Bildschirm sei. Ich hätte SIE blamiert! MUM!!! Jetzt weiß Jen, dass ich unsauber UND haarig bin!

Ich kann nicht mal das KLEINSTE Geheimnis haben.

17:40 Uhr

Morgen ist mein Geburtstag. Wenn ich das richtig sehe, wurde nichts gebacken, und es gab keine verdächtigen Ausflüge zum Einkaufszentrum. Ich kann schon vorhersagen, dass ich Geld bekomme, das ich dann gezwungenermaßen für Dinge ausgeben muss, die ich eigentlich so kriegen sollte – wie mein Handy.

SONNTAG, 14. FEBRUAR

Geburtstag und Valentinstag!

20:29 Uhr

Heute bin ich 15 geworden. Es ist Folgendes passiert:

1. Ich habe 52,56 Pfund bekommen. Die krumme Zahl kam dadurch zustande, dass Gran etwas von ihrer Heizungsrückzahlung für meinen Geburtstag zurückgelegt hat, nachdem ihr klar geworden war, dass Botox sinnlos ist. Das ist echt total lieb.
2. Keith hat mir eine gefakte „Ich bin froh, dass ich keine Plastiktüte bin"-Stofftasche dagelassen und eine selbst gebastelte

Karte mit einer Maus drauf, die ein paar Blumen hält. Für das ALLERERSTE Geburtstagsgeschenk überhaupt war das ein bisschen bescheuert, aber es war nett gemeint.

3. Mum gestand uns, dass Keith ihren 21. Geburtstag vergessen hatte: „Er dachte, ich hätte nur Ballons an das Tor gebunden, damit es hübsch aussieht." ABER dann sagte sie, dass die Dinge jetzt anders sind. ALSO gibt sie zu, dass er sich verändert HAT.
4. Bhavin hat Smileys Valentinsblumen und Ballons zu mir geschickt. Jetzt denken alle, dass ich einen heimlichen Verehrer habe, dabei hüte ich nur das Geheimnis von jemand anderem.
5. Smiley kam vorbei, um ihre Blumen und Ballons abzuholen, also musste ich am Valentinstag jemand anderen beschenken.
6. Smiley befürchtet, dass ihre Eltern etwas über sie und Bhavin herausgefunden haben, weil sie anscheinend oft mit den Gedanken woanders sind und ständig „Gespräche" führen.
7. Ich schaute RICHTIG schuldbewusst drein (was, wenn es sich rumgesprochen hat, weil ich es Fred erzählt habe?!), aber ich konnte es verstecken, indem ich mich umdrehte und sagte, dass ihr Lilienstrauß ganz toll aussähe.
8. Ich ging nach nebenan zu Fred. Er versicherte mir, dass er Smileys Eltern nicht angerufen hätte, um ihnen von Bhavin zu erzählen, und wie ich JEMALS denken könnte, dass er SO WAS tun würde?! Dann sagte er: „GEH EINFACH, HATTIE."

9. Es ist mein Geburtstag, und Fred hat mich angebrüllt. Super.
10. Mein Geburtstags-Überraschungsessen waren Fajitas mit Grans speziellem antialkoholischem Tequila (alias mit Wasser verdünnter Limettensaft).
11. Es zahlt sich aus, mit einem etwas älteren 16-Jährigen auszugehen, der einen vernünftigen Nebenjob hat: Smileys Blumen haben 30 Pfund gekostet!
12. Das beste Geschenk an meinem 15. Geburtstag waren die Valentinsblumen für jemand anderen.
13. Ich habe mich mit jemandem zerstritten, den ich liebe.
14. Ich gehe ins Bett. Gute Nacht. So'n Scheiß.

Winterferien

MONTAG, 15. FEBRUAR

13:10 Uhr

Fred war hier, um sich zu entschuldigen. Dann hat er mir eine wunderschöne Halskette geschenkt. Er stammelte: „Die wollte ich dir an deinem Geburtstag geben … aber ich dachte, es könnte … ich habe den riesigen Blumenstrauß gesehen, den du bekommen hast, und das hier sah ein bisschen … ähm … egal. Ich muss gehen, ich muss Mum helfen, die Treppe staubzusaugen."

Ich hatte keine Chance zu sagen, dass die Blumen nicht für mich waren.

Oh, Fred, warum kann es nicht einfach passieren?! Selbst der Staubsauger deiner Mum steht uns im Weg.

DIENSTAG, 16. FEBRUAR

10:12 Uhr

Habe Gran gerade angerufen und um Ferien-LIEBES-Ratschläge gebeten. Gran sagte, sie würde gerade *Lila Farbe* gucken.

10:37 Uhr

Nein! Gran hat gerade zurückgerufen. Sie guckt *Die Farbe Lila* und sucht nach dem besten Farbton für ihren Hauttyp in einer Farbberatungs-App. „Geht alles um Farben, Hattie, da kann man schnell durcheinanderkommen! Aber der Film ist mir etwas zu deprimierend, da können wir uns lieber unterhalten."

Ich habe Gran über Männer ausgefragt. Die Unterhaltung ging so:

ICH: Ich mag Fred.

GRAN: Natürlich magst du ihn. Du hast immer in seinem Spielhaus gespielt.

ICH: Nein. Ich glaube, ich ... mag ihn wirklich.

GRAN: Mag er dich genauso?

ICH: Ich weiß nicht. Er sagt es nie. Und er hat schon andere Mädchen geküsst.

GRAN: Ich sage es ungern, Hattie, aber dann hast du es vermasselt. Denn er mochte dich. Männer warten nicht ewig. Du musst dein Netz ein bisschen weiter auswerfen. Es wird noch andere Leute geben, die dich mögen. Finde heraus, wer!

ICH: WAS habe ich vermasselt?! Ich habe doch nichts getan.

GRAN: Du hättest etwas sagen sollen!

ICH: DU sagst mir doch immer, das soll ich NICHT tun.

GRAN: Hattie, ich bin fast 70, und Männer verwirren mich immer noch. DAS TUN SIE MIT ALLEN! Männer verwirren sich sogar selbst!

Dann hörte ich Gran schniefen. Ich fragte sie, ob der Film sie aufrege. Sie sagte: „Ja, Hattie, und ich habe gerade herausgefunden, dass ich nur Pastelltöne und Kamelhaarfarben-Beige tragen sollte. Ich bin eine SCHILLERNDE Person. Was ist denn falsch an Orange?!"

Vielleicht können Apps die Wahrheit dort erkennen, wo Menschen das nicht tun.

Ich hab's vermasselt.

Er ist weg.

Fred ist weg.

Muss ihn abhaken.

Wir können Freunde bleiben. Jetzt brauche ich die Heilkraft der Liebe.

MITTWOCH, 17. FEBRUAR

11:03 Uhr

Ich habe durch Smiley und Crazy-Jen offiziell verkünden lassen, dass ich zu haben bin. Es muss doch jemanden geben, der auf mich steht. Sogar Dumpfbacke Hannah hatte mehr Freunde als ich!

11:16 Uhr

Ist es feministisch, wenn man einfach nur einen Freund will?

11:37 Uhr

Crazy-Jen meint, einfach nur irgendeinen Freund zu wollen, könnte „ein bisschen verzweifelt" wirken.

EIN BISSCHEN VERZWEIFELT?! Hattie Moore ist NICHT verzweifelt! SELBST ist die Frau!

11:57 Uhr

Ich war gerade in Nathans Zimmer und habe das Poster von einer halb nackten Frau mit Riesentitten heruntergerissen. Das gleicht ja wohl aus, dass ich „ein bisschen verzweifelt" bin, Jen! Ich habe Jen erzählt, dass ich etwas Sexistisches zerstört habe. Jen meinte, es sei doch okay, wenn eine Frau sich in ihrem Körper wohlfühle. Eigentlich gäbe es „nicht genug davon".

Jetzt bin ich verwirrt. Sind nackte Frauen gut oder schlecht?

15:37 Uhr

Nathan will wissen, wo sein Poster ist. Ich habe es im Mülleimer unter zwei leeren Packungen Mangomüsli und Robs dicker Intellektuellen-Zeitung versteckt. Gesundes Essen und etwas Schlaues – Nathan wird es niemals finden!

16:38 Uhr

Nathan hat es gefunden und ist ausgeflippt. Ich habe Mum erklärt, dass mich das Bild als Frau beleidigt und auf den Gedanken bringt, ich bräuchte eine Brustvergrößerung. SIE WAR SOFORT AUF MEINER SEITE!!! FANTASTISCH!

Liebe Mum,

ein paar andere Dinge, die mich auch auf den Gedanken mit der Brustvergrößerung bringen, sind:

* kein Geld zu haben
* nicht genug Klamotten zu haben
* Schule

LOL!

DONNERSTAG, 18. FEBRUAR

12:59 Uhr

ACH DU SCHANDE! Angeblich gibt es Gerüchte, dass Simon McKinnon auf mich steht! Simon McKinnon ist zwar ein bisschen bescheuert, aber er ist auch ein megaintelligenter Goth.

16:53 Uhr

Habe Smiley angerufen, um mehr über Simon herauszufinden, aber sie war mit Bhavin unterwegs. Sie hatte ihren Eltern erzählt, dass sie Hausaufgaben mit mir machen würde! Ich sagte: „Smiley, so was musst du mir SAGEN. Was, wenn deine Eltern es nachprüfen und bei mir anrufen?!" Smiley kicherte und sagte: „Ach ja! Sorry, Hats. Hör mal, ich muss los. Der Bhavster und ich haben nicht viel Zeit. Ich habe meinen Eltern erzählt, ich würde dich wegen des Projekts ‚Medizin im Laufe der Zeit' befragen. Bis bald."

Medizin im Laufe der Zeit?! Smileys Dad ist Chirurg! Warum sollte er glauben, dass sie MICH nach solchen Sachen fragen muss?! Wegen Bhavin hat Smiley etwas echt Beknacktes gemacht. Es ist, als ob Männer einem den cleveren Teil des Hirns beim Knutschen komplett aussaugen!

FREITAG, 19. FEBRUAR

10:47 Uhr

Fred hat bestätigt, dass Simon McKinnon auf mich steht, aber er findet ihn ein bisschen komisch – genau genommen total komisch – und meint, ich sollte ihn meiden. Simon behauptet, er hätte seine Kurzsichtigkeit mit reiner Willenskraft überwunden. Wozu, wenn es doch Optiker gibt?

Fred war anscheinend ein bisschen eifersüchtig, dass ein großer Mann, der zwar keinen Gecko hat, aber dafür echt coole Stiefel, auf MICH steht. GUT. Vielleicht habe ich tief in seinem Inneren doch nicht seine ganze Liebe für mich ausgelöscht.

13:38 Uhr

Jen ist AUCH offiziell eifersüchtig, dass Simon McKinnon auf mich steht, weil alle Emos UND Goths ihn für einen Helden halten. Sie glauben, dass er Superkräfte habe!

Das glaube ich nicht, aber es ist mir egal. Ich will nur, dass Simon SUPERHELDEN-KNUTSCHTALENT hat!

13:56 Uhr

Ich bin echt ein Vollpfosten.

SAMSTAG, 20. FEBRUAR

9:23 Uhr

Stell dir vor: Durch dieses Simon-McKinnon-Gerücht wird Fred vielleicht endlich aktiv! Wenn er denkt, dass jemand anders mich mag, dann TUT er vielleicht was, und ich kriege bald etwas Liebes-Action! Vielleicht wird eine Goth-Liebe den FRED ERWECKEN!

Allerdings müsste Simon WIRKLICH Superkräfte haben, um Fred auch nur zu IRGENDWAS zu bringen!

SONNTAG, 21. FEBRUAR

16:38 Uhr

Ich bin heute bei Gran vorbeigegangen, um ihr zu erzählen, dass ich ihrem Rat gefolgt bin. Sie sagte: „Hattie, es ist Zeit, dass du die Welt der Männer betrittst, aber geh nicht denselben Weg wie deine Mutter. Denk dran, wenn du keine Prinzipien hast, wirst du auf alles Mögliche hereinfallen."

Ich versicherte Gran, dass ich nicht vorhabe, mich von einem Jungen namens Keith schwängern zu lassen, der zur gleichen Zeit noch eine andere schwängert!

Gran sagte nur: „Gut. Lass es!" Dann spielte sie weiter „Candy Crush Saga" auf ihrem iPad.

Sie hat außerdem beschlossen, morgen Abend zu einem Kunstkurs zu gehen, weil sie glaubt, dass sie vielleicht „versteckte Talente" habe, und außerdem „den Drang spürt, sich auszudrücken".

Ich glaube nicht, dass Gran damit Probleme hat! Ich glaube, damit hat Gran NOCH NIE Probleme gehabt!

MONTAG, 22. FEBRUAR

9:02 Uhr

UNGLAUBLICH!

MATFIELD leitet Grans neuen Kunstkurs! UND SIE IST NETT zu alten Leuten! Die GANZE Zeit!

Hinterher gehen sie sogar noch in der Kneipe etwas trinken! Bei ein paar edlen Bacon Chips erklärte Matfield Gran, dass ihre BESCHEUERTEN Streichholzmännchen sie an jemanden namens „Lowry" erinnern!

21:21 Uhr

Habe gerade Lowry gegoogelt. Er hat Streichholzmännchen gemalt! Sie sind MILLIONEN wert. Das BEWEIST ja wohl, dass aus mir doch noch was werden kann.

DIENSTAG, 23. FEBRUAR

15:46 Uhr

Jetzt gibt es an der Schule eine RIESENGERÜCHTEKÜCHE um mich und Simon McKinnon! Rebecca Pan hat verbreitet, dass er auf mich steht, und ich habe ihr aufgetragen, sie soll zurückverbreiten, dass ich ihn mag. Jetzt ist es nur noch eine Frage der Zeit.

19:08 Uhr

Hatte gerade einen gigantomanischen Streit mit Gran über Matfield. Gran behauptet: „Die Schule braucht eine Frau wie sie. Euch allen tut ein bisschen Disziplin mal ganz gut. Es geht nicht immer nur um Haarspray und Jungs! Außerdem hat die Frau es in ihrem Leben vielleicht schwer gehabt, Hattie. Du solltest sie nicht verurteilen." Ich keifte zurück: „Wir hatten es alle schwer, Gran! Und wir schikanieren keine Leute wegen ihrer Collagen!"

19:43 Uhr

HILFE! Ich kann nicht fassen, dass Gran gesagt hat, „ich solle sie nicht verurteilen"! Gran verurteilt jeden und alles. Sie verlangte mal von einem Sicherheitsmann bei Primark, er solle eine Frau im Auge behalten, nur weil sie „komisch" ging. Tat sie nicht mal! Gran gab zu, dass sie sie verdächtigte, weil sie „rote Schuhe" trug, „die Fußbekleidung einer geborenen Ladendiebin" (?!).

MITTWOCH, 24. FEBRUAR

16:12 Uhr

ENDLICH!!!

Simon McKinnon hat mir eine Notiz geschickt, die mit haufenweise fantastischen, ECHT guten Kritzeleien übersät war.

> Hattie!
> Komm mit auf meine Ebene!
> Freitag! Flieg mit mir. Sx

OH GOTT – FLIEGEN! Privatjet, ICH KOMME! Ich habe gehört, seine Eltern sind steinreich.

16:26 Uhr

Jen sagt, es sei ein SPIRITUELLER FLUG. Das bedeutet, dass man das Gleiche denkt.

17:38 Uhr

Wünschte, es wäre ein echter Flug gewesen. Ich will nicht oberflächlich sein, aber dann hätte ich ihn wahrscheinlich mehr gemocht.

DONNERSTAG, 25. FEBRUAR

16:25 Uhr

Ich habe Simon McKinnon geantwortet. Ich habe einfach nur „Ja" gesagt. Ohne was zu zeichnen, weil ich darin grottenschlecht bin.

Jen verhält sich mir gegenüber echt merkwürdig. Ist ja nicht meine Schuld, dass ein Goth einen Emo nicht attraktiv findet. Jen meint, ich müsse jetzt als Goth gehen. Ich habe sie um Tipps gebeten, aber sie sagte, das sei nichts, was man lernen könne. Es sei eine Daseinsform.

Na toll. Eine meiner besten Freundinnen ist quasi verheiratet. Die andere ist sauer, dass ich es vielleicht bald sein könnte.

18:26 Uhr

Jen hat gesimst. Anscheinend ist es schon mal gut, Schwarz zu tragen, wenn man ein Goth werden will.

Als ob ich das nicht wüsste.

19:03 Uhr

Ich liebe Jen trotzdem noch.

MORGEN EIN DATE! Ich trage Schwarz. Und noch mehr Schwarz.

FREITAG, 26. FEBRUAR

22:11 Uhr

Ich habe mich auf dem Marktplatz mit Simon getroffen. Wir gingen Richtung Irongate, wo all die schicken Läden sind, die ich mir nicht leisten kann. Er zog eine Decke aus seinem Rucksack und legte sie über eine Bank. Er hatte ein Picknick mitgebracht! Die Leute liefen vorbei und machten sich entweder über uns lustig („Verdammte Nerds!") oder sagten so was wie: „Ah! Junge Liebe!"

Ich konnte mich nicht entscheiden, ob es großartig war oder einfach TOTAL DANEBEN. Wir machten ein Picknick bei Kerzenschein, und er stellte mir die ganze Zeit Fragen wie: „Magst du die Bands Frank the Baptist, A Spectre Is Haunting Europe und Cinema Strange?"

Tu ich das? Ich hatte noch nie von ihnen gehört, aber ich sagte einfach mal „Ja".

Dann fragte er: „Glaubst du an Wesen, die du nicht sehen, aber spüren kannst?" Als ich zurückfragte: „Meinst du so was wie ein Kissen?", sagte er: „So was in der Art. Sie können Trost spenden."

Dann machten wir dieses ... eigentlich weiß ich nicht, was es war! Es war so eine Art Knutschen. Ich öffnete meine Augen, als wir uns küssten, und er starrte mich an. Schnell schloss ich die Augen wieder. Aber er KNUTSCHT MIT AUFGERISSENEN AUGEN. WIE EIN ZOMBIE!

Schließlich sagte er: „Kann ich dich wiedersehen?"

Ich denke, das kann er.

Ich weiß nicht, WAS ich denken soll!

22:54 Uhr

Habe gerade etwas von A Spectre Is Haunting Europe gehört. Das ist nur Geschrei und Lärm.

23:38 Uhr

Ich kann es Jen nicht simsen, weil das dann so aussieht, als wollte ich's ihr unter die Nase reiben. Smiley feiert wahrscheinlich gerade ein Messenger-Liebesfest mit Bhavin, während sie so tut, als würde sie Hausaufgaben machen.

Tatsache ist: Ich bin allein mit einem Goth, der mich will, aber echt haarsträubende Musik hört. Und ich dachte, Gran hätte einen schlechten Geschmack.

SAMSTAG, 27. FEBRUAR

20:23 Uhr

Ich glaube, es geht ein bisschen zu schnell mit Simon. Er hat mich gebeten, darüber nachzudenken, ob ich mich sowohl im Leben nach dem Tod als auch im jetzigen Leben an ihn binden will. Das ist wohl so eine Goth-Sache.

Anscheinend hat er sich schon an andere Mädchen gebunden, aber auf verschiedenen Daseinsebenen.

Ich sagte: „Du bist kein Vampir, Simon." Er starrte mich eine Ewigkeit an und flüsterte: „Nein, aber ich existiere auf verschiedenen Ebenen!"

Lieber Simon, ich glaube, mir gefällt einfach nur diese Ebene und dieses Leben!

SONNTAG, 28. FEBRUAR

19:47 Uhr

Ich habe Simon heute Nachmittag wieder getroffen. Ich musste mir die ganze Zeit Goth-Zeug auf seinem iPod anhören!

Nur damit das klar ist: Ich finde New Days Delay und Scarlet's Remains SCHRECKLICH.

Ehrlich, ich wollte einfach nur eine Pizza essen und eine DVD gucken. Dann führten wir diese Unterhaltung:

ICH:	**Sieh mal, Simon, ich glaube, wir passen nicht richtig zusammen. Magst du Jen?**
SIMON:	**Ja, aber ich dachte, sie wäre eine Nummer zu groß für mich!**
ICH:	**Nein, sie ist genauso eine dunkle, halb Goth-, halb Emo-Nummer wie du, und sie würde gern eine Verbindung zu dir herstellen.**
SIMON:	**Oh, könntest du das vielleicht arrangieren?!**
ICH:	**Ähm ... ja.**

Ich hätte ein BISSCHEN mehr Gegenwehr erwartet!

Also habe ich Simon, dem König der Goths, auf einem matschigen Feld neben ein paar Tennisplätzen sozusagen den Laufpass gegeben.

„Sie ist eine Nummer zu groß für mich." Tja, Simon, ich möchte KEINE Nummer für dich sein.

20:09 Uhr

Ich habe also Jens Liebe geklärt. Smiley hat eine heimliche Beziehung. Aber ich bin immer noch SINGLE.

Das ist der Preis, den man zahlen muss, wenn man eine feministische Frau von heute ist, die keine Kompromisse eingeht. Man endet allein in seinem Schlafzimmer und guckt das Finale von *Superkoch*.

Und ist Fred etwa mit seiner unsterblichen Liebe vorgeprescht? Nein. Er hockt in seinem Zimmer und singt. Bei dem Lärm kann ich nicht mal hören, was die Jury von irgendeinem verkohlten Steak hält.

MONTAG, 1. MÄRZ

16:49 Uhr

PEINLICHSTER TOD IN DER GERÜCHTEKÜCHE!

In der Schule wird gemunkelt, dass ICH diejenige bin, die mit offenen Augen küsst. Das ist auf MHPs Mist gewachsen! Ich küsse nicht mit offenen Augen! Es ist Simon. Das habe ich mit eigenen …

Hm, verstehe, was sie meinen.

20:39 Uhr

Habe heute Abend mit Jen zusammen Hausaufgaben gemacht. Aber nicht wirklich. Wir haben den GANZEN Abend über Simon McKinnon geredet. Seine Tante ist gerade gestorben, aber er weiß, dass er sie im nächsten Leben wiedersehen wird. Er hat Jen gesagt, dass er sie wirklich mag, aber er müsse sich jetzt auch um seinen Dad kümmern, weil sie wie beste Freunde seien.

Jen findet ihn SUPERSÜSS und kann es gar nicht abwarten, mehr Zeit mit ihm zu verbringen. Ich habe sie davor gewarnt, dass er mit offenen Augen küsst.

Wütend blaffte sie: „Das ist schon okay – tust du ja auch!"

21:15 Uhr

Gran kam aus Matfields Kunstkurs mit etwas zurück, das sie einen Mondrian nannte. Matfield hat gesagt, Grans Bilder seien ein „fantastisches Beispiel von einfacher, aber doch effektiver und kraftvoller Selbstdarstellung". Das sind EINFACH nur Legosteine aus Farbe, MATFIELD. Wenn ich das machen würde, würde sie sagen: „Das hätte auch eine Vierjährige hingekriegt. NACHSITZEN!"

Im Moment habe ich echt die Nase voll von so ziemlich jedem, der je Teil meines Lebens war.

DIENSTAG, 2. MÄRZ

17:28 Uhr

Habe Gran nach der Schule besucht und ihr von Simon McKinnons toter Tante erzählt. Gran sagte: „Tja, wir müssen alle eines Tages abtreten, Hattie." Anscheinend hat Gran Notizen auf Post-its unter alle Dinge in ihrem Haus geklebt, damit „die Leute herausfinden können, was ihnen gehört, wenn ich ins Gras beiße". ACH DU SCHANDE! Das ist so FALSCH.

18:09 Uhr

Habe gerade ihren Kleiderschrank überprüft. Darin klebt ein Post-it, auf dem steht:

> Kleidung und Schlafzimmermöbel für die Wohlfahrt

GOTT sei Dank.

18:16 Uhr

Habe gerade ihre scheußliche Kuckucksuhr überprüft. Da steht „Tochter" alias Mum. LOL!

18:34 Uhr

ACH DU SCHANDE! Das Zeug, das sie mir hinterlässt, ist übel!

Ist trotzdem in Ordnung, weil Gran noch jahrelang nicht sterben wird!

MITTWOCH, 3. MÄRZ

17:20 Uhr

Simon McKinnon hat Jen um ein Date gebeten. Ich bin offiziell Amor! Sie können miteinander über Frank the Baptist und tote Leute reden.

18:14 Uhr

Habe Jen heute Abend gesimst, aber sie war zu beschäftigt, um zu reden. Smiley glaubt, dass Jen und Simon McKinnon vielleicht am Ende sogar heiraten, weil sie sich so ähnlich sind.

19:25 Uhr

ACH DU SCHANDE! Hat Jen überprüft, ob sie auch nicht mit ihm verwandt ist? Ich bin der lebende Beweis, dass man mit jedem verwandt sein kann!

DONNERSTAG, 4. MÄRZ

15:40 Uhr

Jen ist wegen ihrer HEISSEN Beziehung zu einer Art It-Girl in der Schule geworden. Ernst zu nehmende Freunde bringen einem ernst zu nehmende Beliebtheit, und die bekommt sie jetzt. Anscheinend ist es so ernst zu nehmen, dass Simon McKinnon alle anderen Daseinsformen in allen anderen Universen aufgegeben und sich nur an sie gebunden hat.

Wenn ein Alien mehr als eine Zunge hat, wie küsst man es dann?

16:02 Uhr

LOL! Mum sagt „mit Schwierigkeiten"!

16:11 Uhr

Seit wann ist Mum witzig?! Vielleicht, weil wir uns im Alter annähern und ich ihren Humor jetzt besser verstehe.

17:19 Uhr

ACH DU SCHANDE! Wir nähern uns NICHT im Alter an. Ich werde älter! Mum genauso!

Ich bin davon überzeugt, dass mangelnde Liebe und Leidenschaft mich verdummen lassen.

Morgen Zahnarzt. Bitte nimm die Zahnspange RAUS.

FREITAG, 5. MÄRZ

Mein verrückter Zahnarzt ist weg. Er wurde von Mr Winkler ersetzt, der Deutscher ist. Mr Winkler erklärte mir, dass ich meine Zahnklammer noch für weitere sechs Monate behalten muss. Offensichtlich hat es keinen Sinn, noch eine zweite Meinung einzuholen, weil das „teuer" wird! Wegen seines Akzents sagte er auch, ich solle mit meiner elektrischen Zahnbürste beim Reinigen nicht „waggeln", sondern gleiten. Als ich lachen musste, sagte er: „Ich weiß, ich spreche es ein bisschen lustig aus, aber bitte lach nicht über mein Englisch, Hattie." Aber er zwinkerte dabei, also findet er es völlig okay, dass ich über ihn gelacht habe.

Also kein „Waggeln" oder Kichern, nur noch länger Zahnklammer!

Er ist trotzdem ein toller Zahnarzt. Ich habe nichts gespürt. Nicht wie bei dem davor. Mr Winkler hat alle seine Zeugnisse an der Wand aufgehängt. Ich frage mich, ob der andere überhaupt ein richtiger Zahnarzt war. An SEINER Wand hing nur ein Poster von einem Comic-Krokodil mit großen Zähnen!

19:36 Uhr

HILFE! MHP hat angefangen, in Jens Nähe herumzuhängen. Smiley und ich haben total Panik deswegen. Was, wenn sie wie MHP wird? Sie kennt all unsere Geheimnisse. Es wäre, als würde sie sich einer Terrorgruppe anschließen!

20:04 Uhr

Nicht wirklich.

20:49 Uhr

Auf keinen Fall wird Jen VÖLLIG MHP-mäßig. Sie ist zu Emo und abgefahren und grundsätzlich wundervoll.

SAMSTAG, 6. MÄRZ

16:03 Uhr

Jen hat heute zwölf Minuten mit MHP verbracht, um sich Beziehungstipps zu holen. Sachen wie „das Interesse des Mannes aufrechterhalten" und „ihn in den Wahnsinn treiben". Das weiß Jen alles schon. Dafür muss sie eine Strähne von ihrem und seinem Haar zusammenzwirbeln und einen Stein drauflegen, den sie in seiner Tasche gewärmt hat. Jen sagt, das klappt immer.

19:15 Uhr

Jen hat gerade gesimst. Sie will wissen, ob ich High Heels habe. Jen in High Heels? Nein. Nein. Nein.

19:49 Uhr

MHP ist wie eine fiese Krankheit, die sich verbreitet und tödliche Zickenhaftigkeit verursacht. Nicht mal Jen ist immun dagegen. MHP ist wie ein Krankenhauskeim, aber man kann nicht mal vom Arzt geheilt werden. Sie frisst nicht dein Fleisch, sondern deine Persönlichkeit.

SONNTAG, 7. MÄRZ

17:34 Uhr

Smiley und ich haben gerade den ungemütlichsten Nachmittag ALLER ZEITEN mit Jen verbracht. Ich habe eine Geschichte von einem Mädchen erzählt, das falsche Wimpern auf den Schultern eines Jungen verloren hat, als sie ihn küsste. Er flippte aus, weil er sie für Raupen hielt. Normalerweise würde Jen einen Lachanfall kriegen, aber heute sagte sie: „Es ist ein bisschen unreif, über ein Mädchen zu lachen, das nur versucht, gut auszusehen. Schönheit ist wichtig, und Unfälle passieren halt."

HILFE!

Das hat mit MHP zu tun. Jen ist infiziert. Es ist, als ob ihr Gehirn von MHPs Hirnsauger ausgeschlürft wurde.

19:01 Uhr

Habe Smiley angerufen, um eine vollständige Analyse des Nachmittags vorzunehmen. Sie war ein bisschen komisch und sagte, ihre Mum sei „krank" und sie „könne jetzt nicht reden".

Smiley kann wegen ihrer Eltern nicht reden. Jen kann nicht reden, weil sie das verknallte It-Girl des Tages ist. Ich kann reden, weil ich nur eine TIEFE Beziehung zu einem Toast mit Erdnussbutter habe.

MONTAG, 8. MÄRZ

18:35 Uhr

MÄNNER!!! SCHON WIEDER!!!

Fred versteht nicht, warum ich so sauer auf Jen bin. Ich sagte: „Weil sie eine Persönlichkeits-Transplantation hatte, Fred." Fred antwortete: „Dann häng doch einfach nicht mit ihr ab!"

WAS?!!

Männer geben Freunde einfach auf. Stattdessen holen sie sich Geckos.

Und sie bemühen sich auch nicht genug, DICH zu bekommen!

21:28 Uhr

Gran hat mich gerade auf dem Handy angerufen. DIE TOTALE LIEBESBEZIEHUNG zwischen ihr und Matfield geht weiter! Gran hat mir ihren „Rothko" gemailt. Der ist noch schlimmer als das Ding letzte Woche! Es sind zwei verschmierte Farben. Ich probiere das diesen Mittwoch bei Matfield aus, um zu sehen, ob es ihr auch gefällt, wenn ich das mache!

DIENSTAG, 9. MÄRZ

20:24 Uhr

Mum und Rob sind heute Abend ins Kino gegangen, darum war ich bei Gran zum Pizzaessen. Sie benutzt Messer und Gabel für Pizza aus der Imbissbude! Stell dir das vor! Ich habe ihr von Crazy-Jen und MHP erzählt. Gran hasst MHP, darum dachte ich, sie würde voll auf meiner Seite sein.

Gran sagte: „Du hast ein großes Problem mit Eifersucht, Hattie. Das hattest du schon immer. Wie deine Mutter."

Ja, habe ich, Gran, aber das ist genetisch bedingt. Ich kann nichts dafür.

MITTWOCH, 10. MÄRZ

17:17 Uhr

LEGENDÄRER TAG!

HEUTE HABE ICH BEWIESEN, DASS ALLE LEHRER BEKLOPPTEN, BESCHEUERTEN UNSINN REDEN!

Bei Matfield sollten wir malen, wie wir uns fühlen, also vermischte ich Blau und Rot. WIE VORHERZUSEHEN sagte Matfield: „WAS IST DAS?! Das hätte mein Enkel besser hinbekommen." Ich sagte: „Um genau zu sein, Mrs Matfield, ist das mein ROTHKO. Und als meine Gran am Montag im Kunstkurs das Gleiche gemacht hat, haben Sie gesagt, es sei brillant." Matfield starrte nur und fing an zu STOTTERN. Dann sagte sie: „Ältere Leute zeigen eine emotionale Reife in der Kunst, die junge Leute nicht kopieren können." Wir waren nicht ganz sicher, was das bedeutete, aber sie war am SCHWITZEN, und DANN musste sie „kurz rausgehen, um die kleine Schneidemaschine zu holen". LOL! Wette, sie hätte mir am liebsten den Kopf abgeschnitten, aber sie darf nur Papier schneiden!

Nicky „Bad Boy" Bainton hat mich sogar ANGELÄCHELT!

1 zu 0 für HATTIE!!! VOLLTREFFER!!!

DONNERSTAG, 11. MÄRZ

17:27 Uhr

OH GOTT! Smileys Mum ist nicht krank.

SMILEYS MUM IST SCHWANGER!

weltbrichtzusammen.com

Unglaublicherweise ist Smiley total begeistert, dass ihre Mum ein Baby bekommt. Was, wenn es ein Junge wird?! Eigentlich weiß ich schon, dass es einer sein WIRD. Kennt sie mich nicht lange genug, um zu wissen, dass Brüder die totale Hölle sind? Ja, er wird kleiner sein, aber trotzdem kann er SMILEY die Hölle heiß machen!

Smiley sagt, sie müsse ernsthaft über einiges nachdenken! Ja, musst du, Smiley. Bring alles, was du liebst, in Sicherheit und bereite dich auf jahrelange Seelenqualen vor! Wenigstens ist Smiley aus dem Barbiealter raus. Sie wird nicht den Anblick ertragen müssen, wie ihre Lieblingspuppe mit kahl geschorenem Kopf auf dem bösartigen Hund reitet, der drei Häuser weiter wohnt.

18:27 Uhr

Wollte nur sagen, dass mein Bruder Barbie auf den Hund gesetzt hat. Sie ist nicht selbst raufgeklettert oder so.

Brüder QUÄLEN SPIELZEUGE.

FREITAG, 12. MÄRZ

16:19 Uhr

Smiley ist total sauer auf Jen, weil sie Jen die Neuigkeiten über ihre Mum gesimst hat und die nur zurückgeschrieben hat:

> Glückwunsch! Übrigens, findest du,
> ich sollte mich blond färben?

Jen, was ist los?! Niemand aus der Unterwelt ist blond!

SAMSTAG, 13. MÄRZ

11:51 Uhr

Fred hat mich heute Abend ins Kino eingeladen. OH GOTT! Vielleicht wird's jetzt was! Ich gehe SELBSTVERSTÄNDLICH hin! Normalerweise mag Fred nur abgefahrene Filme, aber das wird mich wenigstens davon ablenken, dass Jen auf dem besten Weg ist, ein Mitglied von MHPs fieser Truppe zu werden.

21:46 Uhr

Wieder zurück vom Kinobesuch mit Fred. NATÜRLICH IST NICHTS DRAUS GEWORDEN! GIB'S AUF, HATTIE! HÖR AUF, DEIN HERZ

ZU FOLTERN! Wir haben einen *Transformers*-Film gesehen. Die ganze Zeit nur Lärm und Maschinen, die sich gegenseitig auf den Kopf schlagen. Außerdem haben wir kaum was verstanden, weil eine Gruppe Jungs in den hinteren Reihen, inklusive Nicky Bainton, sich einen „Wer kann Popcorn mit der Nase am weitesten blasen?"-Wettbewerb lieferten. Der Geschäftsführer kam mit einem Sicherheitsmann rein und drohte damit, sie rauszuwerfen, aber erst als einer von ihnen versucht hatte, auch Nachos aus der Nase zu blasen. Der Typ sagte, er würde das Kino verklagen, weil der Käse zu heiß gewesen sei und er jetzt „lebenslange Narben" im Nasenloch hätte! DANN kam Nicky Bainton an und setzte sich zu mir und Fred und laberte, es sei so toll, mich zu sehen, und ob ich oft herkommen würde. Fred sah wütend aus, aber er sagte nichts. Auf dem Weg nach Hause sagte er auch nicht viel. Ich glaube, wenn Fred Nerd mit ins Kino nehmen dürfte, würde er das tun.

Nicky ist eigentlich echt witzig, wenn man ihn etwas näher kennt.

SONNTAG, 14. MÄRZ

13:29 Uhr

Jen will mich und Smiley sehen. Sie sagt, es sei DRINGEND. Vielleicht lässt sie eine Schönheits-OP machen. Alle sind verrückt geworden.

17:28 Uhr

Jen ist durch die Mondphasen wieder zur Vernunft gekommen. Wir hatten also einen Spion in MHPs Gang. Jetzt WISSEN wir Folgendes:

* MHP findet mich INTOLERANT!
* MHP findet, dass ICH SCHÖNERE BEINE HABE ALS SIE, aber DASS ICH BILLIGE KLAMOTTEN TRAGE!
* MHP ruft ihre ganze Gang an, bevor sie ausgehen, und lässt sich KLITZEKLEIN berichten, was jede anzieht, damit sie sicher sein kann, dass sie IMMER am besten aussieht.
* MHP isst NUR MINIDOSEN MAIS ZUM MITTAGESSEN, UND ZWAR KALT – ALS OB DAS NORMAL WÄRE.
* MHP hasst ihren richtigen Namen. LOL!

MONTAG, 15. MÄRZ

15:56 Uhr

Ich muss im Moment definitiv zu viele Informationen verarbeiten (den Satz habe ich aus Mums *Psychologie*-Magazin!). Laut Jen redet MHP im Grunde die ganze Zeit über mich. Es ist, als ob sie auf mich steht oder so. Trotzdem ignoriert sie mich im wirklichen Leben IMMER NOCH und verbreitet Gerüchte.

18:35 Uhr

Gran meint, MHP sei neidisch auf MICH?! Neidisch auf was?!

* Zahnklammer.
* Keine Klamotten.
* Einen fiesen Bruder.

* Eine schlechtere Beziehung zu unserem richtigen Dad.
* Eine Gran, der immer noch ein Stück Nase vom Weihnachtsmann in Strass-Diamanten auf dem Hintern klebt.

22:02 Uhr

DIE BESTE EILMELDUNG DES TAGES! Gran hat sich mit Matfield zerstritten. Ihr „Picassos Blaue Periode" ist nicht so gut angekommen! Gran hat gekeift: „Ich komme nicht her, um mich kritisieren zu lassen!" Da hat Matfield sie darauf hingewiesen, dass es bei Kunst um KRITIK gehe und Gran vielleicht lieber eine Fremdsprache lernen solle.

Gran sagte: „Ich hab ihr dann was auf Französisch gesagt und bin gegangen!"

Das ist ihre Art zu sagen, dass sie geflucht hat.

GRAN HAT MATFIELD BESCHIMPFT. EIN WAHRER TRAUM.

Eigentlich muss Gran für meine Kunstverbrechen büßen, aber das werde ich ihr niemals erzählen!

DIENSTAG, 16. MÄRZ

17:46 Uhr

MHP WEISS, dass Jen gesungen hat! Sie durchbohrte mich die ganze Zeit mit Blicken, und heute, nach Naturwissenschaften, kam sie zu mir rüber und sagte:

MHP:	**Hast du was von Dad gehört?**
ICH:	**Meinst du Keith?**
MHP:	**Ja, DAD. Er hat mir neulich gemailt. Es war eine ELLENLANGE Mail. Ich glaube, er hat verstanden, dass er mit mir auf seinem Niveau reden kann.**

Ich bin einfach gegangen. Sie meint das Intelligenzniveau. Stimmt, sie sind beide TOTAL BESCHEUERT!

18:49 Uhr

Warum hat er mir nicht gemailt?

19:18 Uhr

Er HAT mir gemailt – es war im „Spam"-Ordner.

Von: <keithkeepsitgreen@gmail.com>
Datum: 10. März, 20:23:12 Uhr MEZ
An: Hattie Moore <helphattienow@gmail.com>
Betreff: DU!!!

Liebste Hattie,

wie geht es dir? Ich wollte dir nur sagen, dass ich oft an dich denke und sehr stolz auf dich bin. Du bist eine großartige junge Frau, und die Zeit mit dir war wunderschön.

Wie läuft's in der Schule?

K xxx

Ist DAS alles? MHP bekommt einen Aufsatz, und ich kriege vier Sätze?!

MITTWOCH, 17. MÄRZ

17:32 Uhr

Kam nach Hause und hörte, wie Mum Rob und Nathan ausschimpfte, weil die beiden einen Gummihandschuh mit Wasser gefüllt und im Garten hatten platzen lassen. Anscheinend war er „riesig".

ALLE Männer sind ACHT Jahre alt, ALLE total verwirrend und ALLE IDIOTEN.

DONNERSTAG, 18. MÄRZ

15:58 Uhr

ACH DU SCHANDE! WAHNSINN SPEZIAL!!!

Smiley beendet ihre Beziehung zu BHAVIN!

Smiley sagte: „Mum ist schwanger, Hattie! Sie braucht Hilfe." Ich gab zurück: „Smiley, du musst anfangen, dich ZUERST mal um dich selbst zu kümmern. Wie schon Oprah sagte: Du musst dich selbst LIEBEN, bevor du jemand anderen lieben kannst!" Smiley findet es nicht fair, ihren Eltern in dieser Zeit noch eine weitere Last aufzubürden. Ich schrie sie an: „ES IST DOCH GEHEIM! WIE SOLL ES DA EINE LAST SEIN?!"

Das ist total irrsinnige Familienloyalität. Wenn ich einen Bhavin hätte, würde ich ihn für niemanden aufgeben!

16:34 Uhr

Das ist nicht wahr. Ich würde meine Familie nie wieder für irgendjemanden verletzen wollen. Außer für du weißt schon wen – und den lieben sie sowieso alle.

FREITAG, 19. MÄRZ

16:28 Uhr

Smiley war heute in der Schule ein bisschen niedergeschlagen. Sie hat Bhavin per SMS geschrieben, dass es aus ist! Er war wirklich enttäuscht (er schickte ihr ungefähr 20 traurige Smileys), aber er „hat es verstanden"! VERSTANDEN?! Die beiden waren wie geschaffen zum Heiraten, und sie haben ihre Megaleidenschaft aufgegeben, ohne einen einzigen ABSCHIEDSKUSS!

Smiley sagte, ein sauberer Schnitt sei gut. Nein, ist er nicht. Er schmerzt. Man kann Leute nicht einfach aufgeben – nicht mal, wenn die Familie einen braucht oder sie Dinge machen, die einen total nerven.

19:46 Uhr

LOL!

Nathan ist stinksauer. Er war jetzt so lange arbeitslos, dass er unbezahlte Arbeit übernehmen muss. Um „Erfahrungen" zu sammeln. Mum findet es abscheulich, dass Nathan gezwungen wird, umsonst zu arbeiten. Sie hat über die Regierung geflucht. Dann fing Gran an, dieses ganze Zeug vom Stapel zu lassen:

GRAN: Es wird dir guttun, Junge! Deine Mum verwöhnt dich viel zu sehr. Sie kauft dir immer noch Käsesnacks und Smiley-Kekse!

NATHAN: Du hast keine Ahnung, Gran. Es ist schrecklich da draußen. Es gibt KEINE Jobs!

GRAN: Ja, du hast recht, Nathan! Es gibt keine Jobs für Leute, die erst nachmittags aufstehen, um vier Uhr morgens ins Bett gehen, so gut wie keine Qualifikation haben und 40 Pfund pro Stunde haben wollen!

NATHAN: Ich bin bereit zu arbeiten.

GRAN: Ich bin bereit, dich arbeiten zu lassen! Es wird Zeit, dass du für meine Rente bezahlst. Eigentlich könnte ich mir selbst einen kleinen Job suchen. Ich würde mich freuen, etwas Gesellschaft und Taschengeld zu bekommen.

ICH LIEBE GRAN.

Sie wird natürlich keinen Job finden, aber sie hat Nathan echt aus der Fassung gebracht!!!

SAMSTAG, 20. MÄRZ

17:27 Uhr

Gran bewirbt sich für Jobs. Sie hat ihren Lebenslauf geschrieben. Er umfasst drei Sätze.

In meinen fast 70 Jahren auf dieser Erde habe ich jede Arbeit getan, die ein Mensch tun kann, habe ein Kind großgezogen und einen Haushalt geführt, während mein Mann im Gefängnis war, und alles ohne staatliche Hilfen. Es gibt nichts, was ich nicht tun oder versuchen würde. Ich habe einen Doktortitel von der Universität des Lebens.

Es ist gut, dass sie die Wahrheit sagt über ihre Vergangenheit und Opas Strafregister, aber sie hat keine Chance auf einen Job!

SONNTAG, 21. MÄRZ

20:35 Uhr

Mein Bruder ist so ein DRAUFGÄNGER!

Gegen Mittag ist er aufgestanden. Für IHN ist das wie sechs Uhr morgens! Als ich ihn fragte, was er heute noch machen wolle, sagte er: „Was geht dich das an, Tatty?!" (der nichtwitzige Spitzname, den er für mich hat)

Dann hat Nathan den ganzen Tag NICHTS gemacht, außer Schokoriegel zu futtern und *Kunst & Krempel* zu gucken, wobei er mit Rob „Rate mal, wie viel es wert ist" und „Wird die alte Schachtel, die es anschleppt, enttäuscht sein?" spielte!

Ich glaube nicht, dass das irgendwelchen Arbeitsanforderungen entspricht, außer man will TV-Experte für Sammlerobjekte werden.

AUSSERDEM verlangen sie, dass man sich wäscht, bevor man vor die Kamera tritt. Also ist Nathan raus – LOL!

MONTAG, 22. MÄRZ

17:37 Uhr

Heute haben wir in der Schule über Berufe gesprochen. Smiley geht auf jeden Fall an die Uni. Kann ich mir das überhaupt leisten? Jen will ihr eigenes „Einzelhandelsunternehmen" aufmachen (so nennt man einen Laden, wenn man von der Bank Geld haben will, sagt ihr Dad). MHP will Modekauffrau werden. Dumpfbacke Hannah sagte: „Das bist du doch schon – du kaufst Klamotten im Internet, oder nicht?!"

LOL! Wir waren uns alle einig, dass Dumpfbacke Hannah Stand-up-Comedian werden sollte!

18:43 Uhr

Dumpfbacke Hannah hat übrigens nicht versucht, witzig zu sein. Sie war einfach nur Dumpfbacke Hannah.

Ich bin immer noch nicht ganz sicher, was ich machen will.

20:09 Uhr

Nathan guckt in seinem Zimmer *Susi und Strolch*.

Das Gute ist: Nathan ist der lebende Beweis, dass man so lange hier bei Mum bleiben kann, bis man sich entschieden hat, was man WIRKLICH machen will.

DIENSTAG, 23. MÄRZ

18:12 Uhr

MEGACOOL!

Gran hat ein Vorstellungsgespräch beim Supermarkt um die Ecke. Der Geschäftsführer will sie kennenlernen, weil er glaubt, dass sie genau diejenige sei, die er sucht!

Also sucht der Geschäftsführer nach alten Frauen mit verrückten Hunden, die nicht wissen, wie Vajazzling geht.

Das sind keine guten Nachrichten für Nathan.

MITTWOCH, 24. MÄRZ

19:12 Uhr

Gran hat den Job! Offensichtlich mögen die vom Supermarkt Leute in reifem Alter, weil „sie wissen, wie man hart arbeitet, während junge Leute glauben, dass man ihnen im Leben alles auf dem Silbertablett serviert".

Gran ist außer sich vor Freude: Sie bekommt eine Belegschaftskarte für 15% Rabatt und muss jeden Tag LEUCHTENDES Rot tragen. Sie sagte: „Mein Hemd hat die Farbe ‚Kirschtraum'. Ich sehe fabelhaft darin aus. Ich bin zwar schon fast 70, Hattie, aber Fakt ist, dass Männer mich immer noch faszinierend finden."

HILFE! ICH WÜNSCHTE, MICH AUCH!

20:25 Uhr

Ich habe gerade Fred besucht. Er sagte, Gran nehme einer jungen Person den Arbeitsplatz weg. Vielleicht stimmt das, aber als ich Nathan erzählt habe, dass Gran einen Job hat, hat er ihr „Herzlichen Glückwunsch" gesimst! Er schert sich nicht darum, dass ihm vielleicht ein Arbeitsplatz entgangen ist. Er ist einfach nur froh, dass nicht er die Möhren in der Frischwarentheke nachfüllen muss, sondern Gran!

Fred ist in letzter Zeit extrem mürrisch. Extrem. Ich scheine ihn einfach nur zu nerven. Egal, was ich mache. Warum stört mich das überhaupt?

21:01 Uhr

Gran hat mir gerade erzählt, dass sie nicht für die Lageraufstockung zuständig ist. Sie wird die Lotterietrommel bedienen und am Kiosk Zigaretten verkaufen. „Ich muss nichts Schweres heben, Hattie. Das überlasse ich der winzigen Schar von jungen Leuten, die beschlossen hat, dass sie arbeiten will!"

Mir ist aufgefallen, dass alle über 30 einen gehässigen Zug im Gesicht haben. Sie scheinen zu denken, dass sie es wirklich schwer hatten. So werde ich niemals enden. Ich werde immer nett zu Teenagern sein. Ich werde nie vergessen, wie DURCHGEKNALLT das alles ist. Ich werde niemals das Trauma vergessen, einer Gran dabei zusehen zu müssen, wie sie ihren Hund zwingt, so zu tun, als wäre er ein Kunde, der ein Mehrfachlos für die Lotterie kauft, um den Dreifach-Jackpot zu knacken.

21:36 Uhr

Ich habe Gran gerade gefragt, was von ihrem Leben sie vermissen wird, während sie bei der Arbeit ist. Gran antwortete: „Ich werde es vermissen, zu Beerdigungen zu gehen, Hattie. Ich gehe zu Beerdigungen, um mir ein Bild zu machen."

Wie gesagt, ich werde das alles NIEMALS vergessen.

DONNERSTAG, 25. MÄRZ

7:25 Uhr

Gran wurde heute zu einem Kurs für Erkennung von Gemüse und Obst geschickt. Offensichtlich ist das Standard bei einem Supermarkt. Egal, in welcher Abteilung man arbeitet, man muss einen Granatapfel von einer Süßkartoffel unterscheiden können.

15:39 Uhr

Gran hat gerade gesimst:

Hattie, was ist der Sinn einer Sternfrucht?

Ich sollte über MEINE Zukunft nachdenken, nicht Gran in Nachspeisen unterweisen.

FREITAG, 26. MÄRZ

18:45 Uhr

Alle haben davon geredet, was sie am Wochenende machen.

Smiley: ihrer Mum dabei helfen, das neue Kinderbett zusammenzubauen.

Crazy-Jen: mit Simon auf eine „paranormale Tour" gehen – alias „knutschen".

MHP: Klamotten kaufen mit ihrer Mum und der „dicken Kreditkarte ihres Stiefvaters". ← Dabei ließ sie ein widerliches kleines Kichern hören – AAAHH!!!

Mum: ein heißes Bad nehmen. *Die gute Hausfrau* lesen. Ein Glas Pinot Noir.

Fred und Rob: Flohmarkt. ← Rob nervt ihn nicht.

Nathan: mit seinem Kumpel Mo Snooker spielen.

Gran: Gesellschaftsabend im Supermarkt.

Hattie: nichts. NICHTS.

Habe gerade Mum was vorgejammert. Sie sagte, dass „die Welt mir zu Füßen liege" und ich rausgehen und etwas unternehmen solle. Dann fragte sie: „Oder bist du zu alt, um dich als Pfadfinderin zu vergnügen?"

Ja, Mum.

Sie gönnt sich ein Bad und einen Rotwein, und mir schlägt sie irgendwelchen Kinderkram vor.

19:47 Uhr

Smiley hat mir gerade ein Foto von einem Kinderbett geschickt. Ich liebe dich, Smiley, aber es ist eben nur ein Kinderbett. Da legt man ein Baby rein. Schwuppdiwupp.

ICH BRAUCHE LEIDENSCHAFT! Ich führe langweilige Unterhaltungen über Babys und Wechseljahre, bevor ich überhaupt HEFTIGST herumgeknutscht habe.

20:56 Uhr

Habe es gerade mit einem langen Bad versucht. Das ist langweilig. Ich habe ungefähr zehn Minuten lang auf meine Füße gestarrt. Sie sind hässlich. Mit meinen winzigen Brüsten kann ich leben, aber meine Füße sind TOTAL unförmig.

21:32 Uhr

ACH DU SCHANDE! Auf einer Website habe ich gerade gelesen, dass das Fußdekolleté genauso wichtig ist wie das Brustdekolleté, und durch eine Operation KÖNNTEN meine Füße verschönert werden.

Auf der Seite steht nicht, wie teuer die Operation ist, aber es wird wohl mehr sein als die 12,68 Pfund, die ich noch von meinem Weihnachtsgeld übrig habe.

22:11 Uhr

SMS von Jen:

> Glaube, wir haben gerade an der Kathedrale einen Geist gesehen!

Geister sind zwar tot, aber wenigstens können sie herumschweben und müssen sich keine Sorgen darum machen, wie ihre Füße in Pumps aussehen.

SAMSTAG, 27. MÄRZ

21:24 Uhr

Gran hat mich gerade auf dem Handy angerufen, um zu erzählen, dass die Feier im Supermarkt total bescheuert war. Für 400 Leute gab es drei Teller Rippchen, zwei Platten Hühnchen und zwei Schüsseln Pommes. AUSSERDEM konnte der Tom-Jones-Imitator nur drei Lieder. Gran musste gehen, so geladen war sie. Sie sagte: „Wenn die Leute gutes Geld bezahlen, dann sollte ihnen mehr geboten werden als irgendein Mann mittleren Alters mit Perücke, der kurz davor steht, sich selbst zum Hauptanwärter für eine neue Hüfte zu machen. Da habe ich ja schon bessere Büfetts auf einer ..."

Beerdigung bekommen. JA, WISSEN WIR, Gran.

Warum reden alte Leute DIE GANZE Zeit über den Tod?!

22:10 Uhr

Alte Leute UND Crazy-Jen.

22:32 Uhr

Da alle im Moment beschäftigt sind, ist das vielleicht der perfekte Zeitpunkt, um an MIR zu arbeiten!

22:54 Uhr

Ich lese in einer Zeitschrift einen Artikel mit der Überschrift „FÜHL DICH GUT IN NUR EINER WOCHE!" Ab morgen werde ich es ausprobieren.

SONNTAG, 28. MÄRZ

20:23 Uhr

„FÜHL DICH GUT IN NUR EINER WOCHE!" schlägt vor, dass man alle zu einem DVD-Abend einladen und sie zwischen den Filmen darum bitten soll, aufzuschreiben, was ihnen an den anderen Leuten im Raum gefällt.

SAUGUTE Idee. Das mache ich!

9:25 Uhr

Smiley sagt, ihre Mum hat im Moment schwer mit ihrer Schwangerschaft zu kämpfen und sie kann nicht mit Sicherheit für einen Abend zusagen. Sie muss in der Nähe sein, wenn ihre Mum anfängt zu weinen oder eine Folienkartoffel haben will (anscheinend alle fünf Minuten), aber sie wird mir simsen.

11:04 Uhr

Crazy-Jen sagt, sie wird mir simsen, sobald sie einen Termin frei hat. Im Moment verbringt sie ihre ganze Zeit mit Simon auf „ihrem Planeten".

Ihr Planet ist DIESER Planet. Ich habe sie vor Kurzem mal abends an der Tankstelle gesehen, wie sie eine Tüte Erdnussflips gekauft haben.

Fred? Nein, keine weitere Enttäuschung. Hab die Nase voll von Dates mit Nur-Kumpeln.

Jungs und Babys ruinieren alles.

MONTAG, 29. MÄRZ

Osterferien

19:02 Uhr

Heute ist wieder nichts passiert, außer dass Gran die Leitung vom Gesellschaftsabend-Komitee im Supermarkt übernommen hat. Zuallererst hat sie einen Bingo-Abend organisiert. Die Unter-30-Jährigen sind wohl nicht sehr glücklich darüber. Gran meinte: „Kein Wunder, dass die Partys so schlecht waren. Die Dame, die sich um alles gekümmert hat, war perfekt geschminkt, aber sie hatte den schmutzigsten Hals, den ich je gesehen habe."

20:18 Uhr

Kein Wort von Smiley oder Jen heute. Ich kann nicht fassen, dass ich das sage: Ich wünschte, ich wäre in der Schule.

DIENSTAG, 30. MÄRZ

16:04 Uhr

Das Paar von gegenüber hatte heute Nachmittag einen höllischen Streit. Jedes zweite Wort war ein Fluch! Es war megaprollig! Ich musste nach oben gehen, um eine bessere Sicht zu haben!

17:05 Uhr

ACH DU SCHANDE! Ich verwandle mich gerade in Gran!

17:12 Uhr

Nein, mir ist nur langweilig. Allerdings darf ich Mum nicht zeigen, dass mir langweilig ist. Dann verdonnert sie mich zum Badezimmerputzen.

18:26 Uhr

Ich bin bei Schritt eins von „FÜHL DICH GUT IN NUR EINER WOCHE!" stecken geblieben. Ich glaube, das klappt nicht.

19:47 Uhr

Crazy-Jen hat gerade ein Foto von ihr und Simon gepostet, wie sie in einem Zelt in ihrem Garten „Frühling" feiern.

Es klappt auf keinen Fall.

Ich habe zu viel Zeit zum Nachdenken, und mein Nachdenken führt mich jedes Mal in eine Fred-Sackgasse. Die Sackgasse der enttäuschten Hoffnung, exotischen Haustiere und … sonst was.

MITTWOCH, 31. MÄRZ

18:28 Uhr

Gran wurde heute beim Supermarkt ins Büro gerufen und von Roger, dem Geschäftsführer, gefragt, ob sie „irgendetwas Ungewöhnliches" bemerkt hätte, als sie vor Kurzem Frühschicht hatte. Sie sagte Nein. Da zeigte Roger ihr ein paar Aufnahmen der Überwachungskamera. Während Grans Frühschicht, um genau 11.12 Uhr, klaute ein Mann fünf Flaschen Whisky, einen Breitbildfernseher und zwölf Becher Joghurt.

Gran hat nichts gesehen, weil sie mit Elsie im Kiosk irische Tänze übte.

Auf den Filmaufnahmen konnte man sehen, wie Gran und Elsie mit den Armen in der Luft herumwirbelten, während der Typ mit einem vollgestopften Einkaufswagen hinausmarschierte. Scott vom

Sicherheitsdienst machte gerade eine Zigarettenpause – und der Kiosk soll „besondere Aufmerksamkeit walten lassen", wenn er nicht da ist. Haben sie nicht gemacht. Sie „schwangen sorglos das Tanzbein", wie Roger es nannte.

Sie glauben nicht, dass Gran „mit von der Partie" war (sie MÜSSEN sie ein bisschen verdächtigen – schließlich war sie mit einem Dieb verheiratet), ABER sie steckt in Schwierigkeiten, weil sie nicht aufgepasst hat.

Roger meinte, der Betrieb sei „sehr sensibel gegenüber anderen Kulturen, inklusive der keltischen Traditionen, aber wenn die Ware in Gefahr sei, bliebe wirklich kein Platz für kulturellen Ausdruck".

Gran beschloss, nur noch Teilzeit zu arbeiten. Roger findet, das sei eine gute Idee.

DONNERSTAG, 1. APRIL

11:25 Uhr

OH GOTT!

OH GOTT!

OH GOTT!

Fred und Rob haben am Sonntag auf dem Flohmarkt eine Vase für zwei Pfund gekauft, und sie ist 150000 Pfund wert!!! Rob sagt, sie haben sie schätzen lassen. Sie ist aus der chinesischen Ching-Dynastie, das kann man am Boden erkennen!

Mum kreischte: „Endlich kann ich die Geschirrspülmaschine reparieren lassen!" Sie ist WAHNSINNIG glücklich. Sie bricht sich beim Abwasch ständig die Fingernägel ab.

13:25 Uhr

Gran ist BEGEISTERT. Sie meinte: „Ich hab deiner Mutter ja immer gesagt, dass sie mal fündig werden. Und sie dachte, Rob wolle sich nur davor drücken, die blöden Pflastersteine im Garten zu verlegen."

Hattie denkt: „HALLO, VERSACE – ODER EIN PAAR ANDERE VERNÜNFTIGE KLAMOTTEN!"

15:37 Uhr

WIEDER ein Aprilscherz.

Fred und Rob haben gerade zugegeben, dass es ein Aprilscherz war. Natürlich. So was Tolles wird NIE passieren. Gran und Mum sind stinksauer. Mum ist schon im Geschäft gewesen und hat Spülmaschinentabs „Diamantenglanz" gekauft. „Ich habe schon davon geträumt, diese Maschine auszuräumen", sagte sie. Sie sah aus, als würde sie gleich losheulen!

16:23 Uhr

Fred und ich hatten gerade einen RIESENSTREIT …

ICH: **Danke für die MASSENENTTÄUSCHUNGS-AKTION, FRED!**

FRED: **Es war nur ein Scherz, Hattie.**

ICH:	Tja, ihr habt uns Hoffnungen gemacht und uns dann fallen lassen. Darin bist du ja ziemlich gut.
FRED:	WAS?!
ICH:	Wird bei dir schon fast zur Gewohnheit!
FRED:	Man kann echt SUPER mit dir reden, HATTIE MOORE!
ICH:	Soll heißen?
FRED:	Soll heißen?!
ICH:	Fred ... es ist einfach ... ach, ist mir egal ...
FRED:	MIR AUCH.
ICH:	Super. Gut, ich muss jetzt gehen und spülen. Mum ist heute Abend zu enttäuscht dazu. Sie dachte, sie würde eine Geschirrspülmaschine bekommen. Auch DAFÜR vielen Dank.

Und nein, ich entschuldige mich nicht. Dieses Mal nicht.

18:17 Uhr

Gran hat Nathan gefragt, ob er ein paar von ihren Schichten im Supermarkt übernehmen möchte. Nathan meinte, das sei nicht wirklich „seins". Was IST Nathans? Das ist eine Frage, die ich mir schon mein ganzes Leben stelle.

Ich gehe morgen zur Bücherei. ICH WEISS! STREBERALARM! ABER es ist umsonst, sie haben gute Filme, und Fred ist nicht in der Nähe.

Oh, Fred.

Es tut mir leid.

Aber ich habe es satt, das zu sagen.

FREITAG, 2. APRIL

16:12 Uhr

EILMELDUNG!

TOTALER BÜCHEREISCHOCK!

Erledigte gerade meinen Kram in der Bücherei, als ich Nicky „Bad Boy" Bainton sah. Er saß in einem großen Sessel und las *Von Mäusen und Menschen*! Das ist die Sorte Bücher, die wir in der Schule lesen MÜSSEN! Er bemerkte mich nicht, aber er sah TOTAL SCHNUCKELIG aus. Er hatte einen Radikalhaarschnitt – anscheinend zugunsten einer Wohltätigkeitsveranstaltung für die Krebsforschung. Er hat sich vom schmuddeligen Jungen in einen TOTAL markanten, knackigen Typen verwandelt! Nicht zu fassen! Ich erzählte Mum: „Man sollte bei ALLEN Jungen Kahlschlag machen." Mum lachte, aber Rob sah nur etwas komisch drein und meinte: „Sag nicht ‚Kahlschlag', Hattie, das kann auch was anderes bedeuten. Und damit habe ich so meine Erfahrungen. Haare wachsen nach, Hattie."

Männer sprechen eine andere Sprache. Sie kommen alle vom Jupiter!

17:04 Uhr

MARS! Die Männer kommen vom Mars! Sind ja alles Planeten! Auf jeden Fall ist das kilometerweit weg, und wir haben keine Ahnung, welche Sprache sie da sprechen!

17:26 Uhr

ODER ob es da überhaupt intelligentes Leben gibt!

Fred kommt aus einem Schwarzes-Loch-Galaxis-Wurmloch-Ding – eine von diesen verrückten Sachen, über die Stephen Hawking immer schwafelt.

SAMSTAG, 3. APRIL

18:12 Uhr

Habe heute Nachmittag Gran besucht. Sie hat wieder über ihr Gewicht gejammert. Sie macht eine nachgeburtliche Diät – obwohl sie ihr Baby schon vor fast 40 Jahren bekommen hat! Sie behauptet, durch Mum „klebe das Gewicht an ihr", und jetzt sehe sie „in ihrem Kirschhemd pummelig aus".

Wie lange kann man die Familie für sein schreckliches Leben verantwortlich machen?

18:49 Uhr

Antwort: FÜR IMMER.

SONNTAG, 4. APRIL

10:02 Uhr

OSTERN. Neuanfang und so was. Und danke, MUM, dieses Jahr gleich zwei Eier … und eins davon mit Keksfüllung. Die Krümel bleiben in meiner Zahnklammer stecken, aber wen interessiert's?!

12:34 Uhr

„FÜHL DICH GUT IN NUR EINER WOCHE!" hat versagt, aber wenigstens habe ich herausgefunden, dass die Bücherei kein völlig öder Ort ist. Mum hat mir erzählt, dass ich es mit sieben dort schön fand. Womit hat sie sonst noch recht?!

14:12 Uhr

Gehe morgen wieder zur Bücherei. Vielleicht ist es gut, dass Smiley, Jen und ich ein bisschen Zeit getrennt voneinander verbringen. Wir können nicht ewig zusammen sein. Mum redet gar nicht mehr mit Leuten von ihrer Schule!

Bei dem Gedanken daran könnte ich heulen.

15:03 Uhr

OH GOTT – an eine Zeit denken, in der MHP nicht JEDEN TAG da ist! DER HIMMEL!

MONTAG, 5. APRIL

Ostermontag

11:23 Uhr

Die Bücherei ist am Ostermontag zu! Warum sind interessante Orte an einem langweiligen Tag geschlossen?!

17:45 Uhr

Bin gerade bei Crazy-Jen vorbeigegangen. Ich habe ihr von Nicky erzählt. Sie schien nicht mal besonders erstaunt zu sein. Sie sagt, dass Nicky Bainton viel Zeit woanders verbringe, weil seine Eltern der TOTALE ALBTRAUM seien. Als ich fragte: „Sind sie das nicht alle!?“, flüsterte Jen fast: „Nein, die sind's wirklich. Seine Mum schreit alle an, und sein Dad läuft die ganze Zeit in Pantoffeln rum.“

Dann sagte sie: „OH GOTT – du findest ihn doch wohl nicht gut, Hattie, oder?! Er ist DER INBEGRIFF VON SCHLECHTEM UMGANG!“

Ich sagte Nein. Aber in Wahrheit bin ich ... nicht ganz sicher.

Jetzt fühle ich mich schlecht. Ich weiß nicht genau, warum, aber es ist so. Gran würde sagen, ich solle aufhören, Trübsal zu blasen.

Fred würde es vielleicht verstehen, aber er hat sich noch nicht für den April-Nicht-Scherz entschuldigt, und ich habe ECHT keine Lust, mit ihm zu reden.

DIENSTAG, 6. APRIL

15:12 Uhr

Nicky „Bad Boy“ Bainton hat sich den Knöchel angeknackst! Ich habe ihm die Treppe an der Bücherei hinaufgeholfen. Er hat mich etwas verlegen angeguckt und gesagt: „Danke, Moore, ich hab das Gleichgewicht verloren, weil meine Haare ab sind.“ Mit Krücken sieht er sexy aus. Ich mag Verletzlichkeit.

16:01 Uhr

Habe ich gerade geschrieben „Ich mag Verletzlichkeit“?!

Vielleicht bin ich doch eine Idiotin.

Ich bin eine Idiotin. Ich habe fast eine ganze Woche nicht mehr mit Fred gesprochen.

Ich vermisse ihn. Ich vermisse sogar Nerd.

MITTWOCH, 7. APRIL

8:12 Uhr

UNGLAUBLICH! Eine E-Mail von Keith:

Von: <keithkeepsitgreen@gmail.com>
Datum: 6. April, 23:09:47 Uhr MEZ
An: Hattie Moore <helphattienow@gmail.com>
Betreff: Sommer

Hats, besuchst du mich im Sommer?
Ich muss deinen Flug buchen.

Lieber KEITH, danke, dass du mir eine weitere winzige E-Mail schreibst, die bestimmt kürzer ist als die für MHP.

Alles Liebe,

Hattie x

13:27 Uhr

Fliege ich hin? In solchen Situationen sagt Gran immer, ich soll eine „Pro und Kontra"-Liste machen.

PRO	KONTRA
✔ Es ist im Ausland.	x Was, wenn ich es dort hasse?!
✔ Er ist mein Dad.	
✔ Australien ist sicher fantastisch.	x Was, wenn ich bis dahin die Liebe meines Lebens gefunden habe und eine Fernbeziehung nicht funktioniert?!
✔ Wenn ich es nicht mache, wird er MHP mehr mögen als mich.	

16:26 Uhr

Gran hat sich meine „Pro und Kontra"-Liste angeguckt. Sie sagte nur: „Es ist eine Erfahrung, Hattie."

Das hat sie auch gesagt, als Mum die Gallenblase entfernt wurde.

17:12 Uhr

Ich sollte Keith noch eine Chance geben. Er ist nicht wie Nickys Eltern. Ich nehme an, er versucht, etwas Gutes zu tun.

DONNERSTAG, 8. APRIL

18:12 Uhr

Unglaublich!

Heute bin ich wieder in die Bücherei gegangen. Ich habe Nicky gesehen und nickte ihm zu.

ER IST RÜBERGEKOMMEN!

VOLLSTÄNDIGE UNTERHALTUNG:

Nicht Moore!

NICKY:	Hallo, Hattie. Was machst du hier?
ICH:	Oh, nur ... Sachen angucken.
NICKY:	Liest du viel?
ICH:	Ein bisschen.
NICKY:	Was denn?
ICH:	Mäuse!
NICKY:	Ähm ... Hast du Lust, ins Kino zu gehen? Hiermit kann ich auf die bequemen Behindertensitze.
ICH:	Ja, gut. Schick mir eine SMS.

WARUM HABE ICH DAS GESAGT? WARUM KRIEGE ICH NIE WAS RICHTIG HIN?

Er wackelte mit seinen Krücken.

Das klang cool!

Ich glaube, ich stehe auf ihn. Er ist geheimnisvoll und hat so eine etwas gefährliche Ausstrahlung.

20:08 Uhr

Habe Smiley gerade von Nicky erzählt. Sie meint, ein Gips mache jemanden noch nicht gefährlich. Er ließe einen nur dumm aussehen.

Ich könnte jetzt sauer werden, aber ich nehme mal an, sie vermisst Bhavin IMMER NOCH.

FREITAG, 9. APRIL

16:15 Uhr

Ich glaube einfach, ich könnte Nicky dabei helfen, seine sensible Seite zu zeigen. Seine tiefgründige Seite. Die Seite, die heimlich in der Bücherei Klassiker liest.

19:04 Uhr

Habe Gran von Nicky erzählt. Sie meint, ich versuche schon, ihn zu ändern, und um einen Mann zu ändern, brauche es einen „Militäreinsatz", und es „ende normalerweise mit der totalen Niederlage der Frau. Das ist Kamikaze, Hattie, glaub mir."

20:06 Uhr

Kamikaze waren Piloten mit Selbstmordauftrag. ACH DU SCHANDE! Vor über 80 Jahren waren totale Spinner am Himmel!

SAMSTAG, 10. APRIL

14:35 Uhr

Jen und ich hatten ~~einen Streit~~ eine Auseinandersetzung wegen Nicky. Sie findet es ethisch falsch, die Behindertensitze im Kino zu benutzen, ABER sie hält es für richtig, dass Mum beim Discounter die „Mutter und Kind"-Parkplätze benutzt, wenn sie mit Gran einkaufen fährt.

Warum FREUEN sich meine Freundinnen nicht für mich? Anscheinend ist es IN ORDNUNG, wenn SIE Freunde haben, aber für mich gilt das NICHT?! Ist DAS FAIR?! NEIN!

SONNTAG, 11. APRIL

21:32 Uhr

Nicky hat gefragt, ob ich morgen mit ihm ins Kino gehe. Es ist der erste Schultag, aber Mum sagt, sie weiß ja, dass ich in letzter Zeit nicht viele Freunde getroffen habe, und ich darf gehen, solange ich früh zurück bin.

22:28 Uhr

ACH DU SCHANDE! Ich glaube, ich tue Mum leid! Das ist tragisch.

MONTAG, 12. APRIL

ZURÜCK IN DER SCHULE

Es war toll, heute wieder bei Smiley und Jen zu sein, aber Smiley jammerte hauptsächlich über ihre Mum, und Jen sehnte sich hauptsächlich nach Simon. Beim Mittagessen war ich etwas gelangweilt. Dann fingen sie beide wieder an, auf Nicky herumzuhacken, als ob er ein Schwerverbrecher wäre. Warum ich nicht mit jemandem ausgehe, der etwas netter ist? Als ich sagte: „Zum Beispiel?!", sahen sie sich nur an. Hilfreich. TOTAL.

Ich kann ausgehen, mit WEM ich will. Jeder verdient eine Chance. Crazy-Jen behauptet immer, sie sei so offen für alle und jeden, aber das ist sie NICHT. Anscheinend wollen sie nicht, dass ich „verletzt" werde. Dabei verletzt es mich viel mehr, mich wie ein Vollpfosten-Single zu fühlen.

MHP hat einen neuen Freund mit AUTO. Alle sind sich einig, dass sie eine Zicke ist, aber gleichzeitig auch hammer. Sie IST eine Zicke und sie IST hammer, und sie ist IMMER NOCH meine Halbschwester. Warum kann ich nicht die gleiche Wirkung auf Männer haben wie sie?!

18:03 Uhr

Eigentlich würden mir auch schon ihre Klamotten reichen. Sie hat nur Markenjeans. Darin sieht ihr Arsch megaknackig aus.

18:11 Uhr

Gran sagt, MHP ist wie eine Venusfliegenfalle. Männer werden von der Süße angelockt und sterben. Sie ist eine Teenagerfalle!

Ich wünschte, ich wäre auch eine fleisch- und männerfressende Pflanze!

22:12 Uhr

BESTER ABEND ALLER ZEITEN!

War mit Nicky im Kino. Die Angestellte sagte, es wäre in Ordnung, wenn wir die Behindertensitze nehmen, aber wenn eine wirklich behinderte Person käme, müssten wir aufstehen. Es kam keine. Der Film war okay, aber Nicky war HINREISSEND. Er ist ECHT witzig. Er kennt ALLE Jungs in den hinteren Reihen, die mit Popcorn werfen, und er ist RICHTIG beliebt. Am Ende – ich hatte gar nicht damit gerechnet – gab er mir einen komischerweise echt fantastischen Kuss. Wegen seiner Krücken musste ich ihn etwas stützen. Er lehnte sich gegen einen Notausgang, und wir knutschten. Aber wir mussten vorsichtig sein, weil wir Angst hatten, dass der Notausgang aus Versehen aufging und Nicky sich auch noch die Arme brechen würde.

22:57 Uhr

Könnte ich mit jemandem von den Paralympics gehen? Ja. Wenn ich jemanden liebe, würde ich ihm sogar in der Nase popeln.

23:06 Uhr

Ich komme nicht drüber hinweg, wie Nicky küsst.

Er könnte DERJENIGE WELCHER sein! ECHT JETZT.

DIENSTAG, 13. APRIL

17:39 Uhr

Crazy-Jen hat mich über das Date ausgequetscht. Ich habe ihr erzählt, dass er total süß war. DANN fragte sie, ob Nicky irgendwelche Narben hätte. Simon hat keine, aber Jen mag Narben. Sie ist eben so drauf. Sie behauptet, sie suche halt nach etwas, das sie an Nicky mag. Ich erklärte ihr, dass er mich GLÜCKLICH macht und dass DAS ja wohl reichen sollte.

Es gab eine lange Pause, und dann sagte sie, sie möge Nickys Krücken, weil die Cyberpunk seien.

Ich bin besser darin, die Gefühle anderer Leute zu verstehen, als dass sie meine kapieren! NICHT MAL JEN kriegt das hin!

Auf jeden Fall bin ich besser als Fred, der sich IMMER noch nicht gemeldet hat.

MITTWOCH, 14. APRIL

19:12 Uhr

Nicky ist heute Abend vorbeigekommen. Er kam mit seinen Krücken nicht die Treppe rauf, darum haben wir (ZU LANGE) im Wohnzimmer gesessen, wo Mum ihm lächerliche Fragen gestellt hat. Ich hatte sie nicht mal vorgewarnt oder ihr von ihm erzählt, weil ich WUSSTE, dass sie ihn so oder so aushorchen würde! Mum schien ihn ganz okay zu finden, aber sie sagte: „Sei vorsichtig, Hattie. Er kommt aus einer heftigen Gegend am Bahndamm. Das ist nicht seine Schuld, aber es macht ihn vielleicht ein bisschen – unberechenbar."

Ich WEISS, Mum. ICH WEISS! GENAU DAS macht ihn ja so SEXY!!!

20:45 Uhr

Ich würde Fred am liebsten von Nicky erzählen.

Wir müssen uns wieder vertragen. Ich vermisse ihn, und bloß weil er nichts von mir will, heißt das ja nicht, dass wir keine Freunde mehr sein können. Wenn ich ihm von Nicky erzähle, wird ihn das etwas beruhigen, und ich denke, er wird sich nicht mehr so unter … Liebesdruck gesetzt fühlen. Obwohl ein Teil von mir sich immer noch wünscht, DASS ER VOR EIFERSUCHT PLATZT.

Das ist ein schlechter Teil von mir. Aber ich muss gehen und die Sache in Ordnung bringen. Männer entschuldigen sich nie. Ich muss es zuerst tun. Das ist nicht feministisch, aber so ist das Leben.

DONNERSTAG, 15. APRIL

19:53 Uhr

Es war komisch bei Fred heute. Seine Mum schien echt froh zu sein, mich zu sehen, und sagte: „Geh nur rauf, Hattie." Aber als ich oben war, führten wir diese echt komische Unterhaltung …

ICH:	Sieh mal, Fred, es tut mir echt leid. Ich habe ein paar schreckliche Dinge gesagt. Aber du weißt, dass ich das nicht so gemeint habe.
FRED:	Gehst du mit Nicky Bainton?
ICH:	Also ... ja ... ich glaube schon. Ja.
FRED:	Tja, DAS habe ich kommen sehen, als ich mit dir im Kino war. Weißt du, wenn dich jemand einlädt, dann solltest du dich eigentlich auch mit IHM unterhalten, Hattie.
ICH:	Du sagst ja kaum noch was außer über deinen Gecko oder Flohmärkte ... Also, es tut mir leid. Ich dachte einfach nur, du und ich ...
FRED:	Ach, vergessen wir das einfach.
ICH:	Was, mich und dich?
FRED:	Was meinst du mit „mich und dich"?
ICH:	Ich meine mich und dich. Du weißt schon, das alte Power-Rangers-Team. Gute Freunde. Ich weiß, dass ... ich weiß ...
FRED:	Oh.

ICH:	**Also du und ich - ist alles okay mit uns?**
FRED:	**Ja, mit dir und mir ist alles okay.**
ICH:	**Oh, Fred, ich bin so froh, denn ich habe dich wirklich vermisst.**
FRED:	**Ich habe dich auch vermisst, Hattie.**

Aber er schien nicht sehr glücklich darüber zu sein, dass er und ich wieder Freunde sind. Ich kapier das nicht. Es ist, als ob ein winzig kleiner Teil von ihm vielleicht ein winziges bisschen auf mich steht. Aber da ist eine Mauer in seinem Kopf, die ihn daran hindert zu denken, dass aus uns was werden könnte. Vielleicht ist das auch Quatsch. Er macht einfach GAR NICHTS. Er LÄSST es nicht mal ZU. Nicky hat Krücken, und das hat ihn nicht daran gehindert, mich zu küssen. Auf jeden Fall sind wir wieder Freunde. Glaube ich.

Ich weiß nicht. Wer weiß das schon? Ich könnte jedes erdenkliche Buch über Jungs lesen und würde diesen hier trotzdem nicht verstehen. Bei der Jungs-Reifeprüfung würde ich durchfallen.

FREITAG, 16. APRIL

19:21 Uhr

Nicky fragte mich heute Nachmittag: „Was läuft da mit Fred?" Ich erwiderte: „Ähm … NICHTS!" Dann sagte Nicky: „Ich will nicht, dass du so viel Zeit mit ihm verbringst." Daraufhin schrie ich wohl etwas. „Nein, Nicky! Fred ist mein Freund, seitdem ich quasi null Jahre alt bin! Außerdem bin ich Feministin. Ich treffe mich mit wem ich will!"

20:05 Uhr

Gran sagt: „Nicky ist eifersüchtig, Hattie. Männer sind sehr besitzergreifend. Sie sind wie Kater."

Ich glaube, ich mag Eifersucht, wenn es dabei um mich geht.

SAMSTAG, 17. APRIL

15:52 Uhr

Nicky kann sich heute Abend nicht mit mir treffen. Er ist beschäftigt. Das verstehe ich. Ich bin eine unabhängige Frau. Ich mache etwas anderes Spannendes.

17:09 Uhr

Ich gehe rüber zu Gran, um *Das Supertalent* zu gucken.

20:12 Uhr

Gran ist in David Walliams verknallt! Sie sagte: „Er ist ein wundervoller Junge! Dieses ganze Schwimmen für wohltätige Zwecke – und er nimmt seine Mum überallhin mit!"

SONNTAG, 18. APRIL

17:19 Uhr

Ich habe beschlossen, dass das mit mir und Nicky was Ernstes ist. Jen hat mir MEGAwiderwillig die vollständige MHP-Liste mit Tipps gegeben, wie man einen Freund behandelt. Im Grunde genommen nur: zurücklehnen und heftig knutschen. Man kann versuchen, die Jungs zu ändern, aber man muss es behutsam tun. Wenn man es langsam macht, merken sie es nicht. Ich weiß nicht, ob ich das hinkriege. Mum hat Jahre gebraucht, um Rob dazu zu bringen, den Klositz nach unten zu klappen. Es ist besser, die Dinge gleich anzupacken!

MONTAG, 19. APRIL

19:13 Uhr

Nicky ist SO reif. Er spielt Poker. Er sagt, er spielt um hohe Einsätze. Gran möchte, dass er auf ein Spiel vorbeikommt. Wie kann Gran sich Glücksspiel leisten?! Sie behauptet immer, sie sei zu arm, um frisches Gemüse zu essen!

19:49 Uhr

Allerdings habe ich sie schon sagen hören: „Ich ernähre mich lieber von gebackenen Bohnen vom Discounter, als Bingo aufzugeben." Essen ist Gran egal, sobald es um den örtlichen Full-House-Jackpot geht.

DIENSTAG, 20. APRIL

20:23 Uhr

Gran nimmt jetzt offiziell jungen Leuten die Jobs und das Geld weg! Heute Abend hat sie beim Poker 5,36 Pfund von Nicky gewonnen. Sie meinte, er sei zu leicht zu durchschauen. Darum hat sie ihm Pokerface-Unterricht gegeben. Sie findet, er habe es zu schnell gelernt, und flüsterte mir zu: „Sei vorsichtig, Hattie. Er hält seine Karten nah an der Brust. Zu nah!"

Auf jeden Fall hat Gran Nicky am Sonntag nach Skegness eingeladen. Ich bin nicht scharf darauf, dass Nicky meine Familie am Strand sieht. Dann spielen sie noch mehr verrückt als sonst! Mum denkt immer noch, sie kann auf einen Esel klettern. Kann sie nicht.

20:55 Uhr

Es ist ein bisschen komisch. Normalerweise kommt Fred mit uns nach Skegness.

Bis jetzt. Das macht mich traurig.

Spielt es eine Rolle, dass Nicky seine Karten nah an der Brust hält? Was bedeutet das?!

MITTWOCH, 21. APRIL

17:23 Uhr

Gran hat es nicht wörtlich gemeint. Sie meinte, er sei eine verschlossene Person. Gran versteht keine Leute, die nicht tratschen. Wenn sie interessanten Klatsch aufschnappt, hat sie tatsächlich eine spezielle Liste von Leuten, die sie anruft.

17:45 Uhr

Um ehrlich zu sein: Ich auch!

18:04 Uhr

Vielleicht ist es erblich, über Leute zu lästern. Ich hoffe, bei Nasenhaaren ist das nicht auch so. Wie enthaart man die Innenseite seiner Nase?!

20:42 Uhr

Heute Abend habe ich Nicky gesagt, dass ich ihn liebe. Ich habe meine Gefühle völlig unter Kontrolle und kann sie ganz offen teilen. Das ist nicht armselig. Nicky hat nicht geantwortet, aber ich bin sicher, das wird er noch.

DONNERSTAG, 22. APRIL

17:24 Uhr

Heute hat Gran bei der Arbeit zu einer Auszubildenden im Supermarkt gesagt, sie solle ein Oberteil tragen, bei dem man „ihre Lunge nicht sieht" (das bedeutet Brüste in Gran-Sprache). Und sie ist damit durchgekommen! Sie sagt, eine Frau würde nicht ernst genommen, wenn der ganze Laden mit ihren Möpsen spricht. Die Auszubildende hat sich bei Gran für ihre Berufstipps BEDANKT! Das ist nur Gran, nicht Big Boss. In ihrer Berufslaufbahn hat sie Gummibänder in Unterhosen genäht und Brotaufstrich verpackt. UND WARUM DARF EINE FRAU NICHT TRAGEN, WAS SIE WILL?!

18:33 Uhr

Gran denkt jetzt darüber nach, Gewerkschaftsvertreterin zu werden. Das bedeutet, man darf seinen Chef anbrüllen und NICHT mehr gefeuert werden! Nicky findet das richtig cool, weil seiner Meinung nach Autoritäten auf jeder Stufe herausgefordert werden müssen. Ich denke nur: „Wird sie ihre Rabattkarte verlieren und den vollen Preis für DVDs zahlen müssen?"

FREITAG, 23. APRIL

17:52 Uhr

Bei Dr. Richards mussten wir heute einen Aufsatz zum Thema „Ich liebe …" schreiben. Er nannte es eine Übung in Selbsterkenntnis. Smiley sagte: „Ich wette, MHPs Antwort ist ein Wort: MICH!" LOL!

Dann schaute Jen rüber und sah den ersten Teil von MHPs Antwort!

Ich liebe meine Freunde. Sie unterstützen mich und ich sie. Ich liebe Shoppen, und meine Lieblingsmarke ist Prada.

Oberflächlich oder was?!

Florence Morse, ultimative Rebellin, schrieb:

> Ich liebe die Art, wie Lehrer diese Aufgaben auswählen und denken, dass wir ihnen alles über uns erzählen, damit sie uns mit emotionaler Erpressung und Gedankenkontrolle manipulieren können. Nein. Ich lasse mich nicht von der modernen Taktik der Massenerziehung versklaven. Ich bin ein Rätsel, verhüllt in ein Geheimnis inmitten eines Mysteriums.

Ich weiß, dass sie immer Ärger bekommt, ABER sie klingt immer superschlau.

Was liebe ich? ICH LIEBE NICKY! Aber das kann ich nicht schreiben. Morgen ist er wieder beschäftigt. Womit? Ich frage nicht. Ich werde nicht zu einer Psychofreundin.

19:12 Uhr

Gran meint, Florence kopiere Winston Churchill. Ich wette, der Lehrer merkt's nicht.

SAMSTAG, 24. APRIL

15:23 Uhr

War bei Fred, aber der scheint im Moment ständig schlecht gelaunt zu sein. Es ist wie eine heftige Männerperiode. Sobald ich Nicky auch nur erwähne, wechselt er das Thema oder sagt: „Sie will nur mit ihrem Freund herumknutschen." Es ist fast schon gemein. Es klingt gar nicht nach Fred. Er ist gut in der Schule, seine Mum ist wundervoll, und sein Gecko frisst vernünftig. Wo also ist das Problem?!

Ich glaube, das Problem könnte sein, dass … Nein. Ich bin es LEID, das WIEDER und WIEDER in meinem Kopf abzuspulen.

Du meinst, Nicky hält seine Karten nah an der Brust, Gran? Fred hat seine Karten verschluckt!

Morgen fahren wir nach Skegness. Ich fürchte mich etwas davor. Rob kommt nicht mit. Er ist in Südamerika geboren und weiß, wie richtige Strände aussehen. Er fährt mit Fred zu einem Flohmarkt.

SONNTAG, 25. APRIL

Skegness-Tagesausflug

5:05 Uhr

Gran ist gerade ZWEI STUNDEN ZU FRÜH aufgetaucht. Sie sagt, sie kann eh nicht schlafen, also wartet sie lieber. Was bedeutet, dass sie wie die Königin auf dem Sofa sitzt, alle fünf Minuten auf ihre Uhr guckt und fragt: „Fahren wir jetzt los?" Sorry, Gran, ich gehe wieder schlafen.

5:35 Uhr

Bin gerade wach geworden. Gran stand am Fußende meines Betts und starrte mich an. Sie fragte: „Wann fahren wir, Hattie?" Als ich sagte: „Keine Ahnung, ich brauche mehr Schlaf …", fing sie an zu schwafeln, dass man in ihrem Laden drei Dosen eingelegte Sardinen zum Preis von zweien kriegen würde. Ich brauche keine Infos über billige Omega-3-Fettsäuren vor sechs Uhr morgens – wenn ÜBERHAUPT!

5:49 Uhr

Liebe Princess, bitte hör auf, mein Kissen zu fressen. Ich stehe auf.

6:13 Uhr

Wir fahren früher los. Mum hält Grans Gelaber über Sonderangebote nicht mehr aus. Wir sammeln Nicky auf dem Weg ein. Ich bin noch nie bei ihm gewesen. Hauptsächlich, weil ich einen auf cool machen wollte. Simse ihm besser, dass wir fast eine Stunde zu früh dran sind.

21:52 Uhr

ACH DU SCHANDE! ICH FAHRE NICHT NOCH MAL NACH SKEGNESS. NIE WIEDER.

Zuerst hat Mum uns gezwungen, ins „NATURLAND" zu gehen, was MEGA-PEINLICH war. Wie jedes Mal flippte Gran im Schmetterlingshaus total aus. Ich vergesse immer, dass die Tierchen hübsche Flügel haben, aber dicke, haarige Körper. DANN verdonnerte Mum Nicky und mich dazu, uns im Streichelzoo fotografieren zu lassen. Nicky fand das urkomisch! War es nicht. Der Ziegenbock hatte eine riesige schlabberige Zunge, und ich bin nicht mehr sechs. Die ganze Zeit hörte ich Princess draußen nach Gran winseln. Wir durften sie nicht mit reinnehmen. Wenn sie eine Robbenvorführung sieht, würde sie reinspringen und versuchen, die Fische zu fangen.

Gran und Nicky giggelten über alles Mögliche. Sie spielten Minigolf und verbrachten dann vier Stunden in der Spielhalle mit Zocken. Nicky kennt JEDEN Spielautomaten und weiß, wie man das Beste rauszieht. Gran und er gaben fast 40 Pfund aus, aber sie bekamen 26 Pfund zurück! Von diesem „Gewinn" kauften wir uns alle Fisch mit Pommes, obwohl wir Princess wieder draußen lassen mussten. Gran hat ihr etwas Brot mit Butter rausgebracht.

Irgendwann sagte ich zu Gran: „Gibt's irgendeine Chance, dass ich mal mit Nicky ein bisschen allein sein kann?" Gran wurde echt mucksig und sagte: „Du weißt, dass er eine schwere Zeit hatte, Hattie. Warum gönnst du ihm nicht einen schönen Familienausflug? Ich wette, er hat noch nie im Leben einen gemacht."

Sie hat bestimmt recht, aber ich wollte gern etwas knutschen.

Nicky scheint sich für seine Familie ein bisschen zu schämen. Als wir ihn abholten, hielt er durch ein Fenster oben nach uns Ausschau und raste nach unten, bevor das Auto überhaupt zum Stehen gekommen war. Ich dachte, er wollte mich reinlassen und seinen Eltern vorstellen, aber das hat er nicht getan. Er konnte es nicht abwarten, wegzukommen. Ich glaube, seine Eltern sind ein Albtraum.

22:53 Uhr

Das Schlimmste, was Mum heute gemacht hat, war, im Meer herumzupaddeln und zu kreischen, wie kalt das Wasser sei.

23:02 Uhr

Oh, und Zuckerwatte auf den Kopf von Princess zu packen, so als ob sie Haare hätte.

Es war ganz witzig. Princess fand das nicht, sie mag nichts Rosafarbenes. Also gab Mum ihr die Watte zu fressen, und alles war gut!

23:41 Uhr

Gran hat mich gerade angerufen. Princess hat anscheinend die letzten zwei Stunden ihren eigenen Schwanz gejagt und gebellt. Sie sagt, mit mir war es nach Skeggy immer das Gleiche – sie konnten mich nie ins Bett kriegen.

Ich wurde gerade mit dem beklopptesten Hund der Welt verglichen.

23:53 Uhr

SMS von Nicky:

> Toller Tag. Danke XXXXXX

SECHS KÜSSE!!! SECHS!!! Ich liebe ihn.

MONTAG, 26. APRIL

17:18 Uhr

Dr. Richards HAT gemerkt, dass Florence Morse Churchill zitiert hat. Sie hat Extrapunkte bekommen, weil sie den größten Briten der Welt zitiert hat.

Nicky war heute nicht in der Schule und hat nicht gesimst. Vielleicht sollte ich weniger wie Skegness, dafür mehr wie Las Vegas sein.

Habe versucht, Smiley und Jen von Sonntag zu erzählen, aber sie schienen sich zu langweilen und haben sich komische Blicke zugeworfen. Einmal hat Smiley, glaube ich, sogar die Augen verdreht! Das war total gemein. Ich musste zuhören, wie sie stundenlang über ihre Freunde gelabert haben, aber über meinen darf ich anscheinend nicht sprechen. Vielen Dank, meine beiden sogenannten besten Freundinnen!

DIENSTAG, 27. APRIL

16:19 Uhr

HEUTE GING'S ERST RICHTIG LOS.

Smiley und Crazy-Jen gaben zu, dass sie sich angestrengt haben, aber sie HASSEN Nicky einfach.

Jen sagte: „Schau mal, Hattie, er hat eine echt negative Schwingung. Das kann man sogar durch eine Wand spüren. Smiley fühlt das Gleiche."

Smiley nickte und fing damit an, dass ihr die Art nicht gefällt, wie Nicky mit mir spricht, und dass er „mich mitnimmt und stehen lässt, wie es ihm gefällt".

Bloß weil sie mit Bhavin zusammen war, glaubt Smiley, dass sie alles über Beziehungen weiß. Bhavin, der sich einfach von ihr ABSERVIEREN ließ, weil ihre Mum ein Baby bekommt!

Und Jen erst! Sie geht mit einem totalen Nerd, der in der Öffentlichkeit Picknicks macht, mit Aliens. Oder so was. Ich bin STINKsauer! Wie können sie es wagen, MIR zu sagen, dass Nicky MICH schlecht behandelt? Sie sehen uns ja nicht mal zusammen. Sie sind momentan BEIDE viel zu beschäftigt mit ihrem eigenen Leben und ihrer eigenen Familie.

Nicky ist auf seine Weise wundervoll zu mir. Auch wenn er mir nicht jede Woche Geschenke kauft wie Simon (KOTZ!!!) oder „respektvoll ist". Das will ich gar nicht. Ich will eine RICHTIGE, LEIDENSCHAFTLICHE BEZIEHUNG, und manchmal ist man in der Liebe halt etwas unglücklich. Das ist NORMAL. Hauptsache, da ist jemand, der KLARMACHT, dass er dich MAG und einfach mal die Initiative ergreift. Anders als … andere.

Das alles habe ich nicht gesagt. Ich sagte nur: „Tja, ich liebe ihn, und er kommt aus einer schwierigen Familie."

17:08 Uhr

Ich weiß, dass sie das alles nur sagen, weil sie mich gernhaben.

17:15 Uhr

Ich habe es satt, Verständnis zu haben.

17:43 Uhr

Gran, deine Igel-Saga langweilt mich zu Tode. Es ist mir egal, ob du hören kannst, „wie sie es tun". Eine fast 70-jährige Frau sollte nicht über prickelnde Pornos sprechen. Das interessiert mich nicht!

Ich muss was über Männer wissen! Nicht über „Bertram, den stacheligen Bock, und all seine Freundinnen"!

Das alles habe ich nicht gesagt, als Gran mich anrief. Ich habe es nur gedacht. OFFIZIELL bin ich ruhig und beherrscht.

19:02 Uhr

Ich habe es satt, zuverlässig und nett zu sein. Ich muss flippiger werden. Ich glaube, ich fange mit meinen Haaren an. Nicky wird es gefallen.

19:28 Uhr

Habe Mum gerade erzählt, dass ich mir den Kopf kahl scheren will. Sie fand es gut.

20:03 Uhr

Gran meint, die meisten Jungs würden nicht auf kahle Köpfe stehen. Darum fände Mum es gut.

Dann mach ich das AUF KEINEN FALL.

MITTWOCH, 28. APRIL

13:38 Uhr

Los geht's! Heute habe ich beim Mittagessen erzählt, dass ich flippiger werden möchte, und Jade Montgomery sagte, ihre Schwester suche Modelle für ihren College-Kurs. Sie meint, ich wäre das perfekte Modell. Also schneidet sie mir direkt nach der Schule die Haare. Sie ist nur vier Jahre älter als ich, aber anscheinend ist sie wirklich gut und macht haufenweise Sachen für Zeitschriften.

Als sie „Zeitschriften" sagten, meinten sie, dass sie mal in der Lokalzeitung war. Ich fragte: „Weshalb?", und Jen antwortete: „Wegen eines Zeichenwettbewerbs, als sie sieben war." Aber das hat ja alles mit Kunst zu tun. Das ist genau, was ich will. Wenn man ein Schloss und einen Ritter gut zeichnen kann, dann kriegt man auch einen vernünftigen Haarschnitt hin!

Ich habe Jade gesagt, ihre Schwester soll ruhig experimentell sein. Ich glaube, meine Gesichtsform verträgt so was. Jen findet das aufregend, aber Smiley sagte, sie fände meine Haare gut so, wie sie sind.

Seit sie mir erzählt haben, dass sie Nicky nicht mögen, ist alles etwas angespannt zwischen uns. Wie kann ich Leuten trauen, die ihm SO unrecht tun?!

17:52 Uhr

ACH DU SCHANDE! Zum Glück bin ich DA RAUS.

18:08 Uhr

OKAY! ACH DU SCHANDE – es sieht SCHLIMM aus.

So kann ich nicht aus dem Haus gehen. Wenn du den Hattie-Moore-Look haben willst …

* Setz dir eine Schüssel auf den Kopf.
* Schließ deine Augen.
* Nimm eine stumpfe Schere.
* SCHNEIDE!!!

Ich habe Jen gerade ein Foto geschickt. Sie findet es „tapfer". Ich traue mich nicht, es Smiley zu zeigen.

19:28 Uhr

Mum sagt: „Amputierte, die den Londoner Marathon laufen, sind tapfer, Hattie – nicht jemand mit einem schlechten Haarschnitt."

Jetzt ist es offiziell ein SCHLECHTER Haarschnitt.

Danke, Mum.

DONNERSTAG, 29. APRIL

18:31 Uhr

Seit heute weiß ich, wie sich ein Star mit einer Kleiderpanne fühlen muss. Alle starrten mich an. Manche kicherten hinter vorgehaltener Hand. Manche lachten lauthals (MHP – WIE VORHERSEHBAR!). Smiley sagte: „Wenn es dir nicht gefällt, kannst du einfach warten, bis es nachgewachsen ist." Wie lange dauert das??!

Habe Nicky nicht gesehen. Darüber war ich froh. Habe nichts von Nicky gehört. Darüber bin ich nicht froh.

19:37 Uhr

Mein Bruder findet, ich sähe aus wie ein Mönch aus dem Mittelalter! Er singt ständig Kirchenlieder hinter mir her, und jedes Mal, wenn ich einen Satz beende, sagt er: „Amen."

Je eher er auf Reisen geht und für immer an einem Bungeeseil an einer Brücke in Thailand hängen bleibt, umso besser. Der Gedanke daran, wie mein Bruder für den Rest seines Lebens rauf und runter baumelt, ist wunderschön!

FREITAG, 30. APRIL

18:25 Uhr

Meine Haare sind nicht mehr Gesprächsthema Nummer eins an der Schule. Jetzt ist es ein Video von Laura Tynan, die auf der Hochzeit ihrer Mum einen Song von *One Direction* singt und immer wieder „Harry, ICH LIEBE DICH!" schreit. Der Trauzeuge muss ihr von der Bühne helfen, als sie „emotional wird".

Rob sagte: „Hattie, dein Haarschnitt ist nur ein Tropfen im Ozean."

20:03 Uhr

Habe heute Abend herausgefunden, dass Gran eine Vereinbarung mit Mrs Braun von gegenüber hat. Wenn Grans Gardinen bis 8:00 Uhr nicht aufgezogen sind, ist sie entweder tot oder ernsthaft krank.

Mrs Braun weiß dann, dass sie einen Bestatter oder einen Arzt anrufen muss.

Wenn ich es wäre, müsste sie jedes Wochenende den Notruf wählen! Warum stehen alte Leute früh auf, obwohl sie es gar nicht müssen? Wenn ich mal in Rente gehe, bleibe ich für immer im Bett, zusammen mit meinem Laptop und einer Tüte Chips.

Mein Mann kann mich bedienen!

20:32 Uhr

Gran sagt: „Männer leben nicht so lange wie wir. Heirate immer einen jüngeren, Hattie!"

Männliche Unreife ist ein kleiner Preis dafür, jeden Morgen Toast und Marmelade ans Bett zu bekommen.

21:14 Uhr

SMS VON NICKY!

Bis morgen x

Ein Kuss?!

SAMSTAG, 1. MAI

16:11 Uhr

Ich will das nicht schreiben … aber Nicky benimmt sich … schrecklich.

Als er vorbeikam, sagte er als Erstes, dass ich etwas zugenommen hätte. Er nannte mich Fettie Dreisitzer.

Ich glaube, das sollte ein Scherz sein.

Dann fand er meine Haare grausam. Er sagt, damit sähe ich viel männlicher aus und nicht mehr wie eine kosmische Sexgöttin.

Ich glaube, das war kein Scherz. Als wir uns küssten, war es weniger mit Zunge, und ich erwischte ihn dabei, wie er über meine Schulter zu *Das große Backen* hinübersah.

Für den Rest des Wochenendes esse ich nur noch Äpfel.

SONNTAG, 2. MAI

9:57 Uhr

Ich schaffe keine Diät. Zuerst nimmt man an den Brüsten ab, und DA GIBT'S NICHTS ABZUNEHMEN.

18:28 Uhr

Außerdem hat Rob heute dieses scharfe Hühnchen-Reis-Gericht gekocht. Mein Körper braucht das. Meine Körbchengröße A BRAUCHT das.

FEIERTAG

MONTAG, 3. MAI

10:34 Uhr

Habe gerade mit Smiley gesprochen. Sie ist allein bei der Vorstellung, dass Nicky behauptet, ich hätte zugenommen, ausgeflippt. Sie sagte:

„Hattie, du bist eine Bohnenstange – das ist GENAU das, was wir gemeint haben. Er ist total durch den Wind. Schieß ihn ab!"

14:12 Uhr

Nicky möchte, dass ich am Mittwoch mit ihm in den Skatepark gehe.

Ich bin sicher, das war nur ein Scherz.

DIENSTAG, 4. MAI

18:12 Uhr

Ich kann nicht mal bis zum Ende DIESER Woche denken, aber die Schule ZWINGT uns, „über unsere LANGFRISTIGEN Zukunftspläne nachzudenken". WARUM?!

Heute mussten wir unseren Lebenslauf schreiben. Der von Florence Morse, ultimative Rebellin, war zum Bepissen!

Ich kann durch meine Nase atmen, ich schaffte es, mit 18 Monaten zu laufen, und kann meinen Verstand abschalten, um jeden Tag einen Job für Gehirntote auszuführen. In meiner Freizeit jongliere ich gern mit Kätzchen und tue so, als wäre ich eine Motte.

Wette, alle finden das fantastisch!

Nicky war heute nicht in der Schule. Er ist fast nie da! Er sagt, die Zukunft wird „einfach passieren".

20:39 Uhr

Nicky hat mich gerade auf dem Handy angerufen. Das mit dem Skatepark war kein Witz. Er will sich morgen nach der Schule dort mit mir treffen!

MITTWOCH, 5. MAI

17:46 Uhr

Ich traf mich mit Nicky um 16:00 Uhr. Als ich ankam, küsste er mich, und dann verbrachte er den Rest der Zeit hauptsächlich damit, zu grunzen und Kunststückchen zu machen. Ich rief: „Super!", wenn die Jungs große Loop-Sachen machten, aber ich fühlte mich wie ein Vollpfosten, während ich da herumstand. Nach einer Stunde verabschiedete ich mich schließlich und ließ mich von Rob abholen. Rob fragte: „Fängst du etwa an zu skaten, Hattie?!" Ähm, nein, Rob. Ich bin ja nicht mal zum Knutschen gekommen!

18:16 Uhr

Nicky hat mich heute irgendwie ignoriert. Das war ein bisschen schlimm.

18:39 Uhr

Oder vielleicht respektiert er einfach nur, dass ich allein klarkomme! Kann sein, dass er mich als Frau respektiert.

19:02 Uhr

Eigentlich glaube ich, dass er Halfpipe-Sprünge einfach lieber mag als mich.

DONNERSTAG, 6. MAI

16:12 Uhr

HILFE! SCHOCK IN DER SCHULE.

Die Schule findet nicht, dass Florence genial ist, und sie haben gesagt, dass sie speziellen Berufsunterricht nehmen muss. Ich kann mir Florence überhaupt nicht in irgendeinem Beruf vorstellen. Außer es ist einer, bei dem man launisch und mürrisch sein muss.

17:09 Uhr

Rob sagt, Leute, die folgende Jobs machen müssen, seien immer mürrisch:

* Leute, mit denen man zu tun hat, wenn man versucht, eine Versicherung in Anspruch zu nehmen.
* Leute, die in Banken arbeiten und die man um Geld bitten muss.
* Politessen.
* Leute mit Gitarren, die über den Tod durch Krieg, Tod durch Klimawandel, Tod durch ein gebrochenes Herz oder den Tod im Allgemeinen singen.

Ich glaube, das Letzte könnte Florence RICHTIG GUT.

18:11 Uhr

So gesehen sind Florence und Nicky sich ziemlich ähnlich …

18:54 Uhr

Nein. Sie sollten nicht miteinander gehen. Ich mag ihn immer noch.

FREITAG, 7. MAI

19:29 Uhr

Ich bin nach der Schule bei Gran vorbeigegangen. Sie war draußen im Hof, um ihren neuen jungen Gärtner in Aktion zu sehen. „Mein Motor ist weg", sagte sie, „aber meine Scheinwerfer funktionieren noch, Hattie." Sie hat mehr Freude daran, wie Tyson ein paar Zwiebeln einpflanzt als ich an meiner gesamten Beziehung zu Nicky.

SAMSTAG, 8. MAI

13:48 Uhr

Ich bin heute Morgen bei Smiley gewesen – und fing an zu heulen. Das sind die Fakten: Ich habe einen beschissenen Haarschnitt, einen Freund, der mich ÜBERHAUPT nicht gut behandelt, und eine Gran, die gut aussehenden jungen Männern hinterherpfeift und dann so tut, als ob sie es nicht war. Mein Leben ist ein einziges CHAOS.

Smiley konnte mir nicht wirklich widersprechen. Alles ist wahr. Sie hat gesehen, wie Gran den Männern hinterhergepfiffen hat, die an dem neuen Einkaufszentrum in der Stadt bauen. Als die gemerkt haben, dass sie es war, haben sie sich über das Gerüst gelehnt und gejubelt.

Smiley nahm mich fest in den Arm und versprach, mich aufzumuntern. Sie hat ihre Freundin Nita eingeladen, damit sie mir heute Nachmittag ein Henna-Tattoo auf den Arm macht. Es hält nur vorübergehend! Ich möchte eine Rose haben. Die symbolisiert Wachstum, Schönheit und Stärke. Außerdem weiß ich, dass Nicky Tattoos bei Frauen mag.

18:02 Uhr

Meine Rose sieht wie ein Kohlkopf aus. Nita meinte, dass Blütenblätter eine ziemliche „Herausforderung" seien. Allerdings. Ich habe Gemüseblätter bekommen!!! Nita sagte: „Vielleicht ist Gemüse ein Zeichen von Würde und Wiedergeburt."

Nein, Nita. Gemüse ist ein Zeichen für Essen!!!

20:02 Uhr

Ich habe Gran angerufen. Sie kennt sich aus mit körperlichen Sachen, die danebengehen. An ihrem Weihnachtsmann-Vajazzling-Hintern hat sie alles ausprobiert. Sie sagte: „Du musst lange Ärmel tragen, Hattie, bis es verblasst." Das kann den ganzen Sommer dauern!

SONNTAG, 9. MAI

10:45 Uhr

Es ist heute ziemlich warm, aber ich bedecke es. Ich habe keine Wahl.

11:38 Uhr

Mum sagte gerade: „Du bist so still, Hattie. Ist irgendwas?"

Was sollte ich antworten?! Ich sagte einfach, ich würde wahrscheinlich „was ausbrüten".

Eigentlich HABE ich schon was ausgebrütet. Einen Kohlkopf!

16:38 Uhr

Ich habe mit allem Möglichen aus Küche UND Bad versucht, mein Tattoo wegzukriegen. Nichts hilft. Jetzt riecht mein Arm nach Duschgel und Scheuermilch.

22:24 Uhr

Lieber Nicky, du hast weder auf eine meiner SMS geantwortet noch mich angerufen, und jetzt habe ich Gemüse auf meinem Arm.

Ich bin nicht glücklich. Überhaupt nicht.

Jedes Mal, wenn ich Fred in letzter Zeit gesimst habe, war er anscheinend BESCHÄFTIGT. Seit wann ist DER so beschäftigt?

MONTAG, 10. MAI

16:19 Uhr

In der Schule haben die Leute heute darum gebettelt, meine verunglückte Körperbemalung zu sehen! Smiley versicherte mir, dass sie niemandem davon erzählt hat. Aber Nita! UND sie hat mir die Schuld gegeben und behauptet, sie hätte nicht vernünftig zeichnen können, weil ich nicht still gesessen hätte!

MHP sagte, dass sie ein Tattoo mit „Hattie Moore ist nicht meine Schwester" haben will. Ein bleibendes. Sie meint, das werde sie NIEMALS bereuen.

19:12 Uhr

Was ist bloß aus mir geworden?! Ich bin keine Feministin, ich bin eine TOTAL BESCHEUERTE IDIOTIN!

Dinge, die ich für Nicky getan habe:

* Eine neue Frisur machen lassen, die beschissen ist.
* Ein Henna-Tattoo bekommen, das beschissen ist.
* Zeit mit seinen grunzenden Skateboard-Freunden verbracht.
* Ihn nach Skegness mitgenommen.
* IHM GESAGT, DASS ICH IHN LIEBE!

Dinge, die er für mich getan hat:

20:35 Uhr

Ich gehe morgen zum Arzt, um zu gucken, was er gegen dieses Henna-Ding machen kann. Es verblasst nicht. Ich erzähle Mum, dass ich hingehe, weil ich ständig Kopfschmerzen habe.

20:51 Uhr

Habe Mum erzählt, dass ich morgen zum Arzt gehe. Sie sagte: „Du hast dich nie über Kopfschmerzen beklagt. Warum gehst du wirklich hin?"

Als ich sagte: „Kopfschmerzen, ehrlich. Vielleicht brauche ich Kontaktlinsen", sah sie mich mit ihrem „Ich glaube dir kein einziges Wort"-Gesicht an.

Mum hat einen PERFEKTEN Radar, wenn es um Lügen geht.

DIENSTAG, 11. MAI

8:55 Uhr

Ich rufe jetzt schon seit 8:29 Uhr beim Arzt an, um einen Termin zu kriegen! 26 Minuten, UND es ist immer besetzt!

9:17 Uhr

Bin endlich durchgekommen, und die Helferin hat mich angemotzt! Sie wollte mir erst in zwei Wochen einen Termin geben, bis ich ihr gesagt habe, dass es ein Notfall ist. Sie fragte, was für eine Art von „Notfall" es sei. Ich sagte: „Einer mit Arm." Da lachte sie und sagte: „Dann bis heute Mittag!" MITTAG! Mein Arm könnte bis dahin abgefallen sein!

9:45 Uhr

Mum ist NICHT glücklich darüber, dass ich heute was in der Schule verpasse, aber dann sagte sie: „Na, besser zum Arzt gehen, als … nicht hinzugehen, nehme ich an. Wegen deines … Kopfs."

15:01 Uhr

Es war ein Albtraum beim Arzt. Alle waren am Niesen oder Husten oder haben sich vor Schmerzen gekrümmt. Es gab eine einzige Zeitschrift im ganzen Wartezimmer, und das war *Landwirtschaft heute!* Ich weiß jetzt alles über die neue Traktorgeneration und was man tun muss, wenn Kühe deprimiert sind.

Warum sind Kühe deprimiert? Sie fressen doch bloß Gras, hängen mit ihren Kumpels herum und werden gemolken, während sie Radio 2 hören. Ich fände es toll, eine Kuh zu sein.

Außer eine, die als Burger endet. Das ist schlimm.

Auf jeden Fall sagte der Arzt, dass es dumm von mir war, ein Henna-Tattoo machen zu lassen, und noch dümmer, meinen Arm wie eine Küchenarbeitsplatte zu behandeln. Ich habe eine spezielle Salbe bekommen und einen Verband, der alles abdeckt. Kam nach Hause, und Mum WARTETE praktisch an der Haustür (sie muss das Café früher zugemacht haben). Dann führten wir diese echt seltsame „Unterhaltung".

MUM:	**WARUM BIST DU ZUM ARZT GEGANGEN?**
ICH:	**Wegen Kopfschmerzen.**
MUM:	**Lüg nicht, Hattie. Ich muss über die wichtigen Dinge, die in deinem Leben passieren, Bescheid wissen. Wir müssen über alle ... wichtigen Entscheidungen reden, die du triffst. Wichtige Entscheidungen haben Folgen, weißt du, und manche Dinge ... na ja, die muss man REGELMÄSSIG nehmen, damit sie wirken. Vielleicht könnte ich dich jeden Morgen daran erinnern, damit du es nicht vergisst. Medizin ist wichtig!**
ICH:	**Okay, es ging um ein Henna-Tattoo.**
MUM:	**WAS?! Zeig her!**
ICH:	**Es ist furchtbar. Schrei mich nicht an.**

WOVON REDET SIE??!

Dann zeigte ich es ihr, und SIE LACHTE und sagte: „Oh, Hattie, Gemüse auf dem Arm – das kann auch nur dir passieren. Keine Sorge, das verblasst wieder. Der Sohn einer Freundin hat sich in den Ferien mal auf Mykonos einen Delfin machen lassen. Es hält nur ein paar Wochen!"

Sie schien fast ERLEICHTERT! Ich werde meine Mum NIE verstehen.

MITTWOCH, 12. MAI

17:17 Uhr

OH GOTT! Nicky hat mir Blumen GESCHICKT und ein Lied für mich geschrieben. Er hat mir die Datei gemailt. Er rappt.

> Schenk mir deine Liebe, Hattie,
> ich kämpfe um dich.
> Ich will dich einfach nur halten.

Ich spielte es Fred vor, denn er müsste ANDERE Männer ja wohl verstehen. Er sagte nur: „Das ist ‚Give Me Love' von Ed Sheeran. Ich hätte es besser hingekriegt … Das hätte jeder."

Er wird seine Anti-Nicky-Haltung nie überwinden.

21:12 Uhr

Okay, ich wollte testen, ob Fred eifersüchtig ist. War er nicht. Er hat nur über Nicky hergezogen und oft auf sein Handy geguckt.

DONNERSTAG, 13. MAI

17:34 Uhr

Fred hat oft auf sein Handy geguckt?!

WARUM?

Gecko-Tipps ODER SMS VON EINEM MÄDCHEN?!

Hoffentlich Gecko-Tipps.

Und was soll ich zu Nicky sagen? Erst ist er ein TOTALER Arsch, dann macht er so TOLLE, MEGAROMANTISCHE Dinge, wie ich es IMMER wollte.

FREITAG, 14. MAI

Ich habe Gran heute Abend von dem Lied erzählt. Sie sagte: „Trampel nicht auf den Gefühlen eines Mannes herum, Hattie. Wenn du sie in der Hand hast, spiel nicht mit ihnen." Gran hält mich offensichtlich für irgendeine fiese Königin, die Jungs manipuliert. Sie hat mir sogar mit dem Finger gedroht! „Zu meiner Zeit haben die Männer keine Lieder geschrieben – sie haben dir Pommes gekauft und, wenn du Glück hattest, ein schönes Stück Kabeljau."

Fisch ist NICHT romantisch!

SAMSTAG, 15. MAI

8:01 Uhr

Nicky hat mir wieder gemailt. Ob ich sein Lied bekommen hätte.

Ich weiß nicht, was ich zurückschreiben soll!

13:13 Uhr

Gran sagt, Männer hätten in der ganzen Weltgeschichte NOCH NIEMALS Blumen verschenkt, nur um zu sagen: „Gut gemacht. Du bist ganz nett." Sie meint, Nicky würde mich LIEBEN, aber wie viele Männer könne er es nicht aussprechen.

Wie alle Männer in meinem Leben.

SONNTAG, 16. MAI

17:35 Uhr

Gran findet, ich sollte Nicky eine Chance geben, so wie man „das Pilz-Curry an der Salatbar probieren sollte, bevor man sich für den Kraut-salat entscheidet". Sie verbringt IMMER NOCH zu viel Zeit im Supermarkt.

MONTAG, 17. MAI

18:27 Uhr

E-Mail von Keith. Er hat einen Spezialsensor im Kopf, der erkennt, wann ich AM WENIGSTEN von ihm hören möchte und wann der absolut SCHLECHTESTE Zeitpunkt ist.

Von: <keithkeepsitgreen@gmail.com>
Datum: 16. Mai, 15:23:12 Uhr MEZ
An: Hattie Moore <helphattienow@gmail.com>
Betreff: DEIN Besuch bei mir!

Hattie, ich MUSS jetzt wissen, ob du mich besuchen kommst. Ich werde das Ticket bezahlen. Es wäre toll, den Sommer mit dir zu verbringen.

Typisch für Keith, dass er alles komplizierter macht, indem er eigentlich GAR NICHTS tut!

19:12 Uhr

Gran meint, das wäre die Chance meines Lebens.

19:34 Uhr

Mum sagt, sie würde mich SEHR vermissen.

20:09 Uhr

HILFE! Fliegt MHP mit Sicherheit hin?

Ich habe diese Woche haufenweise Hausaufgaben bekommen – WARUM PASSIERT DAS GERADE JETZT?

DIENSTAG, 18. MAI

15:46 Uhr

Natürlich fliegt MHP hin. Sie trägt wahrscheinlich schon im Flugzeug einen Bikini.

17:45 Uhr

Mum sagt, ich solle Keith treffen. Warum will sie mich loswerden?

18:02 Uhr

Sie behauptet, das will sie nicht, aber sie findet es wichtig, dass ich eine Beziehung zu meinem Vater habe.

Ich muss eine Entscheidung wegen Australien treffen, mit Nicky klarkommen und irgendwelche blöden Hausaufgaben über meinen Körper machen.

Ich wünschte, Menschen wären nur Köpfe auf Rädern. Dann wären das Leben und die Prüfungen so viel einfacher.

MITTWOCH, 19. MAI

19:34 Uhr

Ich habe Gran gerade um weitere Ratschläge gebeten. Sie jammerte die ganze Zeit nur, dass ihre Fußpflegerin umzieht und die neue Fußspezialistin zwei Männer hatte, die beide im Rollstuhl saßen. Immer wieder ließ sie die gleiche Leier los: „Ich werde ihr meine Füße nicht anvertrauen, Hattie."

Ich sagte: „Gran. Bitte hilf mir. Ich weiß nicht, was ich wegen Keith machen soll."

„Lass mich darüber nachdenken", erwiderte Gran. „Ich ruf dich später an, wenn mein eingewachsener Zehennagel nicht mehr so wehtut."

20:49 Uhr

Gran hat angerufen, um mir ihren Rat zu geben. Offensichtlich kann „Liebe warten", und ich werde eine „attraktivere" Frau sein, wenn ich die Welt bereist habe.

WIE SOLL DAS BITTE FUNKTIONIEREN?

Ich kann nicht mal klar denken.

Ich muss mich jetzt auf mein Inneres konzentrieren. Nicht auf Gefühle, sondern auf matschige Nieren und so'n Zeug.

DONNERSTAG, 20. MAI

17:23 Uhr

Habe heute meine blöde Hausarbeit abgegeben. Wen interessiert schon, dass Hormone die Funktion von Organen regeln?! Ihre wirkliche Aufgabe ist, einen total irre zu machen. Man kann sich nicht mal mehr auf bedeutende Entscheidungen in seinem Leben konzentrieren!

18:56 Uhr

Ich habe beschlossen, dass ich mit Nicky Schluss machen muss. Er behandelt mich nicht gut und ist NIE in der Schule. Aus mir ist ein bescheuertes, armseliges Mädchen geworden, das nur noch seinen Freund glücklich machen will. Außerdem ist da noch jemand anders, der die Sache kompliziert macht. Ich gehe ihnen beiden aus dem Weg!

FREITAG, 21. MAI

18:31 Uhr

Ich habe heute mit der Hilfe von Smiley und Jen zwei MEGAWICHTIGE Entscheidungen getroffen.

GROSSE ENTSCHEIDUNG 1:

Zuerst habe ich entschieden, WEDER mit Nicky Schluss zu machen NOCH mit ihm auszugehen. Ich habe Nicky um Abstand gebeten. Das ist einfach, da er normalerweise NIE in der Schule oder sonst irgendwo in meiner Nähe ist.

GROSSE ENTSCHEIDUNG 2:

Ich habe außerdem beschlossen, nach AUSTRALIEN zu fliegen. Smiley war mal einen Monat in Indien, und sie sagt, als sie zurückkam, wurde ihr klar, wie glücklich sie sei und wie toll ihre Eltern seien. AUSSERDEM: Es ist besser, als den Sommer über in Mums Café zu arbeiten oder Grans Gerede über ihre „Hühneraugen" zu hören.

19:18 Uhr

Nicky hat eingewilligt, Abstand zu halten. Er simste:

OK :-)

KEINE KÜSSE?!

20:59 Uhr

Fred hat mir gerade gemailt.

Von: <fredgeekwhatever@live.co.uk>
Datum: 21. Mai, 20:57:49 Uhr MEZ
An: Hattie Moore <helphattienow@gmail.com>
Betreff: Alles in Ordnung??

Habe von Nicky gehört. Wenn du mich brauchst, bin ich da. xx

Wette, Smiley hat's ihm erzählt.

Oh, Fred.

Zwei Küsse!

Du bist süß, aber du bringst mich TOTAL durcheinander.

SAMSTAG, 22. MAI

9:01 Uhr

Princess hat eine Affäre mit einem räudigen Hund. Mum fragt Gran die ganze Zeit: „Hast du sie kastrieren lassen?" Mum ist besessen von ungewollten Schwangerschaften! Bloß weil sie eine hatte!

Ich konzentriere mich auf das Liebesleben von Princess, weil ich über mein eigenes nicht nachdenken will. Es ist zu kompliziert.

SONNTAG, 23. MAI

17:49 Uhr

NA SUPER!

MHP kommt mit nach Australien, weil es dort von heißen Jungs nur so wimmelt. Ich meine nicht heiß wie bei „zu heiß" (obwohl sie das wahrscheinlich sind) – ich meine heiß im Sinne von „SEXY". Und sie tragen abgeschnittene T-Shirts und so was.

BITTE, MHP, KOMM NICHT MIT. Fang dir irgendwas Ernsthaftes, aber nicht Lebensbedrohliches ein, zum Beispiel eine klitzekleine Lungenentzündung.

18:32 Uhr

Gran sagt, eine Lungenentzündung sei lebensbedrohlich.

Dann eine schwache Lungenentzündung.

MONTAG, 24. MAI

16:34 Uhr

ACH DU SCHANDE! Princess wurde gesehen, als sie mit Doug, dem Boxer, herumgetobt ist!

Gran hat mir eine vollständige Liste von Hunden gegeben, mit denen sie was hat:

* Bouncer, der Staffordshire-Terrier
* Ralph, der Dalmatiner
* Prince, der Terrier
* Dfor, der Labrador
* Patch, der Staffordshire-Terrier
* Ben, der ? (das weiß niemand)

19:45 Uhr

BLITZNACHRICHT: Princess hängt jetzt mit Marmaduke, der roten Katze, ab.

Der ist einfach alles egal!

DIENSTAG, 25. MAI

16:45 Uhr

Habe Keith geschrieben, dass ich nach Australien komme, und er bucht die Tickets. Ich habe keine Ahnung, wo er das Geld herkriegt. Vielleicht hat er rund um die Uhr Straßenmusik gemacht und endlich ein paar halbwegs vernünftige Klamotten entworfen. Vielleicht hat er eine Bank ausgeraubt. LOL!

17:35 Uhr

ACH DU SCHANDE! Hoffe, Gran hat ihm keine Tipps für Banküberfälle gegeben. Sie hat mal erzählt, dass ihre Bausparkasse von einem Mann überfallen wurde, der eine Gurke als Pistole benutzt hatte! Vielleicht könnte Keith seine eigene Waffe in seinem Biogarten anbauen – und dann einfach aufessen!

19:04 Uhr

Habe gerade herausgefunden, dass wir als allein reisende Minderjährige betreut werden müssen, weil wir unter 16 sind! Ich hoffe, sie geben mir keine Malbücher. Ich hoffe, sie geben mir einen Bodyguard wie bei einem richtigen Star. OH GOTT – was, wenn sie mich in die erste Klasse stecken?! Wen könnte ich treffen?! MHP kann in der zweiten Klasse versauern, während ich mit SUPERSTARS über Klamotten quatsche.

19:43 Uhr

Smiley hat gerade angerufen. Das Baby ihrer Mum hat sich heute richtig bewegt, während sie über Hypotheken sprachen. Alle halten das für ein echt gutes Zeichen. Das Baby sei bestimmt SUPERintelligent ... ODER vielleicht hat es einfach nur heftig GEGÄHNT.

20:04 Uhr

Habe meine Mum gefragt, wann ich mich das erste Mal bewegt habe. Sie konnte sich nicht dran erinnern. „Nathan war zu der Zeit ziemlich anstrengend, Hattie." Ich werde also ignoriert, weil mein Bruder ein Vollidiot ist? Es hat sich NICHTS geändert.

MITTWOCH, 26. MAI

16:03 Uhr

Princess hat eine Morddrohung erhalten – sie wurde unter Grans Tür durchgeschoben. Darauf stand: „Behalten Sie Ihren *%*#-Hund im Haus, SONST ...!", aber es war mit dem Namen „Petra" unterschrieben. Wenn man eine Drohung schreibt, macht man das anonym! Darum haben die Leute im Internet doch Benutzernamen, damit man schreckliche Dinge sagen kann, ohne dass jemand weiß, wer dahintersteckt!

17:19 Uhr

Ich hab das übrigens noch nie gemacht. Jen sagt, die US-Regierung wüsste, was JEDER tut und könnte alles nachverfolgen. Wenn sie dich ins Gefängnis stecken, geben sie dir dein Lieblingsessen, um dich in den Wahnsinn zu treiben. Wenn du JEMALS in einer E-Mail erwähnt hast, dass du Big Macs magst, bekommst du sie zum Frühstück, und die Leute von der US-Regierung sagen: „Wir haben gehört, die mögen Sie!" Aber das sagen sie nicht auf eine nette Art. Das sagen sie auf eine „Wir wissen, welche Burger Sie mögen, und wir wissen, dass Sie eine schlimme Person sind"-Art.

20:01 Uhr

Habe gerade meine Mails überprüft. Ich habe nie irgendwo erwähnt, dass ich KFC liebe!

20:19 Uhr

Aber wenn ich im Gefängnis wäre, dann würde ich gern jeden Tag mein Lieblingsessen haben!

20:53 Uhr

Habe Smiley gerade ganz zufällig gemailt und gefragt, ob sie Lust hätte, am Samstag ein KFC-Sparmenü mit mir zu essen.

21:24 Uhr

Smiley sagt Nein. Das ist egal, jetzt weiß die US-Regierung, dass ich gerne Hühnchen-Nuggets zum Frühstück hätte.

22:12 Uhr

Ich vermisse Nicky. Ich schreibe es hier auf, um es loszuwerden. Ich brauche Abstand, aber ich vermisse ihn.

22:44 Uhr

Kann ich überhaupt mit Abstand umgehen?

DONNERSTAG, 27. MAI

18:34 Uhr

Gran ist wegen Princess auf die Barrikaden gegangen! Sie hat die Polizei angerufen und gesagt, sie hätte eine Morddrohung erhalten. Die Polizei sagte: „Nicht Sie, Ihr Hund." Gran sagte: „Ich und Princess sind ein Team. Eine Drohung gegen sie ist eine Drohung gegen mich." Der Polizist sagte, laut Gesetz hätten Hunde nicht die gleichen Rechte wie Menschen.

Ist Princess eine emanzipierte Feministin, die ihr sexuelles Schicksal selbst in die Hand nimmt, oder ist sie nur eine Nutte? Vielleicht ist sie mit den Hunden einfach nur gut befreundet?

FREITAG, 28. MAI

20:12 Uhr

Gran sagt, platonische Beziehungen könne es zwischen Männlein und Weiblein NIEMALS geben. Als ich fragte: „Und was ist mit Fred und mir?!", schaute Gran mich eine gefühlte Ewigkeit an, als ob ich irgendwas falsch machen würde. Ich wechselte das Thema und sagte, dass Princess eben eine moderne Hündin sei, die Verantwortung für ihr eigenes Leben übernehme und gesellschaftliche Zwänge ablehne.

21:03 Uhr

Vielleicht HAT sie ein bisschen was von einer Nutte.

SAMSTAG, 29. MAI

10:09 Uhr

Jetzt muss ich anfangen, einen Bikini für Australien auszuwählen! Ja, es sind noch eine Million Wochen, bis ich fliege, aber es ist trotzdem eine wichtige Entscheidung. Ich wünschte, Smiley oder Jen könnten mit nach Australien kommen. Besonders, um mir auf dem Flug Gesellschaft zu leisten. Es ist schon schlimm genug, dass ich mit MHP fliegen muss. Was, wenn auf meiner anderen Seite jemand sitzt, der echt dämlich ist?

12:34 Uhr

Smiley WAR auf dem Flug von Delhi neben einem Mann eingezwängt, der eine Sammlung von Fluggesellschafts-Spucktüten dabeihatte. Er hat sie alle in alphabetischer Reihenfolge benutzt. Sie sagte, bei Air

Canada hatte sie ihren Lebenswillen verloren, und bei Air Slovakia ist sie eingeschlafen.

18:28 Uhr

Habe mir STUNDENLANG JEDEN Bikini im Internet angeguckt. Ich finde keinen einzigen, der mir gefällt. Ich wünschte, man könnte den Körper mitsamt Bikini kaufen.

19:34 Uhr

Mum kam gerade rauf und sagte: „Vergiss Jungs. Vergiss Bikinis. Hattie, wenn du in den Prüfungen dieses Jahr gut abschneidest, WERDE ICH MIT DIR SHOPPEN GEHEN, und DU darfst dir AUSSUCHEN, was du willst!"

ICH WERDE MIT DIR SHOPPEN GEHEN, UND DU DARFST DIR AUSSUCHEN, WAS DU WILLST!

Ich fange morgen an zu lernen.

20:04 Uhr

ACH DU SCHANDE! Was, wenn Mums ganzes Klamottenbudget nur fünf Pfund beträgt?

20:36 Uhr

Mum hat bestätigt, dass ihr Budget für mich 100 Pfund beträgt!

100 Pfund!!!

Das ist mehr als mein GANZER Kleiderschrank jetzt wert ist, inklusive Schuluniform!

SONNTAG, 30. MAI

11:31 Uhr

Dieses Jahr werde ich die Prüfungen völlig anders angehen. Ich werde einen richtigen Wiederholungsplan machen wie Smiley, und ich werde mich daran halten wie eine Superstreberin.

13:15 Uhr

Wie kann man lernen, wenn Jen auf Skype ist und sich vor Lachen bepisst über die Tatsache, dass Kühe die körperlich empfindsamsten Tiere der Welt sind? Darum wurden sie laut FBI-Akten in den 70er-Jahren in Amerika von Aliens verstümmelt.

19:12 Uhr

Gran glaubt, Princess könnte schwanger sein, und sie ist nicht sicher, wer der Vater ist! Ich habe etwas Erfahrung damit – nicht mit dem Schwangersein, EHER DAMIT, DASS JUNGE LEUTE GEBOREN WERDEN, OHNE ZU WISSEN, WER IHR DAD IST! Na ja, keine Leute. Welpen. Aber die haben auch Gefühle.

PFINGSTMONTAG UND PFINGSTFERIEN

MONTAG, 31. MAI

Wie Mrs Cob es nennt

8:04 Uhr

WIEDERHOLUNGSPLAN – DER WEG ZUM ERFOLG

9:00 Uhr:	FRÜHSTÜCK
10:00 Uhr:	Tanz/Theater Wiederholung (im Schlafzimmer oder mit Gruppe in der Schule)
11:15 Uhr:	Kaffeepause
11:45 Uhr:	Wiederaufnahme von Tanz/Theater
13:00 Uhr:	Mittagspause
14:00 Uhr:	Tanz/Theater – Theorie
15:00 Uhr:	Englisch
15:10 Uhr:	Geschichte
15:20 Uhr:	Naturwissenschaften
15:30 Uhr:	Mathe
15:35 Uhr:	Pause
15:40 Uhr:	Französisch
15:50 Uhr:	Erdkunde
16:00 Uhr:	FERTIG!!!

DIENSTAG, 1. JUNI

7:49 Uhr

Heute halte ich mich an meinen Wiederholungsplan. Ich habe allen gesagt, dass ich NICHT DA bin. Gerade habe ich mein Handy auf Lautlos gestellt. Mir ist etwas mulmig dabei, aber es geht um meine ZUKUNFT. Ich mache mir Sorgen wegen Tanz/Theater. Es ist mein wichtigstes Fach, und unser Stück handelt von „Konflikten" – häuslicher Streit und Länderkriege. Wir beißen uns mit nur sechs Leuten da durch. Es ist leicht, ein streitendes Paar zu spielen, aber nicht so einfach, Tausende schwer bewaffnete Männer im Kampf darzustellen.

MITTWOCH, 2. JUNI

16:39 Uhr

Bei der Probe unserer Tanz/Theater-Gruppe hat Dumpfbacke Hannah heute den Stuhl fallen gelassen, der Konflikt symbolisiert. Er ist perfekt hingeflogen, und ich schrie: „KRIEG!" Das fanden alle super, also nehmen wir es in unsere Vorstellung auf. Wir haben außerdem herausgefunden, wie wir mehr Leute vortäuschen können. Bei den Kriegsszenen trägt jeder von uns einen hohen Hut mit einem Gesicht drauf. Dadurch wird die Bühne „lebendiger" wirken.

DONNERSTAG, 3. JUNI

16:43 Uhr

Ich habe mich an meinen Wiederholungsplan gehalten. Mum ist sogar raufgekommen und hat gesagt: „Ich bin so stolz auf dich, Hattie. Ich habe es nie geschafft, richtig zu lernen!"

Ich kann auf keinen Fall durchfallen! Ich habe alles, was man wiederholen kann, vollständig wiederholt. Glaube ich.

19:29 Uhr

Warum ist Mum so nett zu mir? Macht sie sich etwa Sorgen, weil Keith solchen Aufwand betreibt und meine Reise bezahlt?

Das ist vielleicht das Schlimmste, was ich je gedacht habe.

20:19 Uhr

Vielleicht ist es wahr.

20:34 Uhr

Nein, es ist eines der schlimmsten Dinge, die ich je gedacht habe.

20:53 Uhr

Mum hat sich gerade meinen Wiederholungsplan angeschaut und fand, dass er vielleicht „ein bisschen zu Tanz/Theater-lastig" sei. Liebe Mum, führst du mein Leben? Nein. Bitte geh.

21:59 Uhr

Habe gerade meinen Tanz/Theater-Hut gebastelt. Er ist etwas gruselig, aber echt gut. Es sieht aus, als ob ein riesiger Soldat über mir aufragt.

FREITAG, 4. JUNI

19:01 Uhr

VOLLSTÄNDIGE Tanz/Theater-Gruppenprobe!

Dumpfbacke Hannah hat die Sache mit dem Gesicht und dem Hut falsch verstanden. Sie hat einen PANZER gemacht! Ich finde das LÄCHERLICH! Das Ding sieht aus wie ein echt hässlicher Roboter aus Papiermaché. Aber alle anderen stimmten Becca zu, die meinte, dass er der Kampfszene mehr „Tiefe" verleihe. Also bleibt es so!

SAMSTAG, 5. JUNI

17:21 Uhr

Ich habe mich heute an meinen Wiederholungsplan gehalten, aber die meiste Tanz/Theater-Zeit habe ich damit verbracht, mich heftigst über Dumpfbacke Hannahs dämlichen Panzer zu ärgern. Wie können andere Leute das gut finden?! Niemand hat erwähnt, wie ECHT mein Hutsoldat aussieht. Ich habe ihm Falten gemalt und alles! Vielleicht sollte ich etwas basteln, das noch „mehr Tiefe" verleiht.

Ich mache einen Maschinengewehrhut.

SONNTAG, 6. JUNI

12:22 Uhr

Ich kriege kein Maschinengewehr hin, also habe ich eine Rakete draus gemacht.

16:19 Uhr

Mum konnte meine Rakete nicht erkennen und sagte, sie sehe ein „bisschen seltsam" aus. Allerdings hat Mum nicht viel Fantasie, darum zählt ihre Meinung nicht.

MONTAG, 7. JUNI

Zurück in der Schule

17:12 Uhr

Becca und Jade haben auch Raketenhüte gemacht. Wir haben beschlossen, unsere Raketenhüte in den Händen zu tragen, während wir laufen, und unsere Leutehüte auf den Köpfen. Das wird HEFTIG aussehen.

DIENSTAG, 8. JUNI

19:45 Uhr

LETZTE GENERALPROBE.

Es ist echt gut gelaufen. Ich glaube, wenn wir erst mal den Dreh raushaben, unsere Hüte zu halten und gleichzeitig welche auf dem Kopf zu tragen, wird alles super!

MITTWOCH, 9. JUNI

17:12 Uhr

VORFÜHRUNG VON *KÄMPFE – ZU HAUSE UND IN DER FERNE.*

Es lief ganz gut, bis auf die folgenden, unwesentlichen Punkte:

* Dumpfbacke Hannah hat vergessen, den „Konflikt"-Stuhl fallen zu lassen, darum habe ich einfach auf gut Glück „KRIEG" gebrüllt.
* Als Clare bei einem häuslichen Streit rufen sollte: „Du bist nicht mein Vater!", rief sie stattdessen: „Du bist nicht mein Pater!" – und kicherte.
* Ich rutschte auf einem Skript aus, das Hannah auf dem Boden vergessen hatte, aber ich glaube, ich konnte es so aussehen lassen, als wäre ich angeschossen. Ein bisschen wenigstens.
* Jade war echt nervös und hat ihren Text vergessen. Anstatt zu sagen: „Krieg ist das Allerschlimmste, was die Menschheit zu bieten hat. Es ist Tränen und Blutvergießen für NICHTS!", sagte sie: „Krieg ist echt ein bisschen blöd."
* Dumpfbacke Hannah kann nicht gleichzeitig einen Hut halten und einen auf dem Kopf tragen.
* Becca und Jade auch nicht.
* Oder ich. Muss eine Raketensache sein. Und eine Dumpfbacke-Hannah-Sache.

Ich glaube aber, dass wir mindestens eine Zwei bekommen. Die kriegt doch jeder!

DONNERSTAG, 10. JUNI

15:42 Uhr

Geschichte.

Seit wann nehmen wir Russland durch?! Ich weiß haufenweise Zeug über Deutschland.

Vielleicht habe ich ein bisschen zu viel Zeit in Tanz/Theater investiert.

FREITAG, 11. JUNI

16:39 Uhr

Erdkunde.

Erosionslandschaften?!!

Smiley hat geschrieben wie verrückt. Sie sagt, Erosionslandschaften unterscheiden sich von Ablagerungslandschaften.

Ich habe definitiv zu viel Zeit in Tanz/Theater gesteckt.

19:31 Uhr

YES!!! Faltengebirge war richtig.

SAMSTAG, 12. JUNI

9:12 Uhr

Heute werde ich VOLLE KANNE wiederholen.

Ich bin jetzt offiziell entschlossen, in Französisch, Mathe, Naturwissenschaften und Englisch HERVORRAGEND abzuschneiden.

Es geht ja nur darum, ein paar vernünftige Klamotten zu bekommen, nicht darum, ein totaler Streber zu werden.

19:45 Uhr

LOL! Gran hat heute gesehen, wie MHP bei Debenhams Schwimmzeug gekauft hat. Gran sagte: „Ich weiß, dass sie dünn ist, aber sie hat viel zu kleine Größen ausgesucht. Ihr Hintern sah aus wie eine Schlucht, über die man eine winzige Hängematte gespannt hat."

YES!!! MHP wird IDIOTISCH aussehen!

20:13 Uhr

Oder wie eine halb nackte sexy Strandkönigin.

SONNTAG, 13. JUNI

19:44 Uhr

Liebe Charlotte Brontë, *Jane Eyre* ist deprimierend, und Mr Rochester scheint furchtbar zu sein. Ich bin schon mit einem launischen Jungen voller Geheimnisse ausgegangen – das macht keinen Spaß. Oh, und vielen Dank auch, dass Helen an Husten sterben musste. Die mochte ich nämlich.

MONTAG, 14. JUNI

18:34 Uhr

Englisch und Französisch! Könnte sein, dass ich's ganz gut hingekriegt habe. Ich habe immerhin herausgefunden, was Raoul und sein Affe in dem Sprachverständnistest machen wollten! Sie wollten beide marschieren gehen. Vielleicht ist das ein französisches Militärding.

19:01 Uhr

Jen sagt, es war nicht Marschieren. Es war WANDERN! Es hat sich angehört wie marschieren.

19:29 Uhr

Warum geht ein Affe überhaupt wandern?! Raoul muss ein Spinner sein.

DIENSTAG, 15. JUNI

16:12 Uhr

Naturwissenschaften und Mathe. Das habe ich wahrscheinlich total vermasselt. Ich kapiere Rotverschiebung nicht.

19:35 Uhr

Wenn der Urknall und das Universum sich immer noch ausdehnen, woher wissen wir dann, dass wir uns nicht ausdehnen, bis wir platzen?

19:59 Uhr

Es ist deprimierend, dass die Erde zerreißen könnte wie ein Gummiband – aber dann würde sich wenigstens niemand mehr für meine Prüfungsergebnisse interessieren!

20:10 Uhr

Außer Mum. Sie würde einen Weg finden, auch aus dem Nirgendwo von Zeit und Raum noch zu meckern! LOL!

PRÜFUNGEN VORBEI – YES!!!

MITTWOCH, 16. JUNI

16:21 Uhr

UNGLAUBLICH!

Wir MÜSSEN am Montag ZU SPORT KOMMEN. Warum MÜSSEN wir noch SPORT machen, wenn wir mit den Prüfungen und praktisch allem anderen durch sind?! In den anderen Fächern machen wir irgendwas Leichtes. Es ist so UNFAIR. Mrs Cob und Matfield sagen, das sei gut für unser Gehirn, aber wofür ist Schwimmen gut, außer dass wir dadurch kräftigere Schultern und kleinere Brüste bekommen?!

DONNERSTAG, 17. JUNI

18:23 Uhr

MEGAGUTER PLAN IN SICHT!

Heute schlug Becca vor, dass wir alle so tun sollten, als wären wir krank, um uns vor dem Schwimmen zu drücken. Ich sagte: „DAS ist eine GENIALE Idee! Sollen wir alle zur Toilette rennen?" Jade meinte, das sei Quatsch und es wäre besser, wenn wir alle so tun, als würden wir im gleichen Moment in Ohnmacht fallen. EINE FLASHMOB-OHNMACHT! Das ist wie Synchronschwimmen, nur eben Synchron-Ohnmächtigwerden. Ein Flashmob ohne tanzen – wir fallen einfach um! Ich glaube, das kriegen wir hin. Sie werden den Unterricht sofort unterbrechen und Sport vielleicht komplett verbieten – wegen Gesundheits- und Sicherheitsrisiken!

Wir haben gemeinsam beschlossen, dass wir es am Montag durchziehen. Sobald Jade sagt: „Ich fühle mich etwas komisch", lassen wir uns alle neben dem Schwimmbecken auf den Boden fallen. Wir müssen vorher üben, damit wir uns nichts brechen.

FREITAG, 18. JUNI

16:02 Uhr

Heute haben wir auf den Weichbodenmatten in der Sporthalle geübt. Wir können großartig in Ohnmacht fallen. Es ist schwer, hinterher nicht zu lachen, aber wenn wir das hinkriegen, ist Sport vielleicht für immer Geschichte!

SAMSTAG, 19. JUNI

14:32 Uhr

Smiley sagt, genau genommen würde Schwimmen dabei helfen, die Brüste in Form und „straff" zu halten, weil es die Brustmuskulatur trainiert. Dann sagte sie: „*Brustschwimmen,* Hattie", als wäre ich Dumpfbacke Hannah. Sie macht nicht mit. Es sei „unfair", ihrer Mum vorzugaukeln, sie sei krank. WIEDER MAL stellt Smiley ihre Familie über ihre Freundinnen. Dabei brauchen wir ihre Hilfe, um gegen die unfaire Behandlung von Schülern vorzugehen! Aber ich verzeihe ihr, weil ich sie liebe und ihr Dad SEHR laut schreien kann.

SONNTAG, 20. JUNI

10:32 Uhr

Crazy-Jen hat uns allen gesimst, dass wir an den Tod denken sollen, wenn wir in Ohnmacht fallen. Dann müssten wir nicht lachen.

11:15 Uhr

Habe es gerade ausprobiert. Musste immer noch lachen.

14:13 Uhr

Aber morgen mache ich das nicht. Ich werde todernst sein.

MONTAG, 21. JUNI

FLASHMOB-OHNMACHT!

17:31 Uhr

Es lief so gut, dass die Sportlehrerin dachte, irgendwo sei Chlor ausgetreten, und ein paar Krankenwagen und die Feuerwehr rief. Warum benutzen sie ein tödliches Gaszeug, um das Schwimmbecken sauber zu machen?!

Als die Sanitäter kamen, um uns wiederzubeleben, bekam Dumpfbacke Hannah ein schlechtes Gewissen. Sie fing an zu heulen und sagte: „Wir tun doch nur so."

Morgen müssen wir alle zu Mrs Cob.

In solchen Momenten vermisse ich Nicky AM MEISTEN. Er kennt sich mit solchen Problemen aus.

DIENSTAG, 22. JUNI

17:32 Uhr

HILFE! Mrs Cob ist so heftig AUSGERASTET, wie ich es noch nie erlebt habe. Sie stänkerte, dass wir „die Zeit von unserem tapferen

Rettungsdienst verschwendet" hätten. Dann sagte sie: „Ich muss dem Rest der Schule klarmachen, wie verabscheuungswürdig dieser Streich war. Darum SCHLIESSE ICH EUCH VOM ABSCHLUSSBALL AUS."

VOM ABSCHLUSSBALL AUSGESCHLOSSEN?

AUSGESCHLOSSEN?

WIR WERDEN VOM ABSCHLUSSBALL AUSGESCHLOSSEN. Der einzigen richtig guten Sache an der Schule!

MITTWOCH, 23. JUNI

15:58 Uhr

Prüfungsergebnisse!

Englisch	Mathe	Naturwissenschaften	Geschichte	Erdkunde	Französisch
2	4	3	3	2	3

Tanz/Theater
4

Eine „4"?!!

Angeblich waren wir „ein Haufen Chaoten und unfreiwillig komisch".

Egal. Wen interessiert's? Ich wurde vom Abschlussball ausgeschlossen.

17:02 Uhr

Mum ist mit meinen Prüfungsergebnissen zufrieden. Tatsächlich ist sie sogar so zufrieden, dass sie mir ein Kleid für den Abschlussball kaufen will. Ich sagte ihr, dass ich nicht hingehen werde. Sie lachte und sagte: „Red keinen Unsinn!" Ich erwiderte, dass ich es total ernst meine und einfach keine Lust darauf habe.

19:11 Uhr

Mum hat von Crazy-Jens Mutter den wahren Grund erfahren, warum wir nicht zum Abschlussball gehen. Sie meint, sie muss mich nicht mehr bestrafen, weil ich eh schon die schlimmste Strafe bekommen habe.

Sie hat recht.

DONNERSTAG, 24. JUNI

18:23 Uhr

MHP hilft anscheinend in einem extra gegründeten Schülerkomitee dabei, den Abschlussball zu organisieren.

Die Schule hat es BESTIMMT gegründet, um unsere Strafe NOCH SCHLIMMER zu machen.

Heute habe ich gehört, wie MHP in der Schule ihr Auto für den Abschlussball bestellt hat.

Ich hasse sie und ihre Stretchlimousine in klassischem Schwarz, nicht „prolligem Zicken-Rosa". Echt.

FREITAG, 25. JUNI

20:02 Uhr

Habe von Crazy-Jen gehört, dass wir jetzt als „Die Abschlussball-Außenseiter" bekannt sind.

Ich bin eine Abschlussball-Außenseiterin.

Wenn in 30 Jahren alle über die Schule reden, werde ich immer noch dafür bekannt sein. Das ist wie eine Narbe. Aber keine coole.

SAMSTAG, 26. JUNI

14:35 Uhr

Ich habe mich seit fünf Tagen nicht mehr rasiert. Wozu? Ich kann ruhig haarige Beine haben. Alle werden damit beschäftigt sein, a) sich auf den Ball vorzubereiten und b) auf dem Ball zu sein. Es wird also überhaupt niemandem auffallen, dass ich mich in einen Gorilla verwandelt habe.

SONNTAG, 27. JUNI

10:21 Uhr

SMS von Nicky:

> Ich gehe auch nicht zum Abschlussball!
> Sollen wir uns treffen?

Lieber Nicky, du bist in deinem ganzen Leben kaum zur Schule gegangen. Hau ab! Alles Liebe, Hattie.

Das habe ich nicht geschrieben. Ich habe die Nachricht einfach ignoriert.

18:12 Uhr

Fred geht zum Abschlussball. Wahrscheinlich mit einem Mädchen in einem megatollen Kleid.

Ich könnte rübergehen und sagen, dass ich ihn am Abend des Balls brauche.

Nein – das ist nicht fair. Er hat nichts DÄMLICHES gemacht.

MONTAG, 28. JUNI

19:18 Uhr

YES!!!

Genies lassen sich nicht unterkriegen!

Die Abschlussball-Außenseiter feiern am Freitag bei Jen ihre eigene Party. Wir nennen sie den FALSCHEN ABSCHLUSSBALL. Selbst Leute, die zum ECHTEN Ball gehen, haben zugegeben, dass sich das richtig cool anhört. Wir werden essen, was wir wollen, trinken, was wir wollen, wie die Bekloppten tanzen und TUN, WAS WIR WOLLEN!

DIENSTAG, 29. JUNI

16:03 Uhr

Wer will schon zu irgendwas IN die Schule gehen, was VON der Schule veranstaltet wurde?! Matfield wird da sein!

Smiley geht NICHT zum Ball, sie kommt zu Jen! Sie will lieber bei ihren besten Freundinnen sein. YES – Smiley will diesen Freitag lieber auf der COOLSTEN Party verbringen.

MHP hat sich das hübscheste Kleid aller Zeiten gekauft. Bin ECHT froh, dass ich nicht hingehe.

MITTWOCH, 30. JUNI

17:09 Uhr

Habe Mum gerade gefragt, ob ich am Freitag mit einer Limousine zu Jen fahren kann.

Sie sagte: „Du spinnst wohl! Rob kann dich hinbringen und die Rücksitze zurückklappen, damit es geräumiger wirkt!"

Danke auch.

DONNERSTAG, 1. JULI

16:03 Uhr

Wir sind uns alle einig, dass wir uns morgen bei Jen ganz normal anziehen. Wir müssen uns nicht aufbrezeln, um uns toll zu fühlen!

FREITAG, 2. JULI

Letzter Schultag

17:02 Uhr

Es war schwer, heute alle so aufgeregt zu erleben, aber ich weiß, dass wir einen absolut FANTASTISCHEN Abend verbringen werden.

Wir brauchen Mrs Cob und MHP nicht, um Spaß zu haben! Wir können auf dem Falschen Abschlussball RICHTIG aufdrehen!

23:19 Uhr

Haben was Chinesisches gegessen. Haben eine DVD geguckt.

Um 22:12 Uhr hat Smiley gefragt: „Sollen wir dann Schluss machen?", und alle sagten: „JA."

Bin nach Hause gekommen.

Ich bin nicht glücklich.

23:46 Uhr

Fred ist gerade zurückgekommen, und er lachte am Telefon. Ich hämmerte gegen die Wand. Da hielt er die Klappe.

SAMSTAG, 3. JULI

8:49 Uhr

Anscheinend war der Abschlussball großartig. Unglaublich. Die beste Nacht aller Zeiten, und die Fotos auf Facebook sehen …

… sie sehen EINFACH TRAUMHAFT aus.

9:44 Uhr

ACH DU SCHANDE! Es gibt ein Foto von Matfield, wie sie bei der Polonaise mittanzt. Sie lacht.

Es ist 9:45 Uhr, und ich gehe wieder ins Bett. Gute Nacht.

16:09 Uhr

Habe heute Nachmittag Gran besucht. Sie sagt, ich soll drüber wegkommen. „Sie hatten einen schönen Abend, Hattie, du nicht. So ist es eben: Manchmal gewinnst du den Jackpot, manchmal kriegst du nicht mal eine Reihe fertig. Das Leben ist oft wie Bingo." Dann gab sie mir einen Zehner für meine guten Prüfungsergebnisse.

Ich fühle mich schon besser. Morgen wird der Abschlussball vergessen sein.

SONNTAG, 4. JULI

10:36 Uhr

Smiley erzählte, dass Kate Friars auf dem Ball versucht hat, Tom Lacey zu küssen und stattdessen GENIESST hat. Ein Video davon macht gerade die Runde. Sogar Kate findet es urkomisch!

Der Abschlussball wird wahrscheinlich erst Mittwoch vergessen sein.

21:35 Uhr

HEFTIGES DRAMA!

Smileys Mum hat beim Geburtsvorbereitungskurs einen Geburtsball als Hüpfball benutzt und wurde ins Krankenhaus eingewiesen. Smiley sagt, normalerweise sei sie so vernünftig, aber während dieser Schwangerschaft drehe sie echt durch. Letzte Woche hat sie zwei Tage damit verbracht, im Schlafanzug die „*Downton Abbey*"-Box zu gucken. Ohne Ton, dafür mit alten 80er-Alben im Hintergrund. Anscheinend fing sie bei einem Lied namens „It's a Heartache" von Body Styler oder so an zu heulen.

22:14 Uhr

Bonnie Tyler. Body Styler heißt das Fitnessstudio, wo sie nach der Geburt hingehen muss. Mum sagt, der Bauch würde nie wieder so wie vorher. Ich weiß, Mum. Ich habe Gran gesehen. Sie sieht aus wie ein riesiger eingefallener Ballon nach einer Party.

Ein riesiger haariger eingefallener Ballon. Sie lässt sich nicht mal mehr eine Bikinirasur machen. Das College, wo sie das immer billig machen ließ, hat damit aufgehört. Anscheinend ist im letzten Jahr eine Rekordzahl von Leuten mitten im Kurs gegangen. Warum nur? LOL!

MONTAG, 5. JULI

18:23 Uhr

Mum sagt, meine Prüfungsergebnisse seien gut genug für einen KLAMOTTEN-KAUFRAUSCH! Ich mache mir etwas Sorgen, dass ich mir einen Ganzkörper-Burka-Badeanzug kaufen muss. Mum wird behaupten, dass er mich vor der Sonne schützen soll, aber in Wirklichkeit soll er mich vor Jungen schützen.

DIENSTAG, 6. JULI

19:25 Uhr

Gran hat mir einen Bikini gehäkelt.

Mum wird ihn als Trockentuch benutzen und verstecken, wenn Gran vorbeikommt.

MITTWOCH, 7. JULI

11:21 Uhr

Mum hat mich gebeten, eine Liste von Kleidungsstücken zu machen, die ich für Australien brauche. Ich stelle sie heute mit Smileys Hilfe zusammen.

Im Moment steht drauf:

1. Ein supertoller Bikini, der mich zur Traumkönigin macht.

DONNERSTAG, 8. JULI

13:01 Uhr

Mein Bruder hat mir ein Buch über gefährliche australische Tiere gegeben! Da gibt es einen TINTENFISCH, der einen UMBRINGEN kann, und man merkt nicht mal, dass er einen gestochen hat, bis man tot ist! Gruselig!

15:21 Uhr

MEINE KLAMOTTENLISTE:

1. 6 Bikinis
2. 2 tief ausgeschnittene Badeanzüge
3. Neoprenanzug
4. 2 Sonnenbrillen
5. 4 Neckholdertops

6. 3 Vintagekleider
7. 4 hautenge Jeans
8. 5 kurze Hosen
9. Schwimmbrett
10. Gummiboot

Es ist wahrscheinlich besser, das Schwimmbrett und das Gummiboot in Australien zu kaufen.

FREITAG, 9. JULI

9:13 Uhr

MHP hat getwittert, dass Sonne und Salzwasser Haar und Haut stark austrocknen und man dadurch vorzeitig altert.

Sie weiß, dass ich in Australien Segeln und Surfen gehen will. Sie versucht, alles zu ruinieren, indem sie mit SCHÖNHEITSVERLUST droht. Wette, sie lügt!

10:24 Uhr

Nein, ich habe es gegoogelt. Sie hat recht! Vielleicht hat sie in Wirklichkeit versucht, mir zu HELFEN!

10:49 Uhr

Nein, hat sie nicht. Sie wollte nur mit ihrem Beauty-Wissen angeben.

11:29 Uhr

Ich glaube, ich habe lieber Spaß und mach mir später Sorgen um die Falten.

OH GOTT! Jetzt bin ich schon voll und ganz feministisch und denke automatisch tolle Sachen!

16:03 Uhr

Jemand hat eine YouTube-Fotocollage vom Abschlussball gemacht.

Der Ball wird NIEMALS vergessen sein.

SAMSTAG, 10. JULI

16:55 Uhr

SHOPPINGTAG!

Wie ich geahnt hatte, kriegte Mum bei JEDEM Bikini, der mir gefiel, einen totalen Anfall. Sie fand sie zu freizügig! Schließlich sagte ich: „Kein Problem, Mum, dann gehe ich eben nackt. Das ist sowieso die einzige Möglichkeit, am ganzen Körper braun zu werden." Nachdem ich DAS gesagt hatte, fanden wir endlich einen, den sie für „angemessen" hielt!

17:49 Uhr

Wollte nur sagen, dass ich in Wirklichkeit NIEMALS nackt gehen würde. Einen Bikini kann ich immer noch mit Küchentüchern ausstopfen, um einen größeren Busen zu bekommen, wenn ich zu verzweifelt bin. Habe ich schon mal ausprobiert.

18:39 Uhr

Das Problem ist, dass Küchentücher das halbe Meer aufsaugen würden. Am Ende hätte ich feuchte, knubbelige Doppel-Fs.

19:04 Uhr

OH GOTT! DOPPEL-Fs WÄREN DER HAMMER!

SONNTAG, 11. JULI

13:48 Uhr

Ich habe mir die komplette Liste von australischen Killerwesen angeguckt, die Nathan mir gegeben hat. Ich werde nicht in die Nähe vom Strand gehen, nicht in die Nähe irgendwelcher Bäume, von hohem Gras oder Schuppen. Oder in die Nähe von Wasser. Außer Wasserhähne.

14:36 Uhr

Anscheinend gibt es in Tasmanien weniger Killerdinger als an den anderen Killerorten, aber trotzdem sind überall welche. Es gibt da sogar etwas, das Teufel heißt!

MONTAG, 12. JULI

18:32 Uhr

Mum hat noch einen weiteren schönen Bikini mitgebracht. Das ist echt süß von ihr, aber ich erklärte ihr, sie müsse sich keine Sorgen machen, weil ich ihn sowieso nicht tragen werde. Wegen der Killerwesen.

DIENSTAG, 13. JULI

15:36 Uhr

ACH DU SCHANDE! Wenn wir Sommer haben, ist in Australien Winter. Das ist verrückt!

Und was noch verrückter ist: In Tasmanien gibt es ANTARKTISCHE Stürme. Ich brauche gar keine Schwimmklamotten. Ich brauche eine Rüstung und einen dicken Pulli.

17:11 Uhr

Sogar die süßen Dinge scheinen in Australien riesige Zähne zu haben. Sie brauchen meinen Zahnarzt. Ich habe morgen einen Termin für ein Klammer-Update.

Bitte mach, dass mein Mund am Flughafen nicht den Sicherheitsalarm auslöst. Das würde MHP ÜBERALL herumerzählen.

MITTWOCH, 14. JULI

16:35 Uhr

Meine Zähne sind gerader geworden!!! Mr Winkler sagte, ich sei „sehr diszipliniert und geduldig". YES!!! Hörst du das, Mum?! Ich muss die Klammer noch behalten, aber ich habe „große Fortschritte" gemacht.

Als ich aus der Zahnarztpraxis kam, habe ich MHP getroffen. Als ob sie darauf warten würde, dass etwas Gutes passiert, damit sie es RUINIEREN kann! Sie behauptet, meine Zähne würden überhaupt nicht anders aussehen, obwohl ich schon monatelang eine Zahnklammer trage. „Tja, dann ist das wohl so wie bei dir", sagte ich, „obwohl du schon jahrelang einen Push-up-BH trägst, sehen deine Brüste auch nicht anders aus!" LOL! Punkt für Hattie!

DONNERSTAG, 15. JULI

12:19 Uhr

MHP erzählt herum, dass ich eine Busenspannerin sei. Und die erwarten ehrlich, dass ich 26 Stunden NEBEN dieser Person im Flugzeug sitze?

FREITAG, 16. JULI

14:49 Uhr

MHP erzählt außerdem überall, dass sie in die erste Klasse hochgestuft würde. Sie will am Flughafen in ihren Designerklamotten auflaufen. Anscheinend kommt man mit Prada automatisch in die Prominentenlounge.

Um ehrlich zu sein, würde ich lieber auf einem FlugzeugFLÜGEL sitzen anstatt neben MHP, EGAL, in welcher Klasse.

SAMSTAG, 17. JULI

14:25 Uhr

Ich bin jetzt bereit, nach Australien zu fliegen oder bei einem entsetzlichen Flugzeugabsturz zu sterben. Warum gucke ich auch *Mayday – Alarm im Cockpit?*

18:23 Uhr

HILFE! Habe gerade eine SMS von Nicky bekommen!

Hats, vermisse dich. Wünsche dir eine tolle Zeit in Oz. Lass dich nicht von irgendwas Abgefahrenem beißen oder umbringen. Lass uns BITTE, BITTE bald wieder knutschen, wenn du zurück bist. NXXXXXXXXXXXXXXX

1. Bitte, bitte …
2. So viele Küsse, dass ich sie kaum zählen kann.

Fürchte mich davor, mich heute Abend von Gran zu verabschieden.

20:48 Uhr

Gran und ich mussten gerade heulen. Sie sagte: „Lass uns skypen, wenn du kannst. Auch wenn ich es dir noch nie gesagt habe, du bist meine beste Freundin."

21:01 Uhr

Musste wieder heulen.

21:34 Uhr

Habe gerade Smiley und Jen angerufen. Sie heulten. Ich bat sie, mich über JEDEN Klatsch und Tratsch auf dem Laufenden zu halten.

Ich habe versucht, Fred noch mal zu sehen, aber in letzter Zeit ist er ständig unterwegs. Ich würde mich gern von ihm verabschieden. Wir stehen uns nicht mehr so nah wie früher. Oder doch? Ich weiß es einfach nicht mehr.

21:52 Uhr

Rob hat gerade geheult. Mum hat gerade geheult. Ich habe geheult. SCHON WIEDER.

22:02 Uhr

Nathan sagte: „Mach's gut!"

NUR übel. Einfach NUR faul und übel.

22:17 Uhr

Mum ist gerade heraufgekommen und sagte schluchzend: „Dein Bruder kann nichts dafür, Hattie. Er fühlt sich zurückgewiesen."

Ähm, Mum: ER hat Keith zurückgewiesen! Keith hat alles versucht. Er hat sogar ein Würstchen gerettet.

SONNTAG, 18. JULI

Irgendwo in der Welt …

Ich weiß nicht mal, wie spät es ist!

MHP wurde nicht in die erste Klasse hochgestuft. Sie motzte den Mann von der Fluggesellschaft an, dann schaute sie zu mir und sagte: „SPRICH NICHT MIT MIR, AUSSER WENN ES SEIN MUSS."

Ich bin in einem Flugzeug zwischen MHP und dem langweiligsten Paar der Welt eingequetscht. Der Typ und seine Frau haben mir haarklein erzählt, wie der Supermarkt in Crawley funktioniert. Anscheinend finden sie das interessanter als die 100 Filme im Unterhaltungsprogramm des Flugzeugs. ES IST MIR EGAL, WIE JOGHURT sortiert wird. Ich will den nackten Taylor Lautner sehen!

Ich glaube, es ist 18:45 Uhr. Könnte aber auch 6:45 Uhr sein.

Sind gerade in Bangkok gelandet. Das langweilige Paar ist ausgestiegen. Hoffentlich treffen sie nicht viele Thai-Leute. Die werden denken, dass alle Briten so stumpf sind. Crazy-Jen sagte, man müsse vorsichtig sein, dass Leute einem keine Drogen unterjubeln. Aber Gran hat mir die Taschen zugenäht, ist also alles okay.

Warum wird unsere Reihe immer zuletzt besetzt?

Als wir gelandet waren, fragte ein australischer Zollbeamter, ob wir irgendwelches Essen, Wein, Tiere, Eier oder Milchprodukte mitgebracht hätten, da Australien ein „einzigartiges Ökosystem habe, das wir vor verheerenden Schädlingen und anderen Naturkatastrophen schützen wollen".

Wir sagten beide: „Nein."

Der Spürhund spielte bei MHPs Koffer total verrückt, und sie sah echt schuldbewusst aus. Ich schaute sie an und fragte: „Was hast du getan?!" Sie sagte: „NICHTS." Auf jeden Fall mussten wir zu einem speziellen Tisch rübergehen, und der Mann durchwühlte ALL ihre Klamotten, bis er eine Tüte voller ESSEN fand.

MHP hatte ein paar Diätjoghurts und probiotische Getränke eingeschmuggelt, weil sie „nicht wusste, ob es die in Australien gibt", und sie brauche sie, um „ihr Gewicht zu halten" und „nicht aufzugehen wie ein Hefekuchen".

Der Australier sagte: „Also wenn ich dich richtig verstehe: Dass du weiter in deine Jeans passt, ist wichtiger, als Maul-und-Klauen-Seuche ins Land einzuschleppen, bei der Millionen von australischen Rindern geschlachtet werden müssen?"

MHP hat sich nicht entschuldigt. Sie sagte nur: „Ich glaube, Sie übertreiben ein bisschen."

Der Zollbeamte starrte sie nur an und sagte: „Wenn du eine Erwachsene wärst, würden wir dich verklagen. Du hast Glück, dass du nur ein Mädchen bist!"

„Nur ein Mädchen!" LOL! Für MHP ist das die schlimmste Beleidigung aller Zeiten.

Mein Koffer kam nicht an. Wir warteten eine Ewigkeit neben dem Transportband, dann holten Keith und seine Hippie-Freundin uns ab. Sie riecht nach Suppe, scheint aber echt nett zu sein. Mein Gepäck ist offenbar in Bangkok. Wahrscheinlich erzählt das langweilige Paar meinem Koffer etwas über das Haltbarkeitsdatum auf Brot.

[illegible] JULI

ACH DU SCHANDE! Welcher Tag ist heute? Heute ist weg. Es ist wie bei *Doctor Who.*

MONTAG, 19. JULI

10:23 Uhr

Keiths Freundin hat angeboten, mir ein paar von ihren Klamotten zu leihen. Jetzt rieche ich auch nach Suppe. Morgen machen wir Sightseeing. Ich will nur mein Bett besichtigen.

10:41 Uhr

HILFE! Keiths Freundin heißt Butterfly.

11:05 Uhr

Aber ihr Geburtsname ist Tracey. Es gab eine Umbenennungszeremonie, als sie wiedergeboren wurde. In einem Wald.

12:34 Uhr

Für Keith gab es auch eine Umbenennungszeremonie. Er hat uns nichts davon erzählt, weil er dachte, es würde uns Angst machen. Hier heißt er nicht Keith, sondern Storm.

Er hat recht. Das hätte uns Angst gemacht.

MHP und ich haben versucht, nicht zu lachen.

Zugegeben, Keith hat auch etwas gelacht, bis Butterfly/Tracey sagte: „Es gibt nichts, wofür du dich schämen musst, Storm."

DA WÄREN MHP und ICH VOR KICHERN FAST UMGEFALLEN. Keith sagte nichts, er lächelte nur. Er scheint sich wirklich zu freuen, uns hier zu haben.

DIENSTAG, 20. JULI

8:32 Uhr

Ich habe die ganze Nacht geschlafen!

ACH DU SCHANDE! Es ist 20:32 Uhr, nicht 8:32!

Keith war gerade hier und hat mir gesagt, wie spät es ist. Sie sagten, ich hätte so friedlich ausgesehen, da wollten sie mich nicht wecken.

Und ich bin IMMER NOCH müde.

Vom Fenster aus sieht Tasmanien verrückt aus. Wie *Jurassic Park*, aber ohne Dinosaurier. Es ist überhaupt nicht wie der Peak-District-Nationalpark. Überall gibt es diese riesigen Pflanzen und Farne, und es riecht wie ein riesiges Hustenbonbon. Keith sagt, das komme von dem Eukalyptus in den Bäumen. Es ist der fremdartigste Ort, an dem ich je gewesen bin. Es ist, als wäre ich im prähistorischen Britannien gelandet, aber mit richtig schönen Häusern und einem riesigen Kasino.

Das Haus von Keith und Butterfly ist mit Flohmarktsachen vollgestellt und der Inbegriff von Shabby Chic. MHP sagt, eigentlich ist es nur schäbig, aber wie immer ist sie eine furchtbare Zicke. Es gibt viele Holzsachen, Sessel mit verrückten Stoffflicken und überall Kompostbehälter. Es ist sehr … gemütlich.

Okay, es ist ein bisschen schäbig, aber sie haben unser Schlafzimmer wirklich nett hergerichtet. Unser Schlafzimmer. Wir müssen uns eins teilen. MHP war darüber entsetzter als ich. Stell dir vor, zu Hause hat sie ihren eigenen begehbaren Kleiderschrank. Jetzt hat sie eine begehbare Kleiderstange. LOL!

MITTWOCH, 21. JULI

11:56 Uhr

Ich hörte gerade, wie MHP zu Butterfly und Keith sagte, ich hätte meinen Körper an die australische Zeit gewöhnen sollen, wie SIE es getan hat.

Ich kann nichts dafür, dass ich Schlaf brauche.

Keith hat extra Internet angeschafft, damit wir skypen können.

Danke, Keith, aber im Moment will ich mit niemandem sprechen außer im Traum.

19:35 Uhr

Habe gerade von Fred geträumt. Seine ganzen Zähne waren ausgefallen, und ich habe versucht, sie mit Klebeknete wieder anzukleben.

In dem Traum sah er echt gut aus. Sogar mit schlaffem Zahnfleisch.

Vielleicht sollte ich ihm mailen und überprüfen, ob er sie auch zweimal täglich zwei Minuten lang putzt.

Na ja, vielleicht sollte ich stattdessen besser mein Leben in den Griff bekommen und aufhören, in meinem Kopf noch mehr Fred-Chaos anzurichten.

DONNERSTAG, 22. JULI

2:32 Uhr

Laut MHP SCHNARCHE ich. Sie behauptet, sie hätte mich gerade umdrehen müssen, damit ich aufhöre, „Krach zu machen wie ein

Schwein". Ich twittere besser, dass ich nicht schnarche, bevor sie twittert, dass ich es tue!

ACH DU SCHANDE! Mein Telefon funktioniert hier nicht! Weil ich ein Prepaidhandy habe, brauche ich anscheinend eine neue SIM-Karte.

18:35 Uhr

MHP HAT ein Telefon, das hier funktioniert. Da haben wir's, Mum: Jetzt weiß die ganze Welt, dass ich Schnarchgeräusche mache, weil du zu geizig bist, mir ein Smartphone mit weltweitem Roaming zu kaufen!

18:49 Uhr

Zugegeben, ich weiß nicht, ob MHP schon getwittert hat, dass ich schnarche.

FREITAG, 23. JULI

10:37 Uhr

ICH HABE EINE SIM-KARTE!!!

11:01 Uhr

MHP hat noch NICHT getwittert, dass ich schnarche. Vielleicht hat sie Angst, dass ich anderen ihre Geheimnisse erzähle.

Bis jetzt habe ich noch keine herausgefunden, aber das ist nur eine Frage der Zeit.

13:35 Uhr

ACH DU SCHANDE! Sie haben eine Begrüßungsparty für uns vorbereitet! Eine BIOparty.

19:35 Uhr

CRAZY-JEN, WO BIST DU? DU WÜRDEST DAS HIER ALLES LIEBEN!

Das ganze Essen kam aus ihrem Garten, und überall waren Erbsen drin. Sie haben einen echt langweiligen Künstlerfreund namens „M", der die ganze Zeit nur über seine Kunst und sich selbst gelabert hat und darüber, dass er keine Freundin hat (Überraschung!), weil Frauen seiner produktiven Schwingung schaden.

Dann kamen die Frauen aus Butterflys Kreativ-Schreiben-Gruppe. Keine von denen trägt Make-up, aber sie sehen ganz gut aus. Sie haben über Waldsterben und globale Erwärmung geredet. Sie hörten sich an wie Crazy-Jen, bevor wir ihr immer sagen, sie soll mal halblang machen! Im Wesentlichen werden wir alle sterben, es sei denn, wir werden vegan und verbieten Plastik und Mobiltelefone.

MHP und ich waren uns einig: Ohne Mobiltelefon würden wir sowieso sterben. Und was ist mit Notfällen?!

21:54 Uhr

OH GOTT! MHP und ich sind uns doch tatsächlich bei einer Sache EINIG!

SAMSTAG, 24. JULI

7:32 Uhr

Ich habe gerade gesehen, wie Butterfly versucht hat, mit echt schlechtem Ökospülmittel zu spülen. Angeblich „hilft es den Meeren".

7:51 Uhr

Habe gerade mit Gran geskypt. Sie findet, wenn wir Ökospülmittel benutzen müssen, dann sollten Delfine darauf trainiert werden, ihr beim Abwasch zu helfen. Sie meint, das gehe, wenn man ihnen einen Gummihandschuh auf die Nasenspitze stecke! LOL!

8:48 Uhr

Habe Butterfly von Gran erzählt. Butterfly hält GAR NICHTS davon, Tiere für irgendwas zu trainieren. Und sie würde niemals einen Delfin häuslicher Sklaverei überlassen. Sie wurde sogar schon mal verhaftet, als sie versucht hat, einen der Spürhunde zu befreien, die am Flughafen nach illegalen Sachen suchen. Sie fand es besonders schlimm, dass der Hund eine spezielle Weste mit seinem Namen drauf trug. Butterfly sagte: „Es ist ein Hund, kein Polizist. Er sollte zu seinem eigenen Vergnügen schnuppern!"

Ich sagte: „Butterfly, das war nur ein Scherz. Ein Gummihandschuh würde einem Delfin eh von der Nase fallen, außer man benutzt Gummibänder!" Sie ist wirklich süß, aber sie nimmt alles sehr ernst. Sie sagt, Delfine seien schon zu lange missbraucht worden.

Wieso? Es ist doch kein Missbrauch, wenn man durch einen Reifen springt und hinterher ein Leckerchen und eine Runde Applaus bekommt.

22:34 Uhr

Butterfly zeigte mir ein Buch über Delfine, die militärisch ausgebildet wurden. Sie glaubt, sie würden am Ende die Weltherrschaft übernehmen, wenn „die Menschheit sich selbst zerstört hat". Nicht sehr lustig!

SONNTAG, 25. JULI

19:35 Uhr

Mir ist klar geworden: Wenn die Leute in Disneyland mit Delfinen schwimmen, dann machen sich die Delfine bloß Notizen über uns Menschen. Irgendwann werden sie all unsere Schwachpunkte kennen und uns am Ende noch selbst Kunststückchen machen lassen.

20:13 Uhr

Ich habe es MHP erklärt. Sie mag keine Delfine, weil Supermodel Tyra Banks Angst vor ihnen hat. Und: „Was Tyra sagt, zählt!"

Dann hat MHP versucht, mir beizubringen, wie man nur mit den Augen lächelt, so wie Models das machen. MHP schafft das hervorragend. Ich sehe nur so aus, als ob ich einen heftigen Schock hätte. MHP hat mir befohlen, das jeden Tag vor dem Spiegel zu üben, dann würde ich auf Fotos NIE WIEDER schlecht aussehen.

21:23 Uhr

Keith und Butterfly benutzen ein Scheißwaschpulver. Ich muss morgen zu einem Waschsalon gehen, weil ich dank meines verlorenen Gepäcks keine Kleidung mehr habe. Ich muss einfach Chemikalien benutzen. Ich kann nicht in der Steinzeit leben. Ich bin mit Gran aufgewachsen – der Königin von Fleckentferner und Weichspüler!

MONTAG, 26. JULI

17:31 Uhr

OH GOTT! Da war heute ein megasüßer Typ im Waschsalon. Er hat darauf gewartet, dass seine Buxen trocknen – so nennen Australier ihre Hosen. In dem Waschsalon war es echt heiß, und ich habe in meinem Pulli total geschwitzt. Der Junge sah, wie ich schwitzte, schaute auf meine Füße und fragte mich, ob ich meine Zehentangas mitgebracht hätte. Ich dachte: OH GOTT! Er will mich! Aber Zehentanga ist nur Australisch für Flip-Flops. Trotzdem glaube ich, dass er mich mochte, weil er mir *zugezwinkert* hat. Er sagte, ihm würde mein Akzent gefallen, besonders die Art und Weise, wie ich „Bus" sage. Ich werde jetzt jeden Tag zu diesem Waschsalon gehen!

19:35 Uhr

Keiths langweiliger Freund „M" ist da. Er erzählt Keith und Butterfly, dass er haufenweise Kinua (?) gegessen habe und wahrscheinlich einem Tsunami davonlaufen könnte, wenn er müsste. Ich hoffe, das schafft er nicht.

20:10 Uhr

Kinua wird „Quinoa" geschrieben. Ich habe es ungefähr 20 Minuten lang gegoogelt, bis MHP es mir gesagt hat. Das ist ein Superessen. Sie isst es regelmäßig. War klar. Warum kann sie nicht einfach Lasagne und Pommes essen wie wir alle?!

DIENSTAG, 27. JULI

15:01 Uhr

Keith/Storm (wie sollen wir ihn nennen?) hat vorgeschlagen, am Wochenende Campen zu gehen. Dabei könnten wir lernen, die Natur „zu verstehen" und eine „Beziehung zu ihr aufzubauen". Butterfly macht uns vegane Fleischklopse. Ich habe vorhin schon mal einen Bissen davon probiert. Es ist, als würde man Cornflakes und Nüsse essen. MHP lächelte Butterfly an, aber hinter ihrem Rücken schnitt sie echt üble Kotz-Grimassen. Es war richtig witzig!

MITTWOCH, 28. JULI

11:03 Uhr

Nicky hat mir gesimst:

Bist du gut angekommen?

Ich schreibe nicht zurück.

KEINE KÜSSE, DABEI BIN ICH FAST 17000 Kilometer weit weg.

Offensichtlich bin ich das, Nicky. Sonst hättest du in den Nachrichten davon gehört.

12:46 Uhr

Ich habe MHP gerade wegen Nicky gefragt. Sie schaute mich eine Ewigkeit an, dann sagte sie: „Du bist total verrückt nach ihm. Ich weiß nicht, warum. Du siehst gut aus, und du bist in Ordnung."

Du bist in Ordnung?!

Vielleicht hat ihr Jetlag gerade eingesetzt.

16:32 Uhr

Keith ist sehr aufgeregt wegen des Campens. Wir nicht.

DONNERSTAG, 29. JULI

18:29 Uhr

MHP und ich sind heute eine Campingausrüstung kaufen gegangen. Ich half ihr dabei, ein paar Jogginghosen auszusuchen. Normalerweise würde sie sich nicht mal tot darin sehen lassen, selbst wenn sie von einer Designermarke sind. Als sie sie dann zu Hause anprobierte, dankte sie mir und meinte, sie würden gar nicht mal so schlecht aussehen. Als ich ihr sagte, dass sie in den meisten Sachen gut aussieht, gab sie zurück: „Sagt das Mädchen mit der Modelfigur." Ich rief: „Ja, klar. Spindeldürr und keine Titten." Da sah sie mich TODERNST an und sagte: „Nein, sportlich. Du würdest wahrscheinlich sogar in einem Ganzkörperoverall gut aussehen."

Ich glaube wirklich, wirklich nicht, dass sie das ironisch gemeint hat.

FREITAG, 30. JULI

12:53 Uhr

OH GOTT. Wenn ich das so durchlese, glaube ich, dass es Momente gibt, in denen MHP ganz nett sein kann. GANZ NETT sein KANN. Genau genommen blitzt manchmal sogar echte Liebenswürdigkeit in ihr auf.

Das kann nicht mehr am Jetlag liegen. OH GOTT! Vielleicht ist es ein langfristiger Thrombosepfropfen!

SAMSTAG, 31. JULI

19:29 Uhr

CAMPEN ist die Hölle. MHP und ich sind uns einig. In einem Zelt kann man kein Glätteisen benutzen. Es gibt keinen Fernseher. Kein Internet. Hier funktioniert nicht mal 3G. Es ist wie Grans Kindheit, nur ohne Fleisch, ABER dafür mit gefährlichen Schlangen. Ich sehe im Augenwinkel die ganze Zeit riesige Spinnen, obwohl es nur ein Stück Schlafsack und eine Haarbürste sind.

22:34 Uhr

Keith hat gerade eine mächtig schwülstige Unterhaltung mit uns geführt und erklärt, wie dankbar er sei, dass wir hergekommen sind, und dass er uns als „Individuen" kennenlernen möchte. Dann sagte er: „Ich stelle mir gern vor, dass dies auch für euch beide eine Gelegenheit ist, Freundinnen zu werden."

Ich weiß, dass dies ein Ort großer Veränderung für dich war, Keith, aber erwarte keine Wunder.

23:01 Uhr

Ich muss allerdings zugeben, dass MHP NICHT der totale Albtraum ist, den ich erwartet hatte. Sie ist ganz ... okay.

SONNTAG, 1. AUGUST

1:34 Uhr

ACH DU SCHANDE! In meinem Schlafsack bewegt sich was.

1:46 Uhr

Alles in Ordnung. Es ist nur mein anderer Fuß.

2:36 Uhr

Draußen bewegt sich was. Es ist RIESIG.

2:45 Uhr

Es ist Butterfly. Sie geht in den Büschen pinkeln, weil es das Wachstum von Flora und Fauna fördert.

3:03 Uhr

MHP und ich halten alles bis zum Morgen zurück. Lieber lassen wir fast unsere Blasen platzen, als dass wir einen komischen Tod sterben, weil wir von einem giftigen Etwas in den Po gebissen wurden oder sonst was.

4:10 Uhr

Selbst MHP kann nicht schlafen. Sie hat mich gerade gefragt, ob blaugeringelte Kraken an Land laufen können (sie hat auch gefährliche Sachen gegoogelt). Ich sagte ihr, wahrscheinlich nicht. Dann erzählte ich, dass sie auf Schlangen reiten, das sei bekannt.

Sie glaubte es und hat sich ihr Handtuch um den Kopf gebunden.

Ich habe zugegeben, dass es nur ein Scherz war, aber sie hat das Kopftuch trotzdem aufbehalten. Sie sagte, das mache sie jetzt nur so zum Spaß. Ich kann nicht fassen, wie … ~~gut wir uns verstehen~~ viel wir zusammen kichern.

Ich kann nicht weiterschreiben. Während ich schreibe, könnte ich von irgendwas angegriffen werden!

MONTAG, 2. AUGUST

10:34 Uhr

Wir sind vom Campen zurück. Sonntag haben wir den ganzen Tag durchgeschlafen und dann noch die ganze Nacht. Keith war ein bisschen traurig, dass wir keine bessere Verbindung zur Natur gefunden haben, aber MHP erklärte ihm, dass wir eine Verbindung zu unseren Schlafsäcken gefunden hätten, UND ER LACHTE!

Ehrlich gesagt fand ich es auch ein bisschen witzig.

Ich habe angeboten, die Wäsche zum Waschsalon zu bringen.

12:35 Uhr

JETZT kommt MHP auch mit! Sie hat Butterflys Biowaschmittel und die Möglichkeit, alles zu ruinieren.

17:35 Uhr

Der sexy Waschsalon-Junge heißt Lachlan!

Woher ich das weiß? Weil er VIER STUNDEN LANG mit MHP gequatscht hat.

VIER STUNDEN LANG superhübschen Leuten beim Flirten zusehen und Wäschetrocknern zuhören. Morgen treffen wir uns auch wieder! Ich habe die Wahl, entweder MHP zu begleiten oder Keith und Butterfly bei einem Meditationsmorgen zuzusehen.

Man kann nie wissen. Vielleicht gibt es NOCH einen sexy Jungen in Tasmanien!

DIENSTAG, 3. AUGUST

14:35 Uhr

Lachlan hat sich total in MHP verknallt. Während sie sich „besser kennenlernten", hatte ich eine 85-Jährige namens Janet am Hals. Anscheinend hilft sie im örtlichen Altenheim aus, obwohl es eher so klang, als sollte sie besser dort leben. Ihre Augen waren perfekt geschminkt, aber sie hatte massig viel Kinnbehaarung. Das ergibt für mich keinen Sinn! Während sie mir von Mr Stephanopoulos erzählte (der seit sechs Jahren nichts anderes als Hühnchen süßsauer isst), haben sich Lachlan und MHP morgen um die gleiche Zeit wieder verabredet. NA SUPER.

Noch ein Junge, den ich an eine Hübschere verloren habe. Wann wird mein Liebesleben explodieren? Wann wird jemand mich mehr wollen als seine Skaterfreunde oder seinen Gecko?

Fred würde es hier gefallen. Es wimmelt von Echsen. Aber sie rennen weg, wenn sie einen sehen. Gut. Ich bin ja auch nicht gerade ihr größter Fan. Reptilien sind der Grund … OH, FRED, VERSCHWINDE AUS MEINEM KOPF!

MITTWOCH, 4. AUGUST

14:30 Uhr

Lachlan trifft sich morgen mit seinem Bruder, der an einem Ort lebt, den ich nicht aussprechen kann. MHP und er küssten sich heftig zum Abschied, als die Waschmaschine im Schleudergang war! Ich musste grinsen, weil es klang, als würden sie die ganzen schlürfenden Geräusche mit dem Mund machen. Sie starrten mich beide an, als ob ich absichtlich ihre Abschieds-Liebes-Session ruiniert hätte.

HA!!!

17:24 Uhr

Habe Gran gesimst. Wenn man über 50 ist, scheint der Kampf gegen Gesichtsbehaarung wie Unkrautjäten im Garten zu sein. Es ist eine bleibende Aufgabe und manchmal, bei schlechtem Wetter, geht es einem am Arsch vorbei.

Ich will niemals alt werden. Niemals.

DONNERSTAG, 5. AUGUST

16:32 Uhr

Zwei GROSSE Dinge sind heute passiert:

1. Ich habe heute Morgen MEINE ERSTE GROSSE AUSTRALISCHE SPINNE GESEHEN. Butterfly redete mit ihr, als wäre sie ein Hund. Sie WAR so groß wie ein Hund. MHP schlief noch. Sie hat wahrscheinlich von Lachlan geträumt.
2. Ich führte eine schwerwiegende Unterhaltung mit Keith.

KEITH: Ich weiß, ich habe nicht das Recht dazu, Hattie, aber darf ich dir einen Rat geben?

ICH: Ähm ... schieß los.

KEITH: Du bist ein tolles Mädchen ... sorry, eine tolle junge Frau. Ich liebe es, wie du dich selbst auf die Schippe nimmst.

ICH: Ähm ... ← SEIT WANN?!

KEITH: Nur eine Sache: Baue Beziehungen auf. Liebe, Freundschaften ... Ignoriere sie nicht, wie ich es getan habe.

ICH: Hört sich an, als würdest du da an jemand Bestimmten denken ... ← ICH HASSE BEDEUTSAME ERWACHSENENGESPRÄCHE

KEITH: Na ja, nehmen wir zum Beispiel Ruby.

ICH: ACH DU SCHANDE! Du kennst die Hintergründe nicht. Sie hat mir das Leben wirklich zur HÖLLE gemacht.

KEITH: Tja, ich habe auch nicht gerade die beste Bilanz. Aber wir haben es geschafft, Freunde zu werden, oder nicht? Ich meine, ich weiß, dass es noch SEHR VIEL zu tun gibt ...

ICH: Das ist was anderes. Du bist mein Dad. Sie ist meine ...

KEITH: Schwester. Lass dich auf sie ein, Hattie.

Warum muss ICH mich auf sie einlassen? Warum muss ICH immer das Gerenne und Gejage und Gefrage übernehmen?

Habe einfach – oder besser gesagt TOTAL – die Nase voll davon.

FREITAG, 6. AUGUST.

17:38 Uhr

Im Waschsalon habe ich heute einen Mann getroffen, der im Vietnamkrieg war (anscheinend gab es da einen Krieg). Er entkam nur ganz knapp einer „Bombe im Bunker" und lebt seitdem nur noch „von Tag zu Tag".

Er war wirklich freundlich. Aber warum wollen dir Leute ihre ganze Lebensgeschichte erzählen, wenn sie ihre Hosen waschen?! Eigentlich will einem hier jeder seine ganze Lebensgeschichte erzählen. Sie sind sehr, SEHR freundlich. Zuerst denkt man: „Bist du irre?" oder „Was willst du?", und dann kapiert man, dass sie einfach nur australisch und NORMAL sind.

Während er mir erzählte, wie er fast gestorben wäre, schleckte MHP Lachlans Gesicht ab. Es ist falsch, Gekicher und Küsse zu hören, wenn ein Mann einem von Marschrationen erzählt.

JA! Ich bin neidisch.

SAMSTAG, 7. AUGUST

17:53 Uhr

Endlich ist NOCH ein sexy Junge im Waschsalon aufgetaucht! Er heißt Wayne! Ich weiß, Wayne ist der schlimmste Name der Welt, ABER er hat mich für Montag zu Kaffee und Kuchen im Einkaufszentrum eingeladen. Das ist die beste Einladung, die ich bekommen habe, seit ich hier bin!

22:12 Uhr

Ich kann nicht fassen, dass ich das hier schreibe, aber ich hatte gerade einen wunderschönen Abend mit MHP, Keith und Butterfly beim Scrabble-Spielen.

Wir aßen Pizza mit VEGANEM KÄSE vom Grill und spielten dann zwei Runden Scrabble. Es hört sich DOOFER ALS DOOF an, aber es war echt lustig. MHP legte das Wort „Urea", was ein Harnstoff ist, der in Schönheitscremes verwendet wird. Keith sagte: „Das ist kein Wort." Ich sagte: „Igitt, ich schmier mich doch nicht mit Pipi ein", und MHP fing an wie VERRÜCKT zu lachen, aber nicht fies oder so.

WAS PASSIERT HIER GERADE?!

SONNTAG, 8. AUGUST

16:23 Uhr

MHP ist heute wie VOM ERDBODEN verschwunden. Keith lässt sie machen. Er findet, man solle Jugendlichen vertrauen, dann würden sie einen „überraschen und belohnen".

Keith hat ganz offensichtlich nie jemanden großgezogen! Gut, dass er nichts mit meinem Bruder zu tun hatte!

20:01 Uhr

MHP hat den ganzen Tag mit Lachlan verbracht. Anscheinend ist es was Ernstes. Das ist es bei ihr immer, bis sie Schluss macht!

MONTAG, 9. AUGUST

16:21 Uhr

Habe Wayne im Einkaufszentrum getroffen! Wir haben nur abgehangen, aber es hat Spaß gemacht, sich etwas umzusehen. Ich glaube nicht, dass wir aufeinander stehen. Ich glaube, wir sind beide ein bisschen … gelangweilt.

19:34 Uhr

Keith sagte heute, dass wir vielleicht ein bisschen zu viel Zeit mit anderen Leuten verbringen und er gern mehr Zeit mit uns verbringen würde. Ich sagte: „Ich weiß, wie du dich fühlst! So ging es uns 15 Jahre lang!"

MHP hat sich vor Lachen bepisst.

Das könnte der beste Konter ALLER ZEITEN sein.

Keith war nicht sauer. Er sagte nur: „Schön und gut, Hattie, aber lass uns nach vorn blicken, oder? Lasst uns doch einfach etwas mehr Zeit miteinander verbringen. Was haltet ihr von einem weiteren Scrabble-Abend?"

Es WAR irrsinnig komisch.

20:10 Uhr

Mum hat angerufen – ob ich eine schöne Zeit hätte.

Das habe ich tatsächlich. Ich erzählte ihr, dass Ruby und ich uns manchmal ganz gut verstehen.

20:55 Uhr

ACH DU SCHANDE! Ich habe MHP gerade „Ruby" genannt!

DIENSTAG, 10. AUGUST

19:18 Uhr

Wayne ist vielleicht DER schlimmste Name der Welt, ABER 1) er kann surfen (er fällt immer runter, aber er kann auch ein bisschen draufbleiben), 2) er hat ein EIGENES AUTO! ENDLICH EIN MOTORISIERTER POTENZIELLER FREUND!

MITTWOCH, 11. AUGUST

19:12 Uhr

Wayne hat mir sein Auto vorgestellt. Er legte eine Zeitung auf den Boden, als ich in „sie" einstieg, da er nicht wollte, dass der Boden dreckig wird. Ich bin das gewohnt. Rob ist bei seinem Auto auch empfindlich. Das ist auf jeden Fall ein Zeichen dafür, dass er ein guter Mann ist.

Wayne hat mich zu Hause abgesetzt. MHP – Ruby fand, er sehe ein bisschen „derb" aus. Sie meint SEXY.

Ich glaube, ich könnte mich in ihn verlieben. Könnte. Er ist nicht … er ist nicht mein Typ.

Er ist kein Nerd.

OHHH, WARUM KRIEGE ICH DEN KERL NICHT AUS MEINEM KOPF?!!

DONNERSTAG, 12. AUGUST

9:05 Uhr

HILFE! Keith und Butterfly haben gerade eine BOMBE platzen lassen.

SIE WERDEN HEIRATEN UND WOLLEN UNS ALS BRAUTJUNGFERN!!!

Offensichtlich haben sie schon eine ganze Weile darüber nachgedacht, und jetzt, wo wir hier sind und „uns so gut einfügen" (?!), wollen sie ihre Liebe mit den Leuten feiern, die sie am meisten lieben!

Ich erzähl das besser Mum.

10:01 Uhr

Mum ist es egal. „Er kann tun, was er will!", sagte sie. Dann fuhr sie fort: „Hattie, es ist wundervoll, von dir zu hören, aber hätte das nicht bis morgen warten können?"

Das hatte ich ja ganz vergessen! Zu Hause ist jetzt Nacht!

Ich erzähl das besser Gran.

10:32 Uhr

Gran ist es auch egal. Sie sagte: „Glückwunsch, aber ich kann jetzt nicht reden, Hattie. Ich spiele ‚Words with Friends' auf dem iPad. Mit einem Mann, der um die Ecke wohnt. Ich habe ihn noch nicht kennengelernt, aber ich glaube, er hat mehr Glück mit seiner Ehe als Keith. Gute Nacht."

Na ja, Ruby und ich freuen uns jedenfalls für die beiden. Sie sind wirklich ganz süß.

17:23 Uhr

Wayne hat mich mit dem Auto abgeholt. Er will nicht als „Verkehrsrowdy" (Raser) gelten, darum fährt er vorsichtig. Das bedeutet: sehr langsam. Er sagt, er fährt nur so herum und muss „sie richtig behandeln". Er poliert sie die GANZE Zeit. Er nennt SIE „Adrienne, das Auto".

Adrienne?

Nach der Katze, die er hatte, als er sieben war.

Ist das süß oder echt gruselig?

Ich traue mich nicht, Ruby zu fragen.

FREITAG, 13. AUGUST

17:21 Uhr

Wayne kam heute zu spät, weil er „Adrienne, das Auto" poliert hat. Ich fange an zu verstehen, wie eine Mätresse sich fühlt. Wayne ist mit Adrienne verheiratet. Ich laufe nebenbei. Ich habe so was in Seifenopern gesehen. Das geht nie gut aus.

Und ich denke die ganze Zeit … Wenn ich vielleicht NUR einen einzigen Satz gesagt hätte, könnte mein Leben jetzt ganz anders aussehen. Ich KÖNNTE gerade mit jemandem Skypen, den ich wirklich LIEBE und MAG und TOLL FINDE und DAS GANZE PROGRAMM.

Ich könnte auf Wolke sieben schweben, nicht im Auto-Mätressen-Nebel.

Ich rede Quark, aber du weißt, was ich meine.

SAMSTAG, 14. AUGUST

9:24 Uhr

Wayne hat mich auf dem Handy angerufen. Adrienne, das Auto, ist krank. Er konnte sie heute Morgen nicht anlassen. Ich sagte: „Kein Problem." Ich mache eine Naturwanderung mit meinem Dad. Ruby ist mit Lachlan unterwegs. Dad fängt an, ihr NICHT zu trauen. LOL!

9:32 Uhr

ACH DU SCHANDE! Ich habe Keith gerade „Dad" genannt! Was passiert hier?

18:32 Uhr

Merke: Blätter, Farne und Pilze sind ansprechender, als mit Wayne und Adrienne zusammen zu sein. Das ist kein gutes Zeichen, oder?

SONNTAG, 15. AUGUST

Wayne und ich wollten uns heute Abend gerade küssen, aber da schrammte ich mit meinen Sportschuhen aus Versehen an Adriennes Handbremse entlang. Wayne tat so, als ob es nicht schlimm sei, aber er sagte, er müsse sich sofort darum kümmern, sonst könnte es ein dauerhafter Schaden bleiben.

MONTAG, 16. AUGUST

17:32 Uhr

Wayne glaubt nicht, dass er zu Dads Hochzeit kommen kann, egal, an welchem Tag. Er kann Adrienne nicht in die Nähe des Veranstaltungsortes mitnehmen. Er will sie nirgendwo stehen lassen, wo es nicht überwacht ist.

Das wird jetzt echt seltsam. Ich dachte, Geckos wären seltsam. Sind sie nicht. Sie sind völlig in Ordnung. Gran hatte recht – Reisen öffnet einem wirklich die Augen.

21:24 Uhr

Ich habe Butterflys Hochzeitskleid gesehen. Es ist aus umweltfreundlichem Material. Es ist irgendwie … braun.

ACH DU SCHANDE! Was, wenn unsere Brautjungfernkleider genauso sind? Ruby wird so was nicht tragen.

21:45 Uhr

Wenn Ruby das nicht macht, dann mache ich's auch nicht. Ich werde einfach sagen, das ist SCHWESTERNSOLIDARITÄT.

Außerdem ist Ruby die Modespezialistin in Person und ich NICHT.

DIENSTAG, 17. AUGUST

15:23 Uhr

Wayne hat einen „Liebeskampfmaschine"-Aufkleber auf den Kofferraum seines Autos geklebt. Da wird nichts draus.

MITTWOCH, 18. AUGUST

13:32 Uhr

Wayne sagt, er muss Adriennes Motor austauschen.

Ich sagte ihm, das würde ich verstehen und er solle sich melden, wenn er fertig ist.

Hoffentlich dauert es lange!

Autos sind bloß Skateboards für Erwachsene. Wayne ist bloß eine australische Version von Nicky. Ich habe einen desinteressierten Jungen gegen einen anderen ausgetauscht.

Ich weiß, wen ich wirklich will.

Kam gerade nach Hause, als Lachlan und Ruby heftigst herumknutschten.

14:34 Uhr

Sie knutschen immer noch!

15:34 Uhr

IMMER noch! Brauchen die nicht mal etwas LUFT?!

18:14 Uhr

Ruby hat STUNDENLANG geknutscht. Zwischendurch essen, trinken und kichern sie mal. Dann fangen sie wieder an!

19:39 Uhr

Als Lachlan heute Abend weg war, fragte Dad Ruby, ob es ihr was ausmachen würde, ihn ein paar Tage NICHT zu sehen, weil er Zeit mit uns verbringen wolle!

Ruby war ein bisschen sauer, aber sie willigte ein.

23:35 Uhr

Ich kann nicht schlafen. Ruby telefoniert seit drei Stunden mit Lachlan, den sie nur „kurz anrufen" wollte, um ihm zu sagen, dass sie ihn ein paar Tage nicht treffen kann.

Er nennt sie „KB", als Abkürzung für Koalabär. KOTZ!!!

DONNERSTAG, 19. AUGUST

8:23 Uhr

Der umweltfreundliche Junggesellinnenabschied bestand aus einem veganen Büfett und selbst gemachtem Kartoffelschnaps, den Ruby und ich nicht trinken durften!

Nachdem Butterfly und ihre Freundinnen davon probiert hatten, fingen die meisten an zu singen, darüber, wie der Himmel Frauen Stärke schenkt, dass Schwestern alles füreinander tun und dann noch ein Lied mit dem Titel „Maria sollte haarig sein – bleib stur, keine Rasur".

Ruby konnte das nicht verstehen. Sie fragte Butterflys Freundin Sky, ob sie schon mal eine Bikinirasur bekommen hätte. Sie antwortete: „Nein, aber ich hatte auch noch keinen haarigen Bikini."

Dann fing eine von Butterflys Freundinnen mit Wahrsagen an. Sie erklärte Butterfly, dass ihre Ehe sehr glücklich sein werde, weil sie andere verändere und jedem in ihrer Nähe eine heilende Liebe schenke. Ja klar, voll der Scheiß, ABER sie ist wirklich echt süß, und man darf jemanden während eines Junggesellinnenabschieds nicht auslachen.

Dann erzählte Butterfly jedem, dass sie Heißhunger auf ein vernünftiges Steak hätte. Die Stimmung kippte etwas. Ich sagte: „Sie will nur ein bisschen Fleisch. Ist ja nicht so, als ob sie eine Affäre hätte oder so was." Eine ihrer Freundinnen sagte: „Es ist besser, sich freier Liebe hinzugeben, als die Seele eines lebenden Wesens zu essen."

Kein Wunder, dass mein Dad hier hinpasst! LOL!

Nein, das ist nicht fair. Dad HAT sich verändert. Eigentlich ist er liebenswürdig, und was will man mehr von einem Mann? Jemand, auf den man sich verlassen kann, der ein guter Freund ist und … OH! WARUM WAR ICH SO EINE IDIOTIN?! JA! JA! JA!!! ICH WEISS!!!

FREITAG, 20. AUGUST

10:02 Uhr

Butterfly hat sich bei mir bedankt, dass ich für sie eingetreten bin, als sie so betrunken war. Sie erinnerte sich tatsächlich daran, was sie über das Steak gesagt hatte! Ich sagte ihr, sie solle sich keine Sorgen machen, das wäre jetzt alles schon wieder vergessen. Butterfly erwiderte, das wäre es nicht. Rosehip hätte sechs Monate lang nicht mit ihrer eigenen Mutter gesprochen, als sie sie dabei erwischte, wie sie eine Dose Thunfisch aß. Diese Leute sind sehr ERNSTHAFT. Anscheinend darf man eher F*** sagen als Carpaccio.

Was ist Carpaccio?

11:13 Uhr

Das ist rohes Rindfleisch. Es ist teuer und eine Delikatesse. Darum kenne ich es nicht. Wir leben von Billig-Hackfleisch.

Habe gerade gelesen, wie einige Rinder gehalten werden, und Butterflys Freundinnen haben nicht ganz unrecht.

14:13 Uhr

Ruby und ich haben beschlossen, dass wir, wenn wir wieder zu Hause sind, gemeinsam das Gerücht verbreiten, Matfield würde zum Frühstück Carpaccio essen. LOL!

SAMSTAG, 21. AUGUST

17:24 Uhr

HILFE! MODEHORROR!

Unsere Brautjungfernkleider SIND aus Filz und Hanf. Bitte lass das glückliche Paar auch gegen Kameras sein, weil sie nicht umweltfreundlich sind oder so was!

18:34 Uhr

Sind sie nicht. Diese Fotos werden überall landen.

19:12 Uhr

Ruby hat gerade etwas wirklich Nettes gesagt.

Ruby, ehemals Königin der Zicken und außergewöhnlicher Modefreak, sagte gerade: „Diese Kleider sind übel, aber mit ein paar gut platzierten Accessoires können wir sie beide rocken. Ich helfe dir."

DAS HAT MICH WIEDER MAL UMGEHAUEN.

SONNTAG, 22. AUGUST

23:24 Uhr

DAD IST VERHEIRATET!!!

Es war eine heidnische Zeremonie. Jen hätte es geliebt! Butterfly kam rein und war von Blumen bedeckt. Sie hat sie nicht getragen – sie waren über ihr GANZES Kleid verteilt. Sie sah wirklich wunderschön aus. Und die Hochzeitszeremonie war ABGEFAHREN! Sie haben sich versprochen, sich „emotional und körperlich" anzuerkennen (KOTZ!!!).

Dad sah ganz okay aus. Er hatte eine komische Frisur, aber sein Purpur-Samtanzug sah ziemlich cool aus. Beim Empfang hielt er eine Rede und sagte, ein ganz besonderer Dank gehe an Hattie und Ruby, weil sie diese lange Reise auf sich genommen hätten. Er sagte: „Ich bin so stolz auf meine beiden Töchter. Sie sind so unterschiedlich, aber jede ist auf ihre Weise so besonders." Da applaudierten alle.

Wir bekamen also Applaus dafür, dass wir lange in einem Flugzeug gesessen hatten und geboren worden waren.

RIESENÜBERRASCHUNG!!! Wayne kam tatsächlich mit seinem Auto an, um mich zu sehen. Er hatte irgendwo einen sicheren Parkplatz gefunden und hat sich sogar richtig entschuldigt, dass er die Hochzeitszeremonie verpasst hat.

Wir haben uns geküsst, aber das ist mir egal. Die Person, die ich an diesem Feiertag am meisten vermisst habe, ist Fred. Das ist die Wahrheit.

Mir fällt gerade auf, dass Lachlan gestern auch schon nicht aufgetaucht ist. Vielleicht musste er arbeiten.

MONTAG, 23. AUGUST

9:34 Uhr

Dad und Butterfly haben letzte Nacht unter den Sternen geschlafen. Sie liegen immer noch da, gucken in den Himmel, zeigen auf irgendwas und lachen. Es ist halb süß und halb zum KOTZEN!

Ach, es ist süß. Sie sind wirklich verliebt.

12:35 Uhr

HILFE! Bin gerade ins Schlafzimmer gekommen, und Ruby war am Schluchzen. Ich fragte: „Was ist los?" Sie konnte eine Weile nicht sprechen, weil sie so heftig weinen musste, und dann sagte sie: „Oh, Hattie. Ich wurde abserviert!"

ACH DU SCHANDE! RUBY WURDE ABSERVIERT. DAS IST ECHT HEFTIG!

Sie weinte noch eine weitere gefühlte Stunde, dann brachte sie heraus: „Ich habe ihn wirklich gemocht. Wir … wir … haben Dinge getan. Dinge, die ich noch nie mit jemandem gemacht habe. Dinge."

ACH DU HEILIGE SCHEISSE! Meint sie das, was ich denke?

Ich fragte nicht. Ich nahm sie in den Arm.

Sie ist meine Schwester. Und sie hat mir einen superhübschen Gürtel geliehen, um mein Filzkleid vor dem modischen Untergang zu retten.

Ich weiß, wie es ist, wenn man abserviert wird.

17:32 Uhr

Dad und Butterfly lachen immer noch über die Wolken. Ruby weint immer noch.

Ich will Dad und Butterfly ihre Camping-Flitterwochen nicht verderben, darum kümmere ich mich um sie. Sie hat schon vier Rollen Toilettenpapier verbraucht!

19:21 Uhr

In einer Krise bin ich echt gut.

DIENSTAG, 24. AUGUST

7:34 Uhr

OH GOTT, OH GOTT, OH GOTT!

Hatte gerade folgende Unterhaltung mit Ruby:

ICH:	**Komm schon. Du warst schließlich nicht mit Lachlan verheiratet!**
RUBY:	**Halt die Klappe. Es war etwas Besonderes. Es war ...**
ICH:	**Was?!**
RUBY:	**Ich glaube, ich bin ...**
ICH:	**Du bist was?**
RUBY:	**Schwanger!**
ICH:	**OH GOTT! RUBY!**

Dann haben wir uns ungefähr zehn Minuten lang fest umarmt. Dann fragte ich: „Was ist passiert?!"

Ruby hat es mir erzählt! OH GOTT!

Ich schrie sie an: „DAVON KANNST DU NICHT SCHWANGER WERDEN! IGITT! SO GENAU WOLLTE ICH'S GAR NICHT WISSEN – aber davon kannst du auf keinen Fall schwanger werden!"

Da sagte sie: „Die meisten denken, ich wüsste eine Menge über Jungs und so'n Zeug, Hattie, aber ich weiß gar nichts."

Nein, Ruby, du weißt ja sogar weniger als ich. Dann musste ich ihr schwören, niemals irgendwem davon zu erzählen, dass sie nicht wusste, wie man es wirklich tut. EGAL, was passiert.

15:44 Uhr

Ist es falsch, solche Informationen vor seinen besten Freundinnen geheim zu halten? Ist das nicht so, als würde man sie anlügen?

16:56 Uhr

Nein. Ich werde nie irgendwem irgendetwas erzählen.

Außer vielleicht Smiley in zwei Jahren, wenn es sowieso egal ist.

Nein, nicht mal dann. Ruby gehört zur Familie.

19:25 Uhr

Dad und Butterfly sind gerade zum Abendessen reingekommen. Sie fanden, dass Ruby ein bisschen „rote Augen" hätte. Ich sagte: „Sie hat Heuschnupfen." GENAU im gleichen Moment sagte Ruby: „Ich hab eine Fliege reinbekommen." Das war etwas verdächtig, aber ich glaube, sie haben es geschluckt!

MITTWOCH, 25. AUGUST

12:26 Uhr

Ruby sagte gerade: „Danke für gestern, Hattie. Ich wollte einfach nur, dass Lachlan mich mag. Ich möchte, dass die Leute mich mögen."

Ich antwortete: „Dann sei nicht so eine eingebildete Zicke. Du bist eigentlich echt nett."

Ruby schnauzte mich an: „Für dich ist doch alles in Ordnung. Die Leute MÖGEN DICH TOTAL!"

Für mich ist alles in Ordnung?! IN ORDNUNG?! Ruby hat eine ECHTE Designerhandtasche! DAS ist in Ordnung!!!

DONNERSTAG, 26. AUGUST

9:23 Uhr

SMS von Wayne:

> Patty, Motoraustausch schwierig. Vielleicht sehen wir uns noch, bevor du zurückfliegst.

Ich schrieb zurück:

> Ich heiße HATTIE. Autos kann man nicht küssen. Leb wohl.

LOL!

18:34 Uhr

Dad möchte ein Abschiedsessen geben. Er und Butterfly wollen uns vernünftig verabschieden. Die beiden sind zum Mittagessen reingekommen, dann haben sie sich wieder in den Garten gesetzt und den ganzen Nachmittag Lieder von so einem Typen namens Van Morrison gesungen!

Mir ist aufgefallen, dass sie keine richtigen Flitterwochen machen, weil jeder Tag in ihrem Leben eigentlich schon wie Flitterwochen ist!

FREITAG, 27. AUGUST

17:34 Uhr

Dad hat gerade gesagt, wie viel näher er sich uns beiden jetzt fühlt.

Ich FÜHLE mich ihm näher. Ich glaube, ich verstehe ihn jetzt besser. Und ich kann verstehen, dass dieser Ort ihn verändert hat. Es ist total ABGEFAHREN … aber auf eine gute Art und Weise.

SAMSTAG, 28. AUGUST

17:32 Uhr

Mum hat mich gerade auf dem Handy angerufen. Sie sagte: „Keith und ich haben alles vermasselt, und vielleicht hattest du nicht gerade den besten Start, aber jetzt kannst du uns nicht mehr die Schuld dafür geben. Rob hat einen verdammt guten Job gemacht, Hattie. Den BESTEN. Wir sind nicht der Grund dafür, dass du kein Glück bei den Jungs hast!" Typischer Mum-Einfall aus heiterem Himmel.

Als ich fragte: „Warum hast du das gesagt?", erwiderte Mum, dass „Rubys Mum mir erzählt hat, du seist von einem Jungen namens Wayne abserviert worden. Du sollst nur wissen, dass wir dich lieben und dich zurückhaben wollen, und zwar GLÜCKLICH!"

UNGLAUBLICH!

Wette, Ruby hat IHRER Mum nicht erzählt, was SIE gemacht hat!

19:09 Uhr

Habe Ruby gerade gefragt. Sie sagte: „Sorry, Hattie. Ich wollte einfach nicht über mich sprechen, also habe ich Mum von dir erzählt. Ich hatte etwas Panik."

Ich verzeihe ihr.

SONNTAG, 29. AUGUST

23:54 Uhr

Heute Abend war das Abschiedsessen.

Dad weinte die ganze Zeit und sagte: „Ich hoffe sehr, dass ihr mich als eine Art Vater seht." Das Komische ist, dass ich das TUE, aber eher als eine Art „Ist nie da, etwas undurchsichtiger, aber wirklich netter Mann"-Dad.

Es ist kompliziert.

Die echten Offenbarungen dieser Ferien waren:

1. Die Tatsache, dass meine Halbschwester unter all diesem falschen DesignerMÜLL TOTAL nett ist.
2. Ich weiß, wen ich wirklich LIEBE. Ich glaube, jetzt muss ich nach Hause und es ihm sagen.

Im Bett, voller Angst vor dem Flug, versuche ich, den Kopf von all den Männern freizubekommen – ich werde nie wieder schlafen.

MONTAG, 30. AUGUST

18:13 Uhr

Auf Wiedersehen, Butterfly, Dad und Tasmanien. Ihr seid seltsam, aber ich glaube, ich könnte euch – auf eine ganz verrückte Weise – WIRKLICH LIEB GEWINNEN.

DIENSTAG, 31. AUGUST

SPÄT UND ZU HAUSE!

Ruby war schon eingeschlafen, bevor wir abhoben. Ich saß zwischen ihr und einer Frau, die mir von den letzten Worten ihres Mannes erzählte: „Hast du der Katze ihre Entwurmungstablette gegeben?"

Hatte sie nicht. Sie meint, das habe ihm vielleicht den Rest gegeben, aber jetzt hätte sie wenigstens mehr Zeit zum Stricken.

Dann stieg sie aus, und die Frau, die als Nächste einstieg, erzählte mir, dass ihr Sohn in der Revue von *Les Misérables* mitspielen würde, und wenn die Zweitbesetzung vom Hauptdarsteller krank sei und deren Zweitbesetzung auch, dann wäre er der Star in der Mittwochs-Matinee.

Laut Landkarte schlief ich ungefähr über Afghanistan ein, glaube ich.

ACH DU SCHANDE! Afghanistan! Ist das nicht gefährlich?! Wie nah war ich dem Tod?!

Ruby wachte auf, als die Türen in Heathrow geöffnet wurden. Wir landeten um … ich kann mich nicht mehr dran erinnern. Wir mussten mindestens 42 Kilometer durch den Flughafen laufen. Haben die Koffer eingesammelt (meiner war aus Bangkok zurück), und Mum hat mich gesehen und wollte mich gar nicht wieder loslassen! Ich wurde stundenlang geknuddelt. UND sie weinte!

Dann sagte Mum, ich müsse im Auto schlafen, damit ich fit für die Schule sei. Die fängt Donnerstag an!!! Donnerstag?! Ich brauche eine Woche, um mich zu erholen!

MITTWOCH, 1. SEPTEMBER

2:12 Uhr

Ich kann nicht schlafen.

1. Wie soll ich es sagen?
2. Wie soll ich überhaupt anfangen, von meinen Gefühlen zu sprechen?
3. Und wie sage ich dem anderen, dass ich wahrscheinlich über ihn hinweg bin?!

6:12 Uhr

Habe die ganze Nacht wach gelegen. Habe YouTube geguckt und JEDES einzelne Katzenvideo gesehen. Da waren sogar Leute, die so getan haben, als wären ihre Katzen Bärte. Mit einem Gecko kann man das nicht machen, Fred! Der wäre nur so ein bescheuerter Spitzbart!

Fred. Fred. Fred. Fred.

Ich MUSS ihm sagen, was ich fühle. Egal, was passiert. Ich MUSS es rauslassen.

DONNERSTAG, 2. SEPTEMBER

Wieder in der Schule

16:35 Uhr

Mum hat mich gezwungen, heute zur Schule zu gehen. Es war FANTASTISCH, Smiley und Jen wiederzusehen! Obwohl ich fast an Smileys Schulter eingeschlafen wäre, als sie mich umarmte. Sie hat sich so gemütlich angefühlt, wie ein menschliches Kissen. Ich sagte ihr, dass sie sich wie ein schönes Bett anfühlt. Das fand sie anscheinend nicht so toll.

Dann bin ich in Matfields Unterricht auf der Farbe eingeschlafen. Jen schlug vor, dass ich mit der Stirn malen könnte, so wie Salvador Dalí das wahrscheinlich auch gemacht hat (wer ist DAS? Jen weiß echt KOMISCHE Sachen). Wie immer wurde Matfield total sauer, weil sie die großen Künstler vergöttert und sagt, die hätten schon im Mutterleib mehr Talent gehabt als wir mit 15. Am Ende legte ich mich bei der Schulkrankenschwester Mrs Kirton aufs Klappbett.

Ich durfte aber nur eine Stunde bleiben, dann musste ich zu Mathe. Wen interessiert das? Datendarstellung?! Liebe Daten, ich will euch ÜBERHAUPT NICHT darstellen.

Nathan grunzte mir ein „Hallo" entgegen, als ich heute Abend nach Hause kam. Nein, er hat mich NICHT gefragt, wie es in Australien ODER mit Dad war, weil es ihn nicht interessiert.

19:22 Uhr

Nein, Gran, ich kann nicht rüberkommen und ein paar Stunden mit dir zusammensitzen, um dir alles zu erzählen. Ich bin offiziell ein Zombie. Ich bin nicht tot, aber mein Kopf schon!

22:31 Uhr

Gran ist gerade vorbeigekommen. Sie merkte schnell, dass ich zu müde zum Reden war, also umarmte sie mich fünf Minuten lang und erzählte mir dann zwei Stunden was über ihr Leben. Ich schlief ein, während sie über die Feinkosttheke in ihrem Laden sprach. Ungarische Salami ist nicht sehr aufregend. Nicht mal, wenn Vera von der Kasse darauf ausrutscht und sich die Schulter ausrenkt!

FREITAG, 3. SEPTEMBER

4:32 Uhr

BITTE LASST MICH SCHLAFEN.

6:12 Uhr

Mum hat eingesehen, dass es sinnlos ist, mich zur Schule zu schicken. Gute Nacht.

18:34 Uhr

Ich habe den GANZEN TAG geschlafen und hatte keinen Kontakt zu irgendwem über Facebook/Twitter/mein Handy/MSN – nirgendwo, die ganze Zeit! Mum sagt, als sie aufwuchs, war es auch so. Wie haben die Leute das gemacht? Wie war Liebe überhaupt möglich? Was, wenn man zu spät kam und der Freund Ewigkeiten warten musste – was hat man dann gemacht? Das ist WAHNSINN.

19:56 Uhr

HILFE! Bin gerade aufgestanden und habe eine SMS von Nicky bekommen:

> Hats, ich habe dich echt vermisst. Hatte eine ziemlich harte Zeit. Bitte triff dich mit mir. Ich kann alles besser machen, wenn du mir hilfst, nicht mehr so ein Vollpfosten zu sein.

WIEDER KEINE KÜSSE. WEISS NICKY ÜBERHAUPT, WIE MAN EINE SMS SCHREIBT?!

„Ich habe DICH ECHT VERMISST"? Gran hat recht – je mehr man Männer ignoriert, umso mehr mögen sie einen. Das ist TOTAL KRANK. Wenn ein Mädchen ein anderes Mädchen ignoriert, dann, weil sie es hasst, weil sie heftigst eifersüchtig ist oder weil sie es zur Freundin haben will und Angst hat, sich zum Deppen zu machen. Männer sind sehr kompliziert. Jemand sollte ein Handbuch über Männer schreiben.

Außerdem will ich Nicky nicht. Ich will Fred.

20:12 Uhr

Ich habe Gran gerade davon erzählt. Sie sagte: „Oh, du willst über das andere Geschlecht reden, also bist du jetzt wach!"

Ich erzählte ihr, dass Nicky gesagt hätte, er würde mich vermissen, aber dass ich in Wirklichkeit Fred will. Gran sagte: „NA, DANN SAG'S IHM! Was soll er denn tun? Mit einem Flugzeug über dein Haus fliegen, das ein Banner mit der Aufschrift ‚ICH LIEBE HATTIE' hinter sich herzieht?"

Ich werde es morgen tun. Morgen ziehe ich es durch. Morgen werde ich die Fred-Liebesbombe platzen lassen.

SAMSTAG, 4. SEPTEMBER

10:18 Uhr

Ich schwöre, dass Gott mich hasst. Oder sonst wer.

Smiley kam heute Morgen vorbei und sah todernst aus. Bevor ich ihr irgendwas von Australien erzählen konnte, sagte sie: „Ich muss dir was sagen. Fred geht mit Megan Fenton!"

FRED GEHT MIT MEGAN FENTON?!

MEGAN FENTON?!

Ich blaffte Smiley an: „Warum hast du mir das nicht früher erzählt?!"

Smiley sagte: „Weil Jen und ich entschieden haben, dass du wichtigere Dinge im Kopf hattest, wegen deines Dads, und wir wollten dir nicht die Ferien verderben. Und in der Schule hattest du einen richtig schlimmen Jetlag ..."

MEGAN FENTON?!!

HATTIE MOORE hat mal wieder versagt. Tja, du hast ihn verloren, Hattie. Du hast einen auf cool gemacht, und dadurch ist die Liebe ERFROREN.

11:35 Uhr

Weißt du was, Fred? Das ist cool. Das ist cool. Das ist richtig cool.

Und es ist cool, weil ich mich mit Nicky treffen werde. ER will mich. DU nicht.

SONNTAG, 5. SEPTEMBER

12:45 Uhr

ÜBEL. ÜBEL. ÜBEL. ÜBEL.

Gerade als Fred und Rob heute Morgen zum Flohmarkt aufbrachen, kam Nicky vorbei. Fred schaute ihn echt fies an! Ich konnte es von meinem Schlafzimmerfenster aus beobachten. Er sah aus, als würde er ihm gleich eine verpassen wollen. Zum Glück rief Rob: „Komm schon, Kumpel! Der frühe Vogel fängt den Wurm und so!"

Nicky marschierte an Mum vorbei und murmelte: „Hallo, Hatties Mum!" Sie versuchte, etwas zu erwidern, aber sie hatte den Mund voller Müsli und verschluckte sich an einer Rosine. Nicky kam in mein Zimmer rauf und sagte:

HATTIE MACHT EINEN AUF SUPERCOOL. OBWOHL ER RATTENSCHARF AUSSIEHT, UM EHRLICH ZU SEIN.

NICKY: **Hallo.**

ICH: **Hallo.**

NICKY: **Hab dich vermisst, Kurze.**

ICH: **Gut.**

NICKY: **Ich bin ein Vollpfosten.**

ICH: **Ja, bist du.**

NICKY: **Können wir's noch mal versuchen? Ich glaube, du verstehst mich.**

ICH: **Ich weiß nicht. Du musst ... einfach nur nett sein.**

NICKY: **Ich bin echt in Ordnung. Manchmal mache ich einfach nur was falsch, weißt du? Ich glaube, ich liebe dich irgendwie, Hattie.**

Ich sagte nichts, aber dann gab er mir einen Wahnsinnskuss, bis meine Mum reinstürmte und schimpfte: „Nicky, normalerweise wird man in ein Haus hereingebeten."

Nicky sagte: „Sorry, Mrs M. Sie haben übrigens Müsli am Kinn."

Mum wurde ein bisschen rot und ging.

NICKY UND ICH SIND WIEDER ZUSAMMEN, UND ER IST MIR HINTERHERGELAUFEN!!!

SIEHST DU? WENN MÄNNER EINEN MÖGEN, DANN ERGREIFEN SIE DIE INITIATIVE UND TUN ETWAS.

MONTAG, 6. SEPTEMBER

18:20 Uhr

Habe gerade drüber nachgedacht. Ich bin ziemlich sicher, dass Fred schon was mit Megan Fenton hatte, bevor ich weggefahren bin. Er war ständig an seinem Handy und sah total verdächtig aus.

Aber es ist immer noch okay, weil ich mit Nicky zusammen bin.

Und ich kann ja trotzdem noch mit Fred befreundet sein. Das muss ich. Er wohnt nebenan und ist quasi Robs bester Freund. Also werde ich einen auf …

Was ist das noch mal für ein Wort, das Gran benutzt, wenn man jemanden AM LIEBSTEN UMBRINGEN würde, aber trotzdem nett zu ihm sein muss?

18:44 Uhr

Habe Gran gerade gesimst …

Zivilisiert. Ich werde mich zivilisiert verhalten.

So „zivilisiert", wie ich kann.

DIENSTAG, 7. SEPTEMBER

19:38 Uhr

Ich bin heute nach der Schule bei Fred vorbeigegangen. Er fragte mich, ob ich von ihm und Megan gehört hätte. Ich sagte: „Ja, das ist cool. Ich freue mich für dich. Hast du von mir und Nicky gehört?"

Fred sagte nur: „Ja. Meg hatte mal eine Wasserschildkröte, darum versteht sie, wie zeitaufwendig exotische Tiere sind."

MEGANS HAUSTIERVERGANGENHEIT INTERESSIERT MICH EINEN SCHEISSDRECK.

20:34 Uhr

Habe Gran gerade gefragt, ob man auf Tierliebe eine erfolgreiche Beziehung aufbauen kann. Gran rief: „Natürlich kann man das, Hattie! Leute, die Cockerspaniel züchten, heiraten immer andere Cockerspanielzüchter. Eine gemeinsame Leidenschaft ist der Schlüssel zu einer langfristigen Beziehung. Ich kenne ein Paar, das seine Hunde sogar als Brautjungfern genommen hat."

Wenn Fred Megan heiraten will und möchte, dass ein Gecko mit ihr durch den Kirchgang kriecht – OKAY.

MITTWOCH, 8. SEPTEMBER

20:19 Uhr

Smiley hat mich gerade angerufen. Ihre Mum hat Wehen, aber im Krankenhaus haben sie ihr gesagt, sie solle wiederkommen, wenn sie „bereit" sei!

20:45 Uhr

Nicky sagt, die Wehen könnten ewig dauern. Als seine Mum in den Wehen lag, ist er ins Kino gegangen. Er sagt, nach dem vierten Baby sei eine Geburt so normal wie „zur Schule gehen".

Nicky geht nicht sehr oft zur Schule. Woher will er das wissen?!

DONNERSTAG, 9. SEPTEMBER

17:01 Uhr

Smiley war heute nicht in der Schule, und ihr Handy war aus. Nicky sagt, man darf wahrscheinlich nicht simsen, wenn die Mutter ein Kind bekommt.

19:32 Uhr

HILFE! Nicky ist bei seiner Mum gewesen, als sie seine kleinen Brüder Javier und Nemanja bekommen hat. Er meinte, sie hätte noch mehr geschrien als sonst, aber komischerweise weniger geflucht.

20:03 Uhr

Smiley hat gerade gesimst. Ihre Mum hat um 15:00 Uhr einen kleinen Jungen bekommen. Sie haben ihn Amitabh genannt – wieder nach einem Filmstar!

Nicky sagt, seine Brüder und Schwestern sind nach Manchester-United-Spielern benannt. Sein Dad meint, das bringe Glück.

21:42 Uhr

Nathan singt in seinem Schlafzimmer etwas sehr Lautes und sehr Nerviges. Smiley ist voll glücklich darüber, einen Bruder zu haben. Sie hat KEINE AHNUNG!

FREITAG, 10. SEPTEMBER

17:23 Uhr

Smiley hat uns heute alles von ihrer Mum erzählt. Kaum war Mrs Rathod zu Hause angekommen, musste sie schon wieder zurück ins Krankenhaus! Wehen klingen grauenhaft.

Es ist unglaublich, was die Leute für eine Familie durchmachen!

Smileys Mum hatte vergessen, wie schlimm Wehen sind – anscheinend verdrängt man das. Erwachsene können offenbar eine ganze Menge verdrängen, wie ich festgestellt habe: dass Kinder geboren wurden (Dad, bis zum letzten Jahr!), den Schmerz und die Qualen, die ihre Kinder durchmachen (Mum!), und die ABSOLUTE Peinlichkeit, die ihre Enkel jedes Mal erleben, wenn sie in der Nähe sind (Gran!).

19:03 Uhr

Nicky sagt, am Ende sei es das alles wert, weil „Familie das Wichtigste auf der Welt ist". Nicky IST nett.

21:23 Uhr

Liebe Megan Fenton – HÖR AUF, IN FREDS SCHLAFZIMMER NEBENAN ZU KICHERN. UND DANN HÖR AUF, STILL ZU SEIN.

Das bedeutet, dass du offensichtlich herumknutschst, und beim Gedanken daran wird mir ganz schlecht.

In diesem Tagebuch muss ich zu NIEMANDEM zivilisiert sein.

SAMSTAG, 11. SEPTEMBER

13:35 Uhr

Laut Smiley verbringt Amitabh den ganzen Tag damit, abwechselnd jeweils 15 Minuten zu essen, zu weinen und gelegentlich zu schlafen. Das ist der schlimmste Jetlag der Welt!

15:23 Uhr

Nicky hat mich morgen zu sich nach Hause eingeladen. Ich bin ein bisschen nervös, weil es so klingt, als ob seine Familie total verrückt ist.

19:34 Uhr

Gran hat mich gerade auf dem Handy angerufen und gefragt, ob sie eine Lammkeule zum Geburtstag kriegen kann anstatt Blumen.

Meine Familie ist auch verrückt. Dann werden sich bei unserer Hochzeit wenigstens alle gut verstehen!

SONNTAG, 12. SEPTEMBER

7:34 Uhr

OH GOTT! Megan ist mit Fred auf den Flohmarkt gegangen. Wie traurig ist das denn? Hat sie keine eigene Persönlichkeit? Sie hat um 7:00 Uhr morgens ein sehr hübsches Kleid mit Vintagemuster getragen.

Wenn sie DAS mitten auf einem Feld trägt, wird sie sich zu Tode frieren. Ich gehe heute zu Nicky, und ich trage einen MANTEL. Ich bin eine Feministin und ziehe mich gegen die Kälte warm an und werfe mich trotzdem in Schale, Megan. Solltest du auch mal probieren!

18:54 Uhr

Bei Nicky herrscht das totale CHAOS. Er scheint ungefähr 20 Brüder und Schwestern zu haben. Sie spielten alle mit einer alten Waschmaschine im Garten hinter dem Haus und taten so, als wäre es eine Raumstation. Nickys Mum schimpfte, dass sie „ihre ganze verdammte Alufolie aufgebraucht hätten, um eine Rakete zu basteln". Wir hörten sie schon unten von der Straße, bevor wir die Raumstation auch nur gesehen hatten. Als Nicky durch die Haustür reinging, stürmten alle Kinder auf ihn zu und umarmten ihn. Auf einmal hingen fünf Kinder an ihm dran! Er tat so, als sei das alles ganz normal.

Wir sind nicht lange geblieben, weil Nicky nicht wirklich einen eigenen Raum hat (Nicky hat ÜBERHAUPT keinen Raum für sich) und sein Dad gerade vom Supermarkt zurückgekommen war. IN PANTOFFELN. Weder seine Mum noch sein Dad schienen zu bemerken, dass ich da war. Oder dass Nicky da war. Er kommt und geht einfach, wann er will.

Nicky sagte: „Komm, ich zeig dir meinen Lieblingsplatz." Wir landeten am Bahnhof von Peartree! Nicky flüsterte: „Ich komme hierher, um zu lesen. Es ist echt ruhig. Hier halten fast keine Züge, und es ist ein bisschen wie auf dem Land." In dem Moment donnerte ein ellenlanger

Schnellzug an uns vorbei und hupte! Laut Nicky gewöhnt man sich daran.

Ich will keine Dates am Bahnhof von Peartree verbringen!

Nicky sagte: „Tut mir leid wegen zu Hause. Meine Mum ist mit den Kindern echt beschäftigt. Und mein Dad ist damit beschäftigt, zu arbeiten und einzukaufen, und sie merken nicht immer, wenn ich jemanden mit nach Hause bringe." Ich sagte ihm, dass es egal sei, aber das alles hatte mich schon etwas verängstigt. Der Bahnhof machte mir auch ein bisschen Angst. Es gab ungefähr 14 Überwachungskameras, und sie schienen alle auf uns zu zeigen. Als wir knutschten, fühlte es sich an, als würde ich etwas RICHTIG Verbotenes tun. Ich konnte mich nicht darauf konzentrieren, in einen vernünftigen Kussrhythmus zu finden, weil ich die ganze Zeit an MEINE Mum denken musste, wie sie in der Polizeiwache sitzt und keift: „Sie sagte, sie würde zu Nicky nach Hause gehen – und NICHT am Arsch der Welt mit ihm herumknutschen." Die Polizisten konnten ihr jederzeit die Aufzeichnungen zeigen, wenn sie wollten. Nicky wurde ein bisschen ärgerlich darüber, dass ich so nervös war. „Ich komme ständig hierher und bin noch nie in Schwierigkeiten geraten. Diese Kameras sind wahrscheinlich nicht mal an!" Da bewegte sich eine der Kameras, und Nicky beschloss, dass es ein „bisschen zu kalt sei, um draußen zu bleiben".

Auf dem Heimweg zeigte Nicky mir sein Graffiti-Tag. Er hatte es an die Seite einer Telefonzelle gesprüht. Er war echt stolz darauf, aber für mich sah es einfach nur wie ein großer Haufen Dreiecke aus.

Jetzt sitze ich hier und fühle mich schuldig, aber ich weiß nicht genau, warum.

19:36 Uhr

Eine heftige Knutscherei an einem Bahnhof verstößt nicht gegen das Gesetz. Nicht mal, wenn sie gefilmt wird.

20:45 Uhr

Hoffe, ich sehe nicht komisch aus, wenn ich küsse.

21:03 Uhr

Wenn man darum bittet, zeigt einem die Polizei vielleicht das Filmmaterial, damit man seine Kusstechnik verbessern kann!

Nicky ist ein bisschen … ich will keine Schwierigkeiten bekommen. Ich wusste nicht, dass er Tags macht. Das ist echtes Graffiti. Echte Kriminalität.

MONTAG, 13. SEPTEMBER

16:10 Uhr

Heute in der Schule fing Ruby mich in der Mensa ab und sagte: „Hattie, WARUM bist du wieder mit Nicky Bainton zusammen?"

Als ich sagte, weil ich ihn möge, erwiderte sie: „Hattie – ER BRINGT DICH NUR IN SCHWIERIGKEITEN. Du hast mir geholfen, als ich Probleme hatte, jetzt helfe ich DIR. Schieß ihn ab. Ich weiß doch, warum du es machst, das weiß jeder, und es ist nicht fair." Dann stürmte sie davon.

Okay, Ruby kann also immer noch wie eine MHP-MEGAZICKE davonrauschen, wenn es sein muss.

Und was weiß jeder? Sie haben nicht gesehen, wie toll Nicky sich bei seiner Familie verhält und wie wunderbar er mit seinen Brüdern und Schwestern umgeht.

MAN MUSS LEUTEN EINE CHANCE GEBEN. SO WIE ICH ES MIT DAD GEMACHT HABE. Und das tue ich. Ich benutze ihn nicht oder so was!

19:12 Uhr

Ich habe gerade Gran angerufen, um sie wegen Nicky zu fragen. Sie sagte: „Hattie, ich kann jetzt nicht reden. Ich gehe aus, und ich brauche zehn Minuten, um meine Stützstrümpfe anzukriegen." Hier gibt es niemanden, mit dem ich darüber reden könnte. Smiley und Jen würden bei diesem Thema AUSFLIPPEN. Ich mache mir einfach total Sorgen. Nicky ist die nächsten beiden Nächte unterwegs. Ich weiß, was er vorhat, und ich kann ihn nicht aufhalten.

Ich hoffe, er fängt nicht an, irgendwo „Hattie" zu schreiben, sodass die Leute denken, ich hätte auch was damit zu tun!

21:01 Uhr

Habe gerade mein Tag auf meinem Lehrbuch für Naturwissenschaften geübt. Das ist zwar Quatsch, aber dafür kann man nicht verhaftet werden.

DIENSTAG, 14. SEPTEMBER

16:10 Uhr

Mrs Field hat mein Tag auf meinem Naturwissenschaftsbuch gesehen. Offensichtlich kritzele ich auf Schuleigentum herum und solle „unverzüglich damit aufhören". Ich werde ausgeschimpft, weil ich EINE Kritzelei auf EIN Buch gemacht habe. Nicky hat sieben Parkbänke, haufenweise Wände, einen Zaun an einem Haus UND fünf Busse getaggt (einen davon sogar im Fahren!), und NICHTS ist passiert. ICH BIN VERFLUCHT.

19:32 Uhr

Smiley hat angerufen. Sie sagt, neugeborene Babys seien der lebendige TEUFEL. Anscheinend weint ihre Mum alle fünf Minuten, und gestern Abend gab es POMMES. Sie essen NIE Fast Food. Smileys Mum hatte mal einen Nierenstein. Sie hatte WAHNSINNSSCHMERZEN und hat trotzdem noch Abendessen gekocht! Jetzt haben sie nur noch Tütensuppe im Schrank. Ich bin überrascht, dass Smileys Familie so was überhaupt hatte.

Anscheinend ist Smileys Dad insgeheim süchtig nach Tütensuppen, aber das darf ich niemandem erzählen, weil es seinen Ruf als aufrechtes Mitglied der Gemeinde schädigen könnte. Smileys Dad muss mal lockerer werden. Selbst der Premierminister ernährt sich von Tütensuppen, spielt die ganze Zeit „Fruit Ninja" und jammert jede Nacht darüber, wie schwer sein Job ist. Das ist eine allgemein bekannte Tatsache!

20:12 Uhr

Weißt du was? Ich würde lieber Amitabhs GESCHREI hören als Megan Fentons bescheuertes Mädchengekicher. Es juckt mich in den Fingern, an die Wand zu klopfen und ihr zu sagen, dass sie ENDLICH DIE KLAPPE HALTEN soll, aber ich fürchte, das wäre ein bisschen … keine Ahnung.

Sie lebt in Freds Haus. Das … GEHT SO NICHT.

MITTWOCH, 15. SEPTEMBER

18:34 Uhr

Nicky kam heute Abend nach der Schule mit, um Amitabh zu sehen. Sobald er das Baby auf den Arm nahm, hörte es auf zu schreien. Es war UNGLAUBLICH. Smiley mag Nicky nicht, aber selbst sie musste zugeben, dass er wie die *Super Nanny* war. Wir sind morgen wieder eingeladen. Nicky versteht was von Familien und Babys. Und davon, das „Gefahr"-Schild von Trafohäuschen zu taggen. Das hat er letzte Nacht gemacht.

DONNERSTAG, 16. SEPTEMBER

20:14 Uhr

Waren heute wieder bei Smiley. Die ganze Familie schien echt froh zu sein, uns zu sehen.

Smileys Mum hat Nicky im Scherz gefragt, ob er es nicht mal als professionelles Kindermädchen versuchen will. Nicky sagte, er hätte schon genug mit Babys zu tun gehabt. Mrs Rathod kicherte und sagte: „So eine Schande!" Aber sie sah ehrlich enttäuscht aus.

Smileys Mum hat zugegeben, dass sie Probleme hat, mit alldem fertig zu werden. Mich wundert das nicht. Mutter zu sein ist von der ersten Sekunde an furchtbar!

20:54 Uhr

Obwohl ich glaube, dass meine Mum es nicht so schwer hat ... Sie ist schon WIEDER vor 21:00 Uhr eingeschlafen, und Rob erledigt alles!

Ich kann mich nicht entscheiden, ob sie eine anständige Feministin ist oder einfach nur total faul.

FREITAG, 17. SEPTEMBER

20:34 Uhr

Ich habe Gran von Smileys Mum erzählt. Gran hat sie angesprochen und angeboten, ihr zu helfen. Sie hat ihre eigene Theorie über Babys. Vor vielen Jahren wurden anscheinend alle Babys in Vollzeit-Kinderstationen zusammengepfercht, und eine dicke, gruselige Oberschwester brachte einem das Baby zur Fütterungszeit und ließ es den Rest der Zeit schreien!

Gran glaubt, der Grund, dass so viele junge Leute heute nicht mehr auf harte Arbeit vorbereitet sind, liege allein in der Tatsache, dass man die Babys heute nicht mehr schreien lässt!

TOTAL BESCHEUERT!

21:21 Uhr

Habe Mum gefragt, ob sie MICH als Baby hat schreien lassen. Sie sagte: „Niemals, Hattie. Du hast die meisten Nächte in meinem Bett geschlafen, bis du vier warst."

DESHALB kriege ich also meine Hausaufgaben nie fertig!

SAMSTAG, 18. SEPTEMBER

17:34 Uhr

Gran hat heute Smileys Mum besucht!

Amitabh hörte wohl auf zu schreien, nachdem Gran ihn wie eine Mumie eingewickelt hatte. Mrs Rathood konnte drei Stunden lang schlafen. Das ist anscheinend ein WUNDER!

DREI STUNDEN SCHLAF IST FOLTER!

Jetzt kann ich verstehen, warum Mum mich nicht hat schreien lassen!

SONNTAG, 19. SEPTEMBER

14:18 Uhr

Smiley will Gran als Teilzeit-Kindermädchen einstellen. Jetzt hat Gran die Wahl zwischen zwei Jobs! HÖRST DU DAS, NATHAN?! Gran hat ein paar Sachen aufgeschrieben, die sie für richtig hält:

1. Gruppen von Müttern sollten sich nicht an öffentlichen Plätzen treffen dürfen. Gran ist es leid, bei Starbucks ständig Gequäke zu hören. Sie sagt: „Ich möchte in Ruhe einen Milchkaffee und einen Blaubeermuffin genießen können."

2. Kinder sollten keine Filzstifte bekommen, bevor sie 18 sind. Die Stifte wären für die Tapete und die Gesundheit gefährlicher als Zigaretten.
3. Schnuller sollten in Brandy getaucht werden, wenn Babys Zähne bekommen.
4. Kinder sollten 52 Wochen im Jahr zur Schule gehen, weil das Gehirn in den Ferien einrostet.

Hat Gran überhaupt schon mal von Sozialfürsorge gehört?!

MONTAG, 20. SEPTEMBER

18:23 Uhr

Fred und Megan sind wohl heute zu Amitabh gegangen. Er weinte. Bestimmt versuchte er zu sagen: „Megan, hör auf damit, an kalten Tagen kurze Kleider mit Vintagemuster zu tragen, und ZIEH DICH WÄRMER AN!" LOL!

18:41 Uhr

Ich finde, Megan ist die ALLERnervigste Frau DER WELT. Obwohl ALLE ANDEREN, Smiley und Jen eingeschlossen, sie „wirklich echt süß" finden.

18:53 Uhr

Ich sollte nett zu anderen Frauen sein.

19:01 Uhr

Manchmal ist es schwer, eine Feministin zu sein.

DIENSTAG, 21. SEPTEMBER

16:35 Uhr

Gran macht sich Sorgen um Princess. Sie ist richtig lustlos und hat angefangen, auf den Teppich zu pinkeln. Und sie rührt nicht mal das Gourmet-Hühnchen an, das Gran jeden Tag für sie kocht.

Gran geht morgen früh mit ihr zum Tierarzt, auch wenn es schweineteuer ist. Warum gibt es die gesetzliche Krankenkasse nicht auch für den besten Freund des Menschen?

MITTWOCH, 22. SEPTEMBER

15:27 Uhr

Princess ist laut Diagnose „eifersüchtig auf ein Neugeborenes". Darum ist sie deprimiert. Anscheinend entwickeln sich Erstgeborene oft zurück, wenn ein neues Baby ins Rudel kommt.

Nathan macht das schon sein ganzes Leben.

16:35 Uhr

Princess wurde zu einem Tierpsychologen überwiesen. Gran glaubt, sie braucht es. Die gleiche Gran, die findet, dass Psychiater, die Menschen behandeln, verboten werden sollten und dass die Leute „sich bloß ein bisschen zusammenreißen müssten wie ein Paar anständiger Gardinen".

DONNERSTAG, 23. SEPTEMBER

16:49 Uhr

ACH DU SCHANDE! Tierpsychologen laufen AUCH nicht über die gesetzliche Krankenkasse. Man muss sie BEZAHLEN! UND sie kosten ein Vermögen. Gran will, dass Mum eine neue Hypothek auf das Haus in Betracht zieht, um ihr auszuhelfen.

FREITAG, 24. SEPTEMBER

19:19 Uhr

Mum weigert sich, „der Köter-Diva" zu helfen. Dann hatte sie mit Gran einen HEFTIGEN Streit, den bestimmt die ganze Straße gehört hat.

GRAN: Ich habe dir früher auch Geld geliehen!

MUM: Um meine Kinder zu ernähren.

GRAN: ABER hier geht es darum, die Liebe meines Lebens zu retten.

MUM: Ich dachte, Dad war die Liebe deines Lebens?!

GRAN. Er war nicht so treu, und er hat sich nicht hingesetzt, wenn ich es wollte!

Wenn man solche Unterhaltungen hört, kann man sich schon denken, warum bei mir mit Männern ALLES schiefgeht.

SAMSTAG, 25. SEPTEMBER

18:26 Uhr

Gran hat beschlossen, ihren Schmuck zu verkaufen, um die Behandlung von Princess zu bezahlen. DAS IST MEIN ERBE. WIE KANN SIE ES WAGEN?

19:04 UHR

Mir fiel gerade wieder ein, wie Grans Schmuck aussieht. Sie kann damit machen, was sie will!

SONNTAG, 26. SEPTEMBER

15:23 Uhr

Gran hat nicht viel für ihre Armbänder bekommen. Darum nimmt sie etwas von unseren Ersparnissen. Seit wann haben wir Ersparnisse?! Seit ich sechs bin, bettele ich darum, dass wir nach Florida fliegen. Mum sagt immer: „Wenn wir im Lotto gewinnen!" Es gibt also kein Geld, damit ich *Arielle, die Meerjungfrau* sehen kann. Es GIBT aber Geld für einen Hund, der schon zwei Mikrowellengeräte kaputt gebissen hat.

Vielleicht würden sie mich verwöhnen, wenn ich die Küche auffresse!

MONTAG, 27. SEPTEMBER

18:25 Uhr

Ich verstehe Nicky nicht. In einem Moment ist er noch nett zu mir. Im nächsten spielt er vor seinen Kumpeln den Macker. Sein Tag ist jetzt überall! Seine Kumpel fordern ihn dazu heraus, das Auto eines Lehrers zu taggen. Ich will nicht, dass er Probleme bekommt, aber BITTE nimm das von Matfield. BITTE. Sie wird Straßenkunst an ihrem Auto hassen. Sie sagt, alles, was seit 1960 gemalt wurde, sei totaler Müll.

19:32 Uhr

E-Mail von Keith und Butterfly. Es stand nur drin:

Von: <keithkeepsitgreen@gmail.com>;
<butterflymeanstransform@gmail.com>
Datum: 26. September, 2:32:08 Uhr MEZ
An: Hattie Moore <helphattienow@gmail.com>
Betreff: Wieder zu Hause

Wie geht's dir, Hattie?

Also schrieb ich zurück:

Von: Hattie Moore <helphattienow@gmail.com>
Datum: 27. September, 19:25:19 Uhr MEZ
An: <keithkeepsitgreen@gmail.com>;
<butterflymeanstransform@gmail.com>
Betreff: Re: Wieder zu Hause

Gut, danke. Danke für die schönen Ferien und dass ihr so gastfreundlich wart. Ruby und ich kommen sogar ganz gut miteinander aus, und ich gehe mit einem wunderbaren Jungen namens Nicky!

Das war's!

Ich sagte nicht, was ich wirklich fühle. Ich will nicht mal darüber schreiben.

DIENSTAG, 28. SEPTEMBER

16:32 Uhr

OH GOTT! Heute Mittag wurde Mrs Cobs Auto getaggt! Alle wissen, dass es Nicky war, aber niemand verpfeift ihn. Jetzt ist er eine Schul-LEGENDE. Ich gehe mit dem coolsten Jungen, der je gelebt hat. Nur Streber fanden es nicht gut. Streber wie Fred. Fred sagte: „Aber Cobsy ist doch in Ordnung! Warum ist er gemein zu ihr?!" Ich sagte Fred, dass sie eine Lehrerin sei, also eine Feindin. Fred findet, ich sei wirklich kindisch geworden, seitdem ich mit Nicky zusammen bin. Nein, Fred, seit ich mit Nicky zusammen bin, habe ich endlich EIN LEBEN.

MITTWOCH, 29. SEPTEMBER

15:17 Uhr

Smileys Mum hat Crazy-Jen und mich gefragt, ob wir am Samstag Babysitten können, weil sie dringend etwas Schlaf bräuchte. Die Lage muss wirklich schlimm sein, wenn Smileys Dad Jen offiziell wieder den Zutritt zum Haus der Rathods erlaubt. Er beschrieb sie mal als „ein sehr gefährliches Mädchen, das mit dunklen Kräften experimentiert und völligen Quatsch redet". Jetzt darf sie sich um seinen einzigen Sohn kümmern. Müdigkeit macht die Leute total verrückt. Ich werde dafür sorgen, dass ich in meinem GANZEN Leben immer ausschlafen kann.

DONNERSTAG, 30. SEPTEMBER

16:40 Uhr

Jen und ich haben uns nach der Schule über Babys informiert und was sie brauchen.

Im Grunde brauchen Babys ALLES. Und zwar STÄNDIG!

19:27 Uhr

Nicky und ich sind heute Abend wieder am Bahnhof von Peartree gelandet. Wir haben hauptsächlich rumgeknutscht. Nicky redete die ganze Zeit davon, dass er nur eine Stunde wegbleiben kann, weil er Babysitten müsse. Ich fragte ihn, ob er am Samstag mit zu Smiley kommen wolle. Er sagte Nein, weil er am Wochenende nicht auch noch Lust auf Kinder hätte, sondern einfach Spaß haben wolle. Wie egoistisch kann man sein?!

FREITAG, 1. OKTOBER

16:07 Uhr

HILFE! Wir hatten in der Schule noch mehr Sexualkunde! Ich wusste die MEISTEN Sachen, aber ich hatte KEINE Ahnung von den Einzelheiten über Babys und die Geburt. Warum müssen die Frauen das durchmachen?! Warum heilen sie die Geburt nicht?! Sie sagen, das sei ganz natürlich. Aber das ist Schweinegrippe auch!

19:45 Uhr

Gran meint, man soll die Benutzung von Kondomen an einer Gewürzgurke üben. Die Leute sagen immer an einer Schlangengurke, aber Gran behauptet, das ist für 99,9 % der Männer unrealistisch!

So genau wollte ich's gar nicht wissen, Gran. Danke.

21:01 Uhr

Nicky hat sich jetzt doch dazu entschlossen, uns morgen beim Babysitten zu helfen. Es wird ihm guttun, Zeit mit Smiley und Jen zu verbringen, denn sie werden meine Brautjungfern sein.

21:17 Uhr

Nicht, dass ich auf jeden Fall heiraten werde.

21:25 Uhr

Und wenn, dann behalte ich meinen Namen.

21:54 Uhr

Nein, werde ich nicht! Ich HASSE ihn.

SAMSTAG, 2. OKTOBER

22:21 Uhr

Dinge, die ich heute gelernt habe:

* Wenn deine besten Freundinnen dabei sind, kannst du nicht wirklich mit deinem Freund herumknutschen.
* Am Ende führst du doch nur Mädchengespräche.
* Deinem Freund wird schließlich langweilig, und er „geht taggen".

Amitabh hat stundenlang kräftig gebrüllt. Er war nur zufrieden, wenn wir einen Nachrichtensender angestellt haben und irgendwo Krieg war. Dann gab es Schüsse, Bomben und ganz viele Blitze, und das fand er toll.

Mit einem heulenden Baby kann man nichts machen. Kein Wunder, dass Nicky von zu Hause wegwill! Einmal habe ich Smileys Katze sogar Babymilch gegeben. TOTALE KATASTROPHE!

23:05 Uhr

Wollte nur noch sagen, dass ich Amitabh niemals Katzenfutter geben würde.

Crazy-Jen meint, dass Amitabh in einem vergangenen Leben vielleicht Freiheitskämpfer gewesen sei.

23:23 Uhr

Gran sagt, dass „Freiheitskämpfer" und „Terroristen" oft das Gleiche sind.

SONNTAG, 3. OKTOBER

17:23 Uhr

Smileys Mum hat zu Gran gesagt, dass der Supermarkt sie wahrscheinlich mehr braucht und sie sie nicht davon abhalten will, den Lottoschalter zu bedienen und die Träume der Leute zu erfüllen. Also wird Gran nur noch „aushelfen", wenn sie kann.

So viel zum perfekten Babysitter! LOL. Kein Wunder, dass Mum immer so durcheinander ist und STÄNDIG schläft. Gegen Gran hatte sie noch nie eine Chance!

18:20 Uhr

Ich frage mich, was aus Nicky wird, wenn er älter ist. Er kommt aus einem ziemlichen IRRENHAUS. Kein Wunder, dass er etwas launisch ist.

20:29 Uhr

Smiley rief an, um zu erzählen, dass Amitabh auf seiner Spielmatte eingeschlafen ist, während Mrs Rathod ihr Rückbildungs-Yoga gemacht hat. Sie ließ ihn drei Stunden lang auf dem Rücken eines Minilöwen liegen, der ununterbrochen „La Le Lu" dudelte. Smiley sagte, am Ende war sie ziemlich genervt und setzte einen Wasserkocher auf den Gasherd, um eine Tasse Tee zu kochen. Ich glaube, Amitabh hat etwas Verrücktes in seinem Blick.

Jungen. Männer. Männliche Wesen. Sie machen Probleme von dem Moment an, in dem sie die Augen öffnen!

MONTAG, 4. OKTOBER

16:32 Uhr

Ruby hatte offensichtlich den schlimmsten Pickelausbruch aller Zeiten. Ihre Mum geht mit ihr zum Pickelspezialisten. Sie tut mir total leid. Ich habe ihr gesimst und versprochen, dass sie bald wieder weg sind. Das war wahrscheinlich eine Lüge. Manche Leute haben JAHRELANG schlimme Akne. Manchmal muss man lügen, um Leute vor der schmerzhaften Wahrheit zu schützen.

17:34 Uhr

Ich höre mich an wie meine MUM. Sie hat mich auch all die Jahre lang „beschützt". Ich bin hoffnungslos verloren.

DIENSTAG, 5. OKTOBER

17:29 Uhr

ACH DU SCHANDE! Ruby sagte zu ihrer Mum, sie würde sich hässlich fühlen und wolle nicht zur Schule gehen. UND IHRE MUM LIESS SIE ZU HAUSE BLEIBEN!

MITTWOCH, 6. OKTOBER

7:39 Uhr

Ich sagte meiner Mum, ich würde mich hässlich fühlen. Sie sagte: „In der Schule wirst du dich besser fühlen. Da sind hässlichere Leute als du."

Danke für dein Mitgefühl, Mum.

Warum kann ich nicht eine dumme, weichherzige Mum haben?!

DONNERSTAG, 7. OKTOBER

18:39 Uhr

IN DER SCHULE GIBT ES GERÜCHTE, VON DENEN ICH RUBY NICHT ERZÄHLEN WERDE:

* MHP (so nennen sie immer noch alle) bekommt eine Laserbehandlung, die drei RIESEN kostet!!!

* MHP wurde von einer Drogeriekette angerufen – sie wollen mit ihr eine Anzeige für ihre neue Hautpflegeserie machen.
* MHP geht auf die Gesundheitsfarm, zu der alle Promis gehen, um sich von dem Stress zu erholen, den ihre Pickel verursacht haben.
* MHP darf nie wieder Schokolade essen, sonst wird sie sich in einen einzigen Riesenpickel verwandeln, den man nie mehr heilen kann. Ein Schokoriegel könnte sie im wahrsten Sinne des Wortes umbringen.

FREITAG, 8. OKTOBER

19:38 Uhr

Ruby war heute wieder in der Schule, und ICH HABE DIE ACH SO SÜSSE UND LIEBENSWÜRDIGE MEGAN FENTON ZUR SCHNECKE GEMACHT.

Offensichtlich hat Megan Fenton Dumpfbacke Hannah erzählt, Ruby würde sich an Halloween als sie selbst verkleiden UND hätte darum gebeten, dass all ihre Schulfotos in Zukunft retuschiert werden.

ICH LASSE NICHT ZU, DASS ÜBER MEINE SCHWESTER GELÄSTERT WIRD.

Ich stürmte zu Megan Fenton hinüber und sagte: „Tu dir selbst einen Gefallen und HÖR AUF, über Ruby Slack herzuziehen. Pickel sind KEINE große Sache, und DU bist EIN FIESES MISTSTÜCK."

Megan grinste nur hämisch und sagte: „Tu nicht so, als ob es hier um deine Schwester geht, Hattie. Du wolltest mich schon seit einer EWIGKEIT runtermachen, und wir alle wissen, warum!"

Ich gab nur zurück: „NA UND? LASS ES EINFACH!", und stürmte davon.

Heute Abend ging ich bei Ruby vorbei und sagte: „Du bist immer noch total hübsch, sogar mit riesigen Pickeln." Sie sah nicht besonders glücklich aus, als ich das sagte, was ich ein bisschen undankbar fand. Ich habe ihr nichts von Megan ZICKE-Fenton erzählt. Es juckt mich in den Fingern, Fred davon zu erzählen. Wette, er würde sie nicht mal halb so doll lieben, wenn er kapiert, wie FIES sie ist.

SAMSTAG, 9. OKTOBER

16:34 Uhr

Smiley macht sich Sorgen, dass das Babyphone verraten könnte, wie oft sie mit sich selbst spricht. Ihr Dad hörte, wie sie so tat, als würde sie von einem Fernsehmoderator über ihren neuesten Film interviewt. Er müsste wissen, dass sie insgeheim unter all ihren Einsernoten total auf Bollywood steht.

Meine GANZE Familie geht zu Amitabhs Quasi-Taufe. Gran war nicht eingeladen, aber sie hat sich sozusagen selbst eingeladen. Sobald sie Wind von einem kostenlosen Sandwich und Mini-Aprikosen-Häppchen kriegt, kann NICHTS sie aufhalten.

Nicky kommt auch.

Megan und Fred kommen NICHT. GUT.

SONNTAG, 10. OKTOBER

20:39 Uhr

Amitabhs Namenszeremonie war HINREISSEND. Das Essen war unglaublich. Es war überhaupt total schön. Smiley hat eine erstaunlich große Familie, und alle haben Amitabh geknuddelt UND Smiley gesagt, was für eine tolle Tochter und Schwester sie sei. Viele haben geweint. Es war TOTAL emotional und TOTAL schön. Alle haben sich gut verstanden. Nur Gran hat etwas Unruhe gestiftet, als sie nach etwas „ungewürztem Fleisch" für Princess gefragt und sich dann in der Toilettenschlange vorgedrängelt hat. Sie rief: „Ich habe eine Reizblase, Hattie. Ich kann mich bei einer gesellschaftlichen Veranstaltung nicht in einer Reihe anstellen!", und dann ging sie ganz nach vorn. Die Leute schüttelten den Kopf, aber sie sagten nichts.

Am Ende ging Nicky raus, um eine Zigarette zu rauchen, und ließ mich einmal ziehen. ES WAR SCHRECKLICH. Ich hustete wie eine Verrückte, aber Nicky fand, dass Rauchen mir stehe und ich dabei „irgendwie cool" aussehen würde. Vielleicht fange ich an zu rauchen. Nur ein bisschen. Nicky hat mir eine halbe Packung gegeben. Ich weiß, dass das absolut falsch ist, aber es ist ja nur für eine kurze Zeit.

MONTAG, 11. OKTOBER

7:19 Uhr

Es ist nicht zu fassen, dass es an meinem ersten Tag als Raucherin regnet!

7:35 Uhr

ACH DU SCHANDE! Zigaretten?! WIE KOMME ICH DAZU, MEINE LUNGEN ZU VERPESTEN?!

15:54 Uhr

Ich habe heute Mittag mit Nicky eine halbe Zigarette geraucht. Er findet es cool. Ich will nicht, dass er glaubt, ich könne nicht meine eigene Frau stehen und würde nur tun, was mir die Gesellschaft vorschreibt. Als Feministin kann ich mir absichtlich eine Lungenentzündung holen, wenn ich will.

21:42 Uhr

Es regnet immer noch. Ich werde eine rauchen, wenn es aufhört.

DIENSTAG, 12. OKTOBER

7:32 Uhr

Es regnet immer noch! Raucher müssen sich ihr ganzes Leben lang durchnässt fühlen.

15:45 Uhr

Heute Mittag habe ich mich geweigert, mit Nicky zum Rauchen rauszugehen. Er wurde echt mürrisch und sagte: „Wenn du lieber im Trockenen bleibst, anstatt Zeit mit mir zu verbringen, dann bitte."

Ich muss das Rauchen üben. Niemand ist zu Hause. Ich werde auf die Terrasse gehen.

16:10 Uhr

Ich habe einen kleinen Brandfleck auf Mums Sonnenliege gemacht, aber sie wird es nicht merken. Die ist überall mit Blumen bedruckt. Der Brandfleck sieht aus wie ein Stängel! Vor dem nächsten Sommer geht sowieso niemand hier raus. Wenn es überhaupt jemals wieder Sommer wird!

18:38 Uhr

LOL! Mum ist gerade reingekommen und hat sich aufs Sofa geschmissen. Sie sagte, sie sei WIRKLICH müde und ob wir uns alle selbst was zu essen machen könnten.

Danke, ihr Leute, die in Mums Café ein deftiges Frühstück essen! Ihr habt mich vor einer MUM-STANDPAUKE gerettet!

MITTWOCH, 13. OKTOBER

16:58 Uhr

Heute Mittag habe ich geraucht. Ich kann noch nicht inhalieren, aber ich muss nicht mehr jedes Mal husten! Ich gehe heute Abend bei Gran vorbei.

21:23 Uhr

Gran roch den Rauch in meinem Atem, sobald ich durch die Tür war, und flippte total aus. Sie fing an, mich AUSZUSCHIMPFEN, als wäre ich vier Jahre alt.

GRAN:	**Warum, verdammt noch mal, rauchst du?!**
ICH:	**Jeder probiert mal was aus, Gran! Nicky raucht. Es ist etwas, was wir gemeinsam machen können!** ← Ich wusste, dass sich das etwas jämmerlich anhört.
GRAN:	**Tja, ich dachte, du hättest mehr Verstand, junge Dame, als dich für einen Jungen krank zu machen und dir Falten einzuhandeln. Du stinkst wie ein Aschenbecher! Da gibt es ja in meinem Geselligkeitsverein Männer, die besser riechen als du, und die waschen sich nur, wenn ihre Frauen es ihnen sagen. Was um alles in der Welt denkst du dir dabei?**
ICH:	**Ich möchte nur ein bisschen ...**
GRAN:	**Du willst nur, dass dein Freund dich mag. Du bist gut so, wie du bist. Fang nicht an, dich zu ändern, um Männern zu gefallen!**
ICH:	**Tue ich nicht!**
GRAN:	**Doch, tust du. Und jetzt hör zu: Ich werde deine Mum nicht damit behelligen, WENN du mir die Zigaretten auf der Stelle gibst und mir VERSPRICHST, nicht wieder zu rauchen!**

Ich habe es ihr versprochen.

Princess hat mich angeknurrt. Gran sagte: „Sie mag auch keinen Rauch! Außerdem ist sie ein bisschen geschwächt nach dem heutigen

Besuch beim Tierpsychologen. Er hat sie mit einem Stück Chorizo-Wurst gereizt. Natürlich hat sie zugeschnappt. Welcher Hund würde das nicht tun? Sie muss für ihr Mittagessen nicht betteln oder sich tot stellen. Warum sollte sie das tun?"

22:13 Uhr

Ich bin jetzt Exraucherin. Das habe ich Nicky gesimst. Ich bin echt froh. Zigaretten sind übel und machen, dass man riecht wie eine alte Frau mit zu vielen Katzen. Das ist nicht sexy.

22:43 Uhr

Ich habe es für Nicky getan. Bin ich eine irre Trottel-Tussi-Perle?

22:56 Uhr

Oder bin ich verliebt und mache deshalb solche Sachen?!

Ich glaube nicht, dass ich in Nicky verliebt bin.

DONNERSTAG, 14. OKTOBER

16:09 Uhr

Nicky hat die GANZE Mittagspause über geraucht. Wenn er in der Schule ist, dann macht er Englisch, Kunst und „hinter der Mensa stehen und rauchen". Als wäre das wie Hausaufgaben machen!

20:35 Uhr

Gran hat mich gerade auf dem Handy angerufen. „Hattie, wenn du erwachsen genug bist, um zu rauchen, dann bist du auch alt genug, um die Wahrheit zu hören ... Ich habe eine Beziehung mit einem Mann namens Barry. Er ist Lkw-Fahrer."

ACH DU SCHANDE! Grans kaputte Kekse SIND von ihrem heimlichen Liebhaber!

FREITAG, 15. OKTOBER

20:32 Uhr

Ich habe den GANZEN Abend mit Barry und Gran verbracht!

Sie sind eigentlich echt süß. Er massiert ihr die Füße und kocht ihr Tee. Er ist ungefähr zehn Jahre jünger als sie, kommt aus Wolverhampton und nennt jeden „Liebling"! Als ich reinkam, sagte er: „Hattie, Liebling, möchtest du einen Karamellkeks und eine Erdbeermilch? Ich habe ganz viele Plätzchen. Jederzeit!"

Ich hoffe, Barry ist nicht hinter Grans Geld her. Sie hat nämlich keins.

SAMSTAG, 16. OKTOBER

17:12 Uhr

Habe Nicky mitgenommen, damit er Barry kennenlernt. Nicky hat Barry erzählt, dass er nicht wirklich zur Schule geht. Barry sagte immer wieder: „Du brauchst einen Job, Nicky. Vergiss die Schule. Ein Abschluss zählt gar nichts. Beim Transport geht's nur um dich und den Lkw. Du bist der König der Straße! Außerdem gibt es billige Kippen und Lagerbier in Calais." Gran hat Barry dafür ausgeschimpft.

Nicky sah begeistert aus.

Ich glaube nicht, dass Nicky … „meins" ist.

ABER er mag mich.

SONNTAG, 17. OKTOBER

7:32 Uhr

Fred und Megan gehen schon wieder zum Flohmarkt. Sie sehen TOTAL verliebt aus. Er würde nicht so verliebt aussehen, wenn er wüsste, wie sie unter ihrem dämlichen, mit Rüschen besetzten Rock mit Vogelmuster wirklich ist.

21:12 Uhr

Gran wollte heute Abend ganz genau wissen, was Nicky damit gemeint hat, dass er nicht wirklich zur Schule geht. Ich erzählte ihr, dass er nicht besonders oft da ist. Sie durchbohrte mich mit ihrem Blick und sagte: „Komm nicht auf dumme Gedanken, Hattie. Mach deinen Abschluss. Ich will nicht, dass du rund um die Uhr in einem Café arbeitest. Du bist ein kluges Köpfchen. Verschwende nichts an einen Mann!"

WAS SOLLTE DAS DENN? „Gran, das wird nicht passieren", keifte ich. „Ich bin eine FEMINISTIN!"

Gran lachte und sagte: „Germaine Green hat nie angefangen zu rauchen, weil ein verdammter Junge es wollte!"

Wer ist Germaine Green?!

22:16 Uhr

Crazy-Jen sagt, Gran meint Germaine GREER. Sie hat den Feminismus quasi erfunden. Vor ihrer Zeit durften Frauen nur üppige Kleider tragen, Kuchen backen, sich um die Kinder kümmern, Bilder von Kätzchen malen und bei heißem Wetter in Ohnmacht fallen.

MONTAG, 18. OKTOBER

17:23 Uhr

Nicky kann sich heute Abend nicht mit mir treffen. Er geht mit seinen Kumpels taggen.

Es gibt nichts mehr zu taggen. Er wird wohl Leute im Schlaf taggen müssen!

21:36 Uhr

Würde Germaine Greer mit einem Mann taggen gehen oder allein?

22:03 Uhr

Germaine Greer würde nicht taggen. Taggen ist Männersache. Germaine Greer würde feministische Sachen machen, wie zum Beispiel sich nicht ausziehen ODER sich ausziehen, aber sich NICHT von einem Pornomagazin fotografieren lassen!

22:15 Uhr

Wollte nur sagen, dass es bei Feminismus natürlich um mehr geht als darum, ob man in einem Pornomagazin ist oder nicht.

22:27 Uhr

Und wenn man in einem Pornomagazin ist, kann man trotzdem Feministin sein. Nur halt eine Feministin in Unterhose.

DIENSTAG, 19. OKTOBER

18:32 Uhr

ACH DU SCHANDE! Jen hat mich gerade angerufen. Sie war mit Simon unterwegs, um irgendwas Gothicmäßiges zu machen, und sie haben Nicky aus der Polizeiwache kommen sehen! Er wurde erwischt, wie er in der Stadt ein Polizeiauto getaggt hat! Der Polizist dachte, es sei ein Schrei nach Hilfe, weil „nur jemand, der gefasst werden will, ein Polizeifahrzeug mit zwei Gesetzeshütern und einem Ladendieb darin taggen würde". Selbst der Ladendieb, der mit ein paar Joghurts und einem Breitbildfernseher geschnappt wurde, beschimpfte Nicky als gewissenlosen Vandalen!

20:39 Uhr

ACH DU SCHANDE! Ob der Ladendieb wohl derselbe war, der die Joghurts und den Fernseher aus Grans Supermarkt geklaut hat?

21:04 Uhr

Mein Bruder behauptete, alle Ladendiebe würden Fernseher und Joghurts stehlen, weil Leute so was immer haben wollen.

Dann fragte er, warum ich das wissen wolle.

Ich sagte, ich hätte bloß was im Fernsehen gesehen.

Aber das habe ich nicht! Ich bin die Freundin von jemandem aus *Verbrechern auf der Spur*.

Ich habe Nicky gesimst. Er hat nicht geantwortet. Vielleicht hat der Ladendieb sein Handy geklaut.

MITTWOCH, 20. OKTOBER

16:42 Uhr

In der Schule reden alle über Nicky, den Kriminellen. Normalerweise wird von unserer Schule niemand verhaftet. Er ist jetzt offiziell der total Harte. Die Leute bitten MICH darum, IHM zu sagen, dass ER VOLL COOL ist. Ich finde nicht, dass er cool ist. Ich finde, er ist ein Idiot.

17:32 Uhr

Solange Mum nichts über Nicky hört, ist alles gut. Zum Glück musste sie in letzter Zeit wirklich viel arbeiten und schläft immer noch jeden Tag zu den unmöglichsten Zeiten ein. Das ist gut so. Wie Gran sagt: Wenn sie schläft, wird sie nicht neugierig.

DONNERSTAG, 21. OKTOBER

15:58 Uhr

Es geht das Gerücht um, dass Nicky von der Schule fliegt! Mrs Cob will keinen Vandalismus innerhalb oder außerhalb des Gebäudes dulden. Auch wiederholte Abwesenheit (sie meint Schwänzen) will sie nicht dulden. Nicky macht beides. Jetzt bin ich mit einem heftigen Problemfall zusammen.

18:13 Uhr

Rob hat mich heute Abend in die Küche gerufen. Als er am Dienstag seine letzte Fahrstunde gegeben hatte, sah er während einer Vollbremsung, wie Nicky verhaftet wurde.

Ich bettelte ihn an, Mum nichts davon zu erzählen. Rob sagte nur: „Hattie, ist er wirklich der richtige Junge für dich? Er steckt ja jetzt schon in Schwierigkeiten."

Eigentlich ist das eine gute Frage.

19:32 Uhr

Er hat mir immer noch nicht gesimst, seit er es getan hat.

Und liebe ich ihn WIRKLICH? Nein.

Nein.

Ich glaube nicht. Er ist scharf, aber sogar das Kribbeln ist weg. Tagging treibt mir das Kribbeln aus.

Und war ich nicht sowieso schon auf dem Absprung? Auch wenn ich ihn noch nicht ganz hingekriegt habe?

Es ist schwer.

FREITAG, 22. OKTOBER

18:38 Uhr

Barry nimmt Gran mit nach Europa! Eine Rentnerin hat offiziell ein aufregenderes Leben als ihre Enkelin!

Gran wurde echt sauer, als ich ihr von Nicky erzählte! Ausgerechnet sie müsste doch verstehen, wie es ist, einen Mann zu lieben, der Fehler macht. Sie sagte: „Heute Graffiti! Morgen Raubüberfall. Ich weiß, dass er aus schwierigen Familienverhältnissen kommt, aber das ist keine Entschuldigung! Egal, ich muss mich fertig machen. Barry und ich fahren nach Calais. Er übernachtet in seiner Kabine, ich in einem Holiday Inn. In meinem Alter verzichtet man nicht mehr auf Bequemlichkeit, Hattie. Und mit fünfzehn sollte man auch nicht primitiv leben. Such dir einen netten Jungen!"

Gran! Unabhängige Frauen wie ich wollen keinen „netten Jungen". Sie wollen Jungen mit einer starken Persönlichkeit, die uns unsere eigene Frau stehen lassen und viele Dinge allein machen, aber trotzdem die Initiative ergreifen und ihre Meinung sagen.

21:32 Uhr

Ich treffe mich kaum noch mit Nicky und wenn, dann nur, weil ER es will.

Ich bin keine starke, unabhängige Frau. Ich bin ein Miststück.

SAMSTAG, 23. OKTOBER

14:34 Uhr

Nicky hat ENDLICH angerufen. Er war echt grausam! Er sagte: „Es ist mein Recht, zu taggen. Das ist wie Kunst. Es ist nur Gekritzel, Hattie. Reg dich nicht so auf. Wenn du meine Hitze nicht ertragen kannst, verschwinde aus meiner Küche!"

Ich hatte keine Chance, etwas zu sagen. Er schrie mich mindestens zehn Minuten lang an, dass er „nichts falsch gemacht hätte". Dann sagte er: „Wenn du mich wirklich willst, bin ich für dich da!"

Ich glaube, ich will nicht für ihn da sein.

SONNTAG, 24. OKTOBER

10:12 Uhr

Warum bin ich so unfähig in Liebe?

14:14 Uhr

Nein, Mum. Lammbraten wird mich nicht aufmuntern.

16:44 Uhr

Er hat es ein bisschen geschafft. Aber ich weiß immer noch nicht, was ich tun soll!

MONTAG, 25. OKTOBER

Herbstferien

9:23 Uhr

Mum hat mich gerade gefragt, wie es mit Nicky läuft.

Ich sagte: „Ja, ganz gut."

Trotz heißer Zitrone und Multivitamintabletten hat sie SOFORT gemerkt, dass etwas nicht stimmt.

19:34 Uhr

Habe den ganzen Tag über in meinem Zimmer Musik gehört und mich gefragt, was ich wegen Nicky unternehmen soll. Ich glaube, ich muss es beenden, aber kann ich einen Mann verlassen, der dringend meine Hilfe braucht? Vielleicht kann ich ihm helfen, damit aufzuhören, alles anzumalen.

DIENSTAG, 26. OKTOBER

19:23 Uhr

Mum weiß es! SIE IST AUSGEFLIPPT. Und was das Schlimmste ist: Fred hat es ihr erzählt! Er macht sich angeblich „Sorgen" um mich. In letzter Zeit hat er sich nie Sorgen um mich gemacht. Er ist zu beschäftigt damit, eine leicht bekleidete FAKE-Frau zu knutschen.

So eine Petze!

Was geht IHN das überhaupt an? Warum kümmert ER sich darum?

MITTWOCH, 27. OKTOBER

17:23 Uhr

Nicky musste zur Polizei. Sie sagen, wenn sie ihn das nächste Mal erwischen, werden sie durchgreifen. Dann werden sie ihn verknacken. Graffiti-Maler werden verknackt. Sie haben vorgeschlagen, dass seine Eltern ihm Hausarrest geben, was sie auch getan haben. Sein Dad tauchte IN PANTOFFELN auf der Wache auf und versicherte, dass Nicky von nun an nachts zu Hause bleiben würde.

Nicky sagte: „Werde ich nicht. Vielleicht gehe ich nach Manchester, wenn ich sechzehn bin, und werde Hausbesetzer. Hattie, du kannst mitkommen. Ein Kumpel von mir ist schon da! Wir finden bestimmt ein verlassenes Plätzchen in Moss Side. Du kannst dir einen Job bei Mäkkes suchen, und ich werde meine Kunst verkaufen."

Nein.

Nein.

Das will ich nicht. Ich will nicht in einer beschissenen Wohnung enden. Ich mag Elektrizität und fließendes Wasser.

18:34 Uhr

Habe es Smiley erzählt. Sie sagt, ich müsse Schluss machen. Mache ich.

DONNERSTAG, 28. OKTOBER

17:45 Uhr

Was für ein bescheuerter Tag. Ich habe mit Nicky Schluss gemacht.

NICKY: Hi, Kurze. Hab dich vermisst.

ICH: Nicky, es ist nicht ...

NICKY: Ich weiß genau, was du sagen willst. Ich hätte kein Polizeiauto taggen sollen, ist klar. Es war bloß eine dumme Mutprobe.

ICH: Ich finde, wir sollten irgendwie Schluss machen, weil ich mich halt auf die Schule und so was konzentrieren muss. Und Princess, der Hund von Gran, hat emotionale Probleme und braucht meine Hilfe. Sie hat den Hundeflüsterer gebissen. Ich bin die Einzige, die sie noch bürsten kann, ohne zu Tode gebissen zu werden. ← WARUM HABE ICH DAS GESAGT?

NICKY: Princess ist so groß wie eine Katze. Komm mir nicht mit so beschissenen Ausreden, Hattie. Egal. Ich hab's kapiert. Die ersten Anzeichen von Schwierigkeiten, und du haust ab. So wie alle in meinem Leben!

ICH: Nein ... Es ist nur, dass ich ... ich muss ...

NICKY: Leb wohl, Kurze. Ich weiß, worum es hier wirklich geht. Du hast mich total AUSGENUTZT! Glaub nicht, dass ich das nicht wüsste. Ich habe gesehen, wie du IHN anguckst. Ich habe gesehen, wie du seine Freundin anguckst! Ich habe gehört, wie du über ihn redest! ES IST OFFENSICHTLICH, DASS DU IHN MAGST, HATTIE. Du hast mich wie ein Stück SCHEISSE behandelt. Du hast mich AUSGENUTZT! Richtig fies ausgenutzt ... DU FALSCHE SCHLANGE! ← Dann fing er an, ein bisschen zu heulen. UND ÜBRIGENS: Du siehst WIRKLICH dämlich aus, wenn du rauchst. UND du kannst nicht richtig küssen.

Dann stürzte er davon.

Heulend.

Warum sind Männer so fies?

19:25 Uhr

Jen sagt, Männer können mit Zurückweisung nicht umgehen. Anscheinend hat Nicky seine innere Frau sterben lassen.

19:45 Uhr

Smiley sagt, Nicky sei ein Mistkerl, und es habe nichts mit seiner inneren Frau zu tun. Nur mit seinem äußeren Idioten.

FREITAG, 29. OKTOBER

7:38 Uhr

Habe es gerade Gran erzählt. Sie sagte: „Es tut mir leid für dich, Hattie. Er muss erst noch erwachsen werden."

Gran sagt das IMMER über jeden, der nicht ihrer Meinung ist oder irgendwas Falsches macht. Sie meinte, ihr Freund Ron müsse noch „erwachsen werden", als er beschloss, keine Seifenopern mehr zu gucken. Ron ist 78. Wie lange soll man denn noch erwachsen werden?

Gran musste aufhören zu telefonieren. Sie war irgendwo in der Nähe von Belgien, und ihr Croissant wurde pappig. „Ich kann nicht gleichzeitig mit dir sprechen und Gebäck essen, Hattie. Es könnte in mein Handy krümeln, und dann würde ich meinen Highscore bei Candy Crush verlieren."

Kuchen und Apps. Wichtiger als mein gebrochenes Herz. Obwohl ich ja diejenige bin, die es getan hat.

Ich hoffe, Nicky ist okay.

Das hoffe ich wirklich. Ich hätte nicht tun sollen … was ich getan habe.

Ich meine nicht, mit ihm Schluss zu machen. Ich meine … was er gesagt hat.

17:46 Uhr

Habe Fred heute Abend gesehen und gesagt: „Kannst du dich BITTE aus meinen Angelegenheiten heraushalten?"

Als er etwas erwidern wollte, schrie ich nur: „Lass es, OKAY?! Und übrigens: MEGAN IST GEMEIN ZU LEUTEN MIT PICKELN. Wenn ich also du wäre, würde ich weder Schokolade essen noch Hormone nehmen!"

Fred sagte nichts.

Jetzt gibt es keine Jungs mehr, mit denen ich klarkomme. In meinem GANZEN Leben nicht.

Gut gemacht, Hattie.

SAMSTAG, 30. OKTOBER

12:38 Uhr

OH GOTT! Florence Morse, ULTIMATIVE REBELLIN UND COOLSTES MÄDCHEN AN DER SCHULE ÜBERHAUPT, hat mich an

Halloween zu sich eingeladen. Wir gucken den Film *Freitag, der 13.* Ich habe keine Angst davor, obwohl es mein erster Film ab 18 ist. So schlimm kann es nicht sein.

16:37 Uhr

Ich habe Angst. Was, wenn es doch schlimm ist?

Halloween

SONNTAG, 31. OKTOBER

9:36 Uhr

Nicky erzählt herum, dass ER mit mir Schluss gemacht hätte. Auf Facebook hat er gepostet:

> Wenn meine Kurze mir Probleme macht, sage ich BYE.
> Wenn sie nicht richtig küssen kann, sage ich BYE-BYE.

Wie auch immer, Nicky. WIE AUCH IMMER.

Gucke heute Abend einen Horrorfilm. Das lenkt mich wenigstens von meinem absoluten Horrorleben ab.

23:23 Uhr

HILFE! Es war der HORROR. Hauptsächlich geht es um einen Mann namens Jason. Er trägt eine Maske und bringt Leute um. Ich weiß jetzt, warum der Film ab 18 ist. Er ist wirklich … Er hat mir nicht gefallen. Ich glaube, ich mag keine Horrorfilme. Ich glaube, ich mag lieber Disney.

MONTAG, 1. NOVEMBER

5:32 Uhr

Habe letzte Nacht nicht gut geschlafen.

16:13 Uhr

Smiley hat mir heute etwas UNGLAUBLICHES erzählt. Anscheinend hat mich Florence Morse nur zum Filmabend eingeladen, weil:

1. Sie eine gute Freundin von Nicky ist und sie sich einig waren, dass ich eine Lektion verdient hätte. Es war eine Horrorfilm-Racheaktion.
2. Ich jetzt bekannt dafür bin, dass ich eine „falsche Schlange" bin. Wahrscheinlich habe ich's verdient.
3. Es allgemein bekannt ist, dass ich ein total langweiliges Weichei bin, und IHRE Gang wollte was zu lachen haben. Anscheinend macht ein Video die Runde, in dem ich herumkreische.

16:46 Uhr

Und ein Video, in dem ich mir die Fernbedienung vor die Augen halte.

16:56 Uhr

Und ein Video, in dem ich vor Angst in ein Kissen beiße.

DIENSTAG, 2. NOVEMBER

19:32 Uhr

Heute bin ich nach der Schule auf dem Sofa eingeschlafen. Es ist sicherer, tagsüber zu schlafen. Ich weiß, dass es Jason nicht wirklich gibt, aber darum geht es nicht.

MITTWOCH, 3. NOVEMBER

6:24 Uhr

Habe letzte Nacht mit Mums Gemüseschäler unter dem Kopfkissen geschlafen. Ich wollte kein Messer nehmen, weil das zu gefährlich ist – damit könnte ich mir selbst ins Gesicht stechen.

DONNERSTAG, 4. NOVEMBER

7:34 Uhr

In solchen Momenten vermisse ich Nicky wirklich. Er würde mit einem Psycho fertigwerden.

7:50 Uhr

Nein, würde er nicht. Wahrscheinlich würde er nur versuchen, ihn zu taggen.

EGAL, er ist an all dem schuld! Nicky, der bescheuerte Rächer, hat mir den einzigen Platz vergällt, den ich wirklich geliebt habe – mein eigenes Zimmer.

FREITAG, 5. NOVEMBER

21:14 Uhr

Ich bin so nervös, dass ich beim FEUERWERK in diesem Jahr FAST WAHNSINNIG WERDE. Bin zu Gran gegangen. Princess hat eine Wunderkerze gehalten. Ich hätte mich am liebsten unter dem Tisch versteckt und gewinselt. Normalerweise hätte der Hund das tun sollen.

SAMSTAG, 6. NOVEMBER

Habe Ruby heute gesehen. Ihre Pickel sind weg, darum ist sie überglücklich. Ich habe ihr von Halloween erzählt und dass ich tagelang schon nicht mehr richtig schlafen konnte. Sie sagt, ich solle meinen Kopf mit schönen Dingen füllen, wenn ich daran denken muss, wie ich abgeschlachtet werde. So hätte sie auch ihre schrecklichen Pickel überstanden.

Das wird schwierig, aber ich versuche es.

* Hühner
* Blumen
* Zebras
* Plätzchen
* Jason, der auf einem Zebra reitet und ein Plätzchen isst … und ein großes Messer hält.

Er ist immer noch in meinem Kopf!

Ruby versprach auch, Florence Morse den Kopf zu waschen, aber dann fügte sie hinzu: „Aber du hast Nicky auch ganz schön verarscht,

Hattie. Du darfst bei einem Mann nicht mit dem Feuer spielen und erwarten, dich nicht HEFTIG ZU VERBRENNEN."

19:12 Uhr

Habe Mum gesagt, dass ich eine Therapie brauche. Sie sagte: „Red keinen Unsinn, Hattie. Denk stattdessen an einen schönen Disneyfilm. Zum Beispiel *Bambi*." GUTE IDEE, MUM.

SONNTAG, 7. NOVEMBER

14:18 Uhr

OH GOTT! Bambis Mutter stirbt! TRAUMA.

MONTAG, 8. NOVEMBER

18:32 Uhr

Gibt es irgendeine Chance, dass die Leute endlich aufhören, Feuerwerk abzuschießen?

DIENSTAG, 9. NOVEMBER

16:26 Uhr

Rob meint, nachdem ich mich im letzten Jahr so über Mörder aufgeregt habe, müsse ich doch wissen, dass „ich mit Gewaltverbrechen nicht gut umgehen kann, selbst wenn es nur im Film ist". Dann sagte er: „Ich glaube, du brauchst ein bisschen Hilfe, junge Dame. Eine Aufmunterung."

BITTE, ROB, MACH MIR KEIN BUTTERBROT MIT CHILISOSSE.

18:12 Uhr

ACH DU SCHANDE! FRED HAT MIR GERADE EINE SMS GESCHICKT!

Hab gerade das Video gesehen, in dem du in ein Kissen beißt. Willst du rüberkommen? xx

Ich habe geantwortet:

Meinst du das ironisch?

18:23 Uhr

Fred hat geantwortet:

Nein. Komm rüber. xx

ZWEI KÜSSE!!!

Aber er ist immer noch mit Megan Fenton zusammen …

22:34 Uhr

Fred war toll.

Er sagte: „Es tut mir leid, was da passiert ist." Ich erzählte ihm, dass ich Angst hätte, schlafen zu gehen. Er meinte: „Warum schläfst du nicht hier ein bisschen, und Nerd und ich beschützen dich? Ich kann ein paar Hausaufgaben machen."

Also habe ich das getan. Dann bin ich aufgewacht und nach Hause gegangen.

Es war komisch. Aber schön.

MITTWOCH, 10. NOVEMBER

17:35 Uhr

Barry und Gran haben sich getrennt. Sie hat erzählt: „Irgendwann gibt es nichts mehr über Autobahnen zu sagen. Wir hatten keine Gemeinsamkeiten, Hattie. Es ist schwer mit einem Mann, der im Bett eine gefütterte Jacke von der Tankstelle trägt und jedes Mal so tut, als würde er hupen, wenn er will, dass du dich bewegst. Ich ziehe ein ‚Entschuldige bitte' vor. Außerdem war der Reiz des Geheimen weg, als ich erst mal Leuten davon erzählt hatte."

Ich erzählte ihr, dass ich bei Fred geschlafen hatte. Sie SPIELTE VERRÜCKT, bis ich erklärte: „Nein, wirklich geschlafen, so wie SCHNARCHEN, Gran." Sie sagte, das sei in Ordnung.

Natürlich ist es das. Meine Familie wäre begeistert, wenn ich 100 Jahre lang schlafen würde und nie mehr was mit Männern zu tun hätte.

DONNERSTAG, 11. NOVEMBER

20:37 Uhr

ACH DU SCHANDE! Ich bin auf Freds Bett eingeschlafen, während er Nerds Vivarium sauber gemacht hat. Als ich aufgewacht bin, hatte er eine Tasse Kaffee und etwas Toast gemacht, aber DANN kam Megan Fenton vorbei und RASTETE AUS!!! SO WIE NOCH NIE JEMAND AUSGERASTET IST!

Damit meinte sie MICH!

MEGAN: Was macht DAS denn hier?

FRED: Ähm ... Hattie macht nur ein Nickerchen.

MEGAN: **LÜG NICHT. WAS GEHT HIER VOR?!**

FRED: **Echt jetzt, Megan, sie macht nur ein Nickerchen. Ich SCHWÖRE, dass NICHTS passiert ist!**

MEGAN: **Es ist also reiner Zufall, dass die GRÖSSTE FALSCHE SCHLANGE VON DERBY in deinem Schlafzimmer auftaucht, nur ein paar TAGE nachdem sie von Nicky Bainton abserviert wurde, weil sie nicht richtig küssen kann?**

FRED: **ES IST NICHTS PASSIERT. Hattie, du gehst besser ...**

Das habe ich gemacht, aber ich konnte sie noch eine Ewigkeit durch die Wand streiten hören. Schließlich ist Megan davongestürmt.

Ich will Fred wirklich nicht wehtun. Ich bin nur froh, dass wir wieder Freunde sind. Das hört sich an, als ob ich nicht mehr als nur befreundet mit ihm sein will. DOCH DAS WILL ICH. ABER ICH WEISS, dass er mit Megan geht. ES IST NICHTS PASSIERT!

FREITAG, 12. NOVEMBER

16:35 Uhr

Habe Jen und Smiley von Fred und Megan Fenton erzählt. Sie haben sich angelächelt, aber sie haben mir auch erzählt, dass es jetzt Gerüchte gibt, dass ich nicht nur eine falsche Schlange bin, sondern auch anderen den Freund ausspanne.

Falsche Schlange. Na gut, aber ich habe NIEMANDEM den FREUND ausgespannt.

SAMSTAG, 13. NOVEMBER

10:12 Uhr

Habe Fred gefragt, ob ich wieder bei ihm schlafen könne, während er Nerds Vivarium sauber macht. Er sagte, bei Nerd müsse nicht noch mal sauber gemacht werden, und es sei wahrscheinlich am besten, wenn ich versuchen würde, zu Hause zu schlafen.

Er hat recht. Ich habe schon genug Schwierigkeiten gemacht.

14:45 Uhr

Habe OHNE ALBTRÄUME geschlafen! Das habe ich Fred gesimst und gefragt, ob er für mich gegen Jason kämpfen würde, wenn ich ihn brauche. Er sagte, dass er wahrscheinlich zuerst die Polizei rufen würde.

Ich finde, das ist eine supergute Idee.

SONNTAG, 14. NOVEMBER

11:54 Uhr

Ich bin heute Morgen zum Flohmarkt gegangen, um mich von gruseligen Gedanken abzulenken. Ich bin nicht mitgegangen, um bei Fred zu sein. Ehrlich. Obwohl mir aufgefallen ist, dass Megan Fenton NICHT dabei war! Ich habe ein tolles verziertes Schwert gefunden, aber Rob ließ es mich nicht kaufen. Nicht mal, als ich sagte, ich würde mich damit besser fühlen, weil ich mich gegen Leute aus Filmen verteidigen könnte, die Masken tragen und andere Leute umbringen. Rob sagte, da wäre ein Gewehr besser, aber das würde er mir auch nicht kaufen. Immerhin kaufte er mir eine Hochdruckwasserpistole, weil die

„einen Psychopathen zumindest erschrecken" und mir Zeit zur Flucht verschaffen würde.

16:21 Uhr

Habe die Wasserpistole gerade an Mum ausprobiert. Sie konnte sich fast eine Minute lang nicht rühren. Dann drehte sie durch. Würde ich die Pistole auf einen mordenden Psychopathen richten, würde der noch wütender als ohnehin schon, also müsste ich doppelt so schnell rennen. LOL!

20:56 Uhr

Megan Fenton kichert wieder.

Sie haben sich vertragen. Na toll.

Nein, ich freue mich für ihn. Fred ist lieb und hat mir geholfen, wieder zu schlafen.

Aber ich HASSE sie WIRKLICH.

MONTAG, 15. NOVEMBER

15:59 Uhr

HILFE! DRAMATISCHSTER TAG ALLER ZEITEN!

Wir standen in der Mittagspause alle zusammen, als Nicky kam, um offiziell von der Schule verwiesen zu werden. (Warum muss man in die Schule kommen, um sich sagen zu lassen, dass man wieder nach Hause gehen muss?!) AUF JEDEN FALL: Nicky sah Fred, und Fred sah

Nicky, und SIE FINGEN AN, SICH HEFTIG ZU PRÜGELN! Es hagelte regelrecht Faustschläge. Dann rang Fred Nicky zu Boden, und sie rollten durch die gesamte Weitsprungsandgrube! Es war ABGEFAHREN. Sie haben nicht gestritten oder so! Schließlich trennte ein Lehrer sie und sagte zu Nicky: „In Mrs Cobs Büro, SOFORT!" Aber Nicky sagte nur: „Ich bin raus aus diesem Scheißhaus! MAN SIEHT SICH!", und rannte weg. Dann guckte Fred mich an und ging einfach!

WAS SOLLTE DAS DENN?!!

20:34 Uhr

Smiley sagte, bei dem Kampf ging es VOLLE KANNE um mich. Nicky glaubt anscheinend, dass Fred schon ewig „hinter mir her ist" und „meinen Kopf mit Lügen vollgestopft" hat über Nicky und wie kriminell er ist. Kapieren die eigentlich beide nicht, dass ich EINE GESTANDENE FRAU BIN mit EINER EIGENEN MEINUNG?! Ich DARF mich von dem, was ein Mann denkt, nicht beeinflussen lassen.

21:26 Uhr

Ist es feministisch, aufgeregt zu sein, weil zwei Männer wegen einem eine MEGAprügelei hatten?

22:08 Uhr

Ich würde gern zu Fred gehen und gucken, ob mit ihm alles okay ist, aber ich fürchte, das ist im Moment vielleicht keine gute Idee.

DIENSTAG, 16. NOVEMBER

16:12 Uhr

Fred wurde NICHT suspendiert, da etliche Zeugen bestätigt haben, dass er sich zum Teil nur verteidigt hat. Aber er wurde heftig ausgeschimpft, und wenn er jemals wieder in einen Kampf verwickelt werde, sei das eine völlig andere Geschichte, sagten sie.

Das wird nicht passieren. Es passt überhaupt nicht zu Fred.

18:24 Uhr

Gran wollte ALLE Einzelheiten über den Kampf wissen. Sie sagt, es sei TOTAL feministisch, wenn eine Frau weiß, „welche Macht sie ausübt". „Sieh dir Boudicca an", meinte Gran. „Es hat ihr nichts ausgemacht, dass ganz Britannien wegen ihr in den Krieg gezogen ist. Wenn du die Männer verrückt machst, dann machst du nur deinen Job. Sie prügeln sich sowieso gern. Darum tun sie es im Fernsehen auch dauernd. Ich wünschte, ich hätte es mit eigenen Augen gesehen!"

Wer ist Boudicca?

19:04 Uhr

Sie ist eine antike KRIEGSKÖNIGIN! Wenn ich jemals eine Tochter habe, werde ich sie AUF JEDEN FALL Boudicca nennen.

20:12 Uhr

Vielleicht nehme ich doch etwas Traditionelleres, wenn ich Kinder habe. Ich weiß, was es bedeutet, einen ungewöhnlichen Namen zu haben. Ich könnte meine Katze Boudicca nennen.

21:02 Uhr

Nicht meine Katze. Ihren Namen muss man auch nachts rufen, und dann hört man sich an wie ein Vollidiot. Vielleicht sollte ich nur meinen Fisch so nennen.

MITTWOCH, 17. NOVEMBER

18:24 Uhr

Heute haben in der Schule IMMER NOCH ALLE über DEN KAMPF gesprochen. Manche nennen ihn den „KAMPF DES JAHRHUNDERTS". Hier ein paar Gerüchte, die ich gehört habe:

* Es ging um MICH, weil Fred und Nicky in mich verknallt sind.
* Es ging um Megan Fenton, weil beide in sie verknallt sind.
* Es war ein Liebesstreit, weil Nicky und Fred eigentlich schwul sind.

Na ja, Nicky vielleicht, aber Fred nicht. Ich habe in seinem Bett geschlafen, und er hat nichts gemacht.

WENN DAS STIMMT, DANN WERDE ICH WAHNSINNIG!

DAS Gerücht kann nur von Dumpfbacke Hannah kommen.

22:54 Uhr

Habe Mum heute Abend um Rat gefragt wegen der ganzen Fred/Nicky/Megan-Situation. Sie sagte: „Hattie, konzentrier dich auf deine Hausaufgaben."

DONNERSTAG, 18. NOVEMBER

22:01 Uhr

Bin gerade von Gran nach Hause gekommen. Mum schläft SCHON WIEDER auf dem Sofa! Erinnere mich bitte dran, dass ich NIEMALS anfange, Schinkenbrote zu schmieren, um meinen Lebensunterhalt zu verdienen.

22:04 Uhr

Fred und Megan schreien sich an. Ich finde, Freds Mum lässt sie viel zu lange dableiben. Sie sollte strenger werden!

FREITAG, 19. NOVEMBER

8:24 Uhr

Ich habe heute Nacht etwas Merkwürdiges gemacht.

Ich habe mit Dad geskypt.

Bei ihm war es noch echt früh am Morgen, aber ich wollte einfach mit jemandem reden, der keine Frau ist und nicht denkt, dass man alles mit einem Chilisoßen-Butterbrot beheben kann. Ich habe ihm alles über Nicky, Megan und Fred erzählt. Und über den Kampf. Er hat sich alles angehört, und am Ende sagte er: „Tja, Hattie, als Außenstehender, der fast 17000 Kilometer weit weg ist, würde ich sagen: Du bist total verliebt in Fred und hättest es am liebsten, wenn Megan Fenton in ein großes Loch fällt. Was du mit Nicky gemacht hast, war falsch, aber aus Liebe macht man halt dumme Sachen – besonders, wenn man jung ist. Sieh mich an! Aber lerne auch von mir. Füge niemandem noch mehr Leid zu. Lass Fred in Ruhe. Was sein soll, wird kommen. Und bei Nicky solltest du dich wirklich entschuldigen."

Als ich zurückgab: „Aber er ist schuld an meiner peinlichen Social-Media-Hölle!", sagte Dad: „Du bist an etwas viel Schlimmerem schuld. Du hast sein Herz gebrochen."

Habe ich.

Oh, ZICKE! ZICKE! ZICKE! Nicht Megan Fenton! ICH!!!

Dann sagte Dad: „Ich denke darüber nach, nächstes Jahr wieder rüberzukommen. Trace … ähm, sorry … Butterfly und ich könnten vielleicht in einem Wohnwagen wohnen oder so. Findest du die Idee gut?"

Dad hatte mit allem recht.

Mit allem.

SAMSTAG, 20. NOVEMBER

21:56 Uhr

Habe Nicky heute gesimst:

> Es tut mir leid, Nicky. Ich habe dich nicht
> gut behandelt. War durcheinander.
> Es tut mir leid. Ich hoff, es geht dir gut.

Ich habe seitdem nichts mehr von ihm gehört, aber wenigstens habe ich das Richtige getan. Wenigstens EINMAL!

SONNTAG, 21. NOVEMBER

10:34 Uhr

OH GOTT! Habe gerade gesehen, wie Fred schon WIEDER ohne Megan zum Flohmarkt ging!

Nein, Hattie. Du hast schon genug Schaden angerichtet. LASS ES EINFACH.

MONTAG, 22. NOVEMBER

17:19 Uhr

BEVOR ICH DAS HIER SCHREIBE, MÖCHTE ICH NUR SAGEN, DASS ICH WEDER ETWAS GETAN NOCH IRGENDETWAS GESAGT HABE.

Fred hat anscheinend mit Megan Fenton Schluss gemacht. Sie hätte „zu viel rumgeschrien" und zugegeben, dass sie „Flohmärkte und Echsen eigentlich hasst". Fred sagte: „Manche Dinge muss man mögen, um mich zu lieben."

ABER ICH DARF NICHT VOR FREUDE VERRÜCKT WERDEN, weil wir vorher auch schon beide Single waren und NICHTS passiert ist und ich Nerd nicht mag. Ich glaube nicht mal, dass ich mich an ihn gewöhnen könnte.

Ich bin bei Jungs sowieso abgeschrieben.

DIENSTAG, 23. NOVEMBER

16:54 Uhr

Crazy-Jen und Smiley haben mich heute stundenlang wegen Fred genervt. Weil Crazy-Jen schon EWIG mit Simon zusammen ist, hält sie sich für eine LIEBESexpertin. Mein Liebesleben ist keine Seifenoper. Ich werde mich wegen Fred nicht zum Narren machen. Ich brauche eine Pause. Ich muss von dieser Erfahrung lernen und richtig reif werden … OH, ICH WILL IHN ZU TODE KNUTSCHEN. AUF DER STELLE.

ICH MUSS NUR WISSEN, ob er das Gleiche fühlt und dazu bereit ist.

MITTWOCH, 24. NOVEMBER

18:38 Uhr

Bin nach der Schule zu Fred gegangen.

Die Unterhaltung ging so …:

FRED: Hi.

ICH: Hi.

FRED: Alles in Ordnung?

ICH: Ja.

FRED: Hats. Ich muss nur, ähm ...

ICH: Ja, klar. Ähm ... Ich glaube, du musst ...

FRED: Ja.

ICH: Ich seh. Dich. Dann. Bald?

FRED: Ja.

Er ist offensichtlich NICHT bereit, und es ist überhaupt NICHT offensichtlich, dass er MICH ZU TODE KNUTSCHEN WILL.

DONNERSTAG, 25. NOVEMBER

16:32 Uhr

Ruby hat mich heute nach der Schule auf dem Handy angerufen und folgende Aussagen gemacht:

1. „HATTIE! Warum bist du noch nicht mit Fred zusammen? Es ist OFFENSICHTLICH, dass ihr beide total aufeinander steht. Hast du ihn um ein Date gebeten?!"
2. „Dad kommt nächstes Jahr wieder her! SAG'S DEINER FAMILIE!"

Antworten: Nein, nein. UND: WELT, BITTE LASS MICH IN RUHE!

FREITAG, 26. NOVEMBER

20:34 Uhr

Habe Mum von Dad erzählt. Sie blieb unglaublich entspannt dabei und sagte: „Lass uns deiner Gran nichts davon sagen, bis es so weit ist."

DANN, AUS HEITEREM HIMMEL, SAGTE SIE: „Übrigens, Hattie, es ist offensichtlich, dass du Fred magst und er dich! Ich weiß, ihr hattet eure Höhen und Tiefen, aber niemand streitet sich mit einem Jungen oder wird wütend auf ihn, wenn er ihn nicht LIEBT. Fred ist toll, und ich finde, du solltest … dich auf deine Hausaufgaben konzentrieren, aber gib ihm eine Chance!"

SAMSTAG, 27. NOVEMBER

16:32 Uhr

Gran hat mir auch eine Lektion über Männer erteilt. Im Wesentlichen seien sie „keine Frauen". Danke, Gran!

Alle wollen, dass aus Fred und mir was wird, außer Fred. Und Megan Fenton. Und Nicky. Aber hauptsächlich Fred.

SONNTAG, 28. NOVEMBER

11:12 Uhr

Laut Crazy-Jen geht Nicky jetzt mit einem Mädchen namens Stephanie Rowland. Sie ist Skaterin. Also interessiert sich nicht mal mehr Nicky dafür, was aus Fred und mir wird.

Sein Herz war offensichtlich nicht ZU gebrochen!

15:24 Uhr

Fred hat mir gesimst und gefragt, ob ich bei ihm zu Hause einen Film mit ihm gucken will. Er sagt, seine Mum sei auch da, aber ob ich trotzdem Lust hätte, vorbeizukommen.

Habe nichts anderes vor. Kann genauso gut rübergehen.

21:29 Uhr

OH GOTT!

Wir haben *Wie ein einziger Tag* (mein Lieblingsfilm) auf DVD geguckt, und dann wurde alles total abgefahren. Am Ende musste ich heulen.

Muss ich immer. Dann ging Freds Mum raus, um mir eine Tasse Tee zu machen, und Fred fing an, darüber zu reden, dass es das wert sei, auf die Liebe seines Lebens zu warten. Ich sagte, ich würde nicht jahrelang warten! Und … da wurde Fred ganz still. Er wollte gerade etwas sagen, als seine Mum mit einer Packung Schokokekse reinkam.

Das … ich meine … Nicky hat NIE so was gemacht. So etwas GESAGT.

ACH DU SCHANDE! Mir ist gerade eingefallen, dass ich morgen zum Zahnarzt muss. Das war's dann wohl erst mal mit JEDER Art von Liebesaction.

Es war angespannt heute Abend. Aber irgendwie erotisch und sexy. Man konnte das Prickeln spüren. Vor den Keksen. Die haben alles ruiniert.

MONTAG, 29. NOVEMBER

16:21 Uhr

War gerade beim Zahnarzt Mr Winkler. Ich muss meine Klammer noch weitertragen. Wahrscheinlich für immer. Ich werde niemals ins Ausland fahren können, ohne den Alarm auszulösen und durchsucht zu werden. UND da, wo sie mir die Zähne rausgenommen haben, ist immer noch eine riesige Lücke. Ich könnte sie wegen emotionaler Schädigung und Tod durch Knutschentzug verklagen.

18:29 Uhr

ACH DU SCHANDE! Was habe ich getan?! WAS HABE ICH GETAN?!

War gerade bei Fred:

FRED: **Wie war's beim Zahnarzt?**

ICH: **Toll - ich muss die Zahnspange NOCH länger tragen!**

FRED: **Also, ich finde sie süß.**

ICH: **Na, dann ist ja alles gut. Der größte NERD auf der Welt, den ich abgöttisch LIEBE, findet sie süß. Welt gerettet.**

FRED: **Was?!**

ICH: **Ich sagte: ‚Der größte Nerd auf der Welt, in den ich verliebt ...'"**

OH GOTT – ICH HABE ES GESAGT!!!

ICH HABE ES GESAGT!!! WARUM?! WARUM?! WARUM?!

Ich bin einfach rausgerannt. Fred rief: „Hattie!", aber ich bin weitergerannt. WAS HABE ICH GETAN?!

DIENSTAG, 30. NOVEMBER

16:34 Uhr

Bin Fred den ganzen Tag aus dem Weg gegangen. Smiley und Jen finden, das sei richtig so gewesen. Die Tatsache, dass er NICHT vorbeigekommen ist, hat mich davon überzeugt, dass alles FALSCH war.

22:32 Uhr

OH GOTT! Hatte den GROSSARTIGSTEN ABEND ALLER ZEITEN!

Habe gerade *EastEnders* geguckt, als Fred reingestürmt ist und FOLGENDES PASSIERTE …:

ICH KANN NICHT FASSEN, DASS ICH DAS HIER SCHREIBE!

ICH: Alles in Ordnung, Fred?

FRED: Mir geht's gut.

ICH: Wirklich? Ich hab mir nämlich Sorgen gemacht.

FRED: Warum?

ICH: Warum ... weil ... ich hätte das nicht sagen sollen ...

FRED: Warum?

ICH: Weil ...

FRED: Doch, solltest du. Hattie, verdammt, ich liebe dich. Ich dachte, du hättest vielleicht kein Interesse.

ICH: Ich dachte, DU hättest vielleicht kein Interesse. Ich mag dich auch, Fred, wirklich. Immer schon. IMMER SCH...

UND BEVOR ICH DEN SATZ ZU ENDE SPRECHEN KONNTE, KÜSSTEN WIR UNS VERZWEIFELT UND HEFTIG. ES KAM MIR VOR WIE 15 STUNDEN, UND ES WAR EINFACH NUR LEIDENSCHAFTLICH UND VERRÜCKT UND ABSOLUT WUNDERVOLL, UND ICH BIN TOTAL, TOTAL VERLIEBT IN FRED. FRED. FRED!!!

Und dann fragte er: „Warum haben wir DAFÜR so lange gebraucht?"

ICH HABE KEINE AHNUNG, ABER WIR SIND JETZT AUF DEM KNUTSCHHAUPTBAHNHOF IM LIEBESEXPRESS, FRED, UND ES IST DAS TOLLSTE AUF DER GANZEN WELT.

Heute Nacht lege ich die Hand an die Wand. Fred macht das auch.

Das ist ENDLICH das RICHTIG Richtige.

23:08 Uhr

Habe Smiley und Crazy-Jen gesimst. Jen schrieb:

Endlich! HURRA!!! Hab dich lieb!

Smiley hat nicht geantwortet. Sie schläft bestimmt schon.

Ich kann nicht schlafen.

Fred.

23:23 Uhr

Crazy-Jen hat gerade wieder gesimst und gefragt, ob ich Freds Geburtszeit weiß, weil sie ein vollständiges astrologisches Beziehungsdiagramm für uns aufstellen will. Sie hat auch eins für sich und Simon gemacht, und er steht im „unhöflichen Neptun". Anscheinend muss sie „Zugeständnisse" machen.

Mir sind Freds Planeten egal. Ich interessiere mich nur für sein LEIDENSCHAFTSSONNENSYSTEM.

MITTWOCH, 1. DEZEMBER

7:23 Uhr

Smiley hat gerade gesimst:

Freue mich WIRKLICH für dich.

Ich freue mich wirklich für uns. Aber ich bin müde, weil ich die ganze Nacht die Hand an die Wand gedrückt habe. Im Grunde habe ich die ganze Nacht mit Fred Händchen gehalten. In meinem Kopf. Die Wand war nur eine Art, sich noch näher zu sein, wenn eine Wand zwischen uns liegt. Ergibt das irgendeinen Sinn? Ist mir egal.

16:24 Uhr

Ich bin so VERKNALLT, dass anderen Leuten ganz schlecht davon wird, aber das ist mir egal.

Mum scheint echt glücklich darüber zu sein. Das kommt daher, dass sie Fred für einen „wundervollen, vernünftigen Jungen" hält. Das ist er, Mum. Außerdem ist er eine UNGEHEUER TOLLE KNUTSCHMA-SCHINE.

16:53 Uhr

Nathan platzte gerade in mein Zimmer und schmetterte: „Hattie hat einen LOVER, Hattie hat einen LOVER!" Ich versuchte, ihm meine Bettdecke über den Kopf zu werfen, aber ich stieß nur einen Stuhl um, und Nathan fing an zu singen: „Hattie hat Gummiarme vor lauter Liebesumarmungen!" ER IST SO FIES. Ich sagte ihm, JA, ICH HABE einen Freund und dass ER sich um seinen EIGENEN KRAM, EINEN

JOB und eine EIGENE FREUNDIN kümmern sollte. Da sah er traurig aus und sagte: „Eigentlich finde ich dich und Fred … ihr seid in Ordnung, Hats."

Dann ging er.

Jetzt fühle ich mich schlecht.

17:35 Uhr

Bin gerade zu Nathan gegangen und habe mich … sozusagen entschuldigt, dass ich ihn mit meinem Bettzeug umbringen wollte, und sozusagen bedankt.

Er grunzte. Aber es war ein Grunzen, bei dem er etwas gelächelt hat.

18:17 Uhr

Rob stürmte gerade in mein Zimmer und sang ein Lied namens „Oh Happy Day". In diesem Haus singen alle irgendwas! Als würde man in einem Musical leben. Kein Wunder, dass Fred meine Familie liebt.

Rob freut sich, weil er denkt, dass ich jetzt sonntags immer mit ihm und Fred zum Flohmarkt gehe.

NEIN!

19:31 Uhr

Ruby hat mich gerade auf dem Handy angerufen und gefragt: „Warum hast du mir nichts von Fred erzählt?!"

Ich sagte: „Ähm … weil du letztes Jahr mit ihm zusammen warst, Ruby."

Dann sagte sie: „Hattie, das war wohl KAUM eine richtige Beziehung. Wir haben uns nicht mal geküsst."

Als ich rief: „Da habe ich aber was anderes gehört!", schnaubte Ruby. „Gerüchte sind was für Idioten, Hattie. Außer wenn sie ein gutes Licht auf dich werfen."

Ruby ist immer noch Ruby und ein bisschen MHP … aber ich mag sie.

21:43 Uhr

Fred küsst wie … oh, DER beste Küsser, und … er duftet sogar nach … sehr schöner Seife.

DONNERSTAG, 2. DEZEMBER

20:45 Uhr

Ich habe gerade fantastisch mit Fred herumgeknutscht. Obwohl ich wünschte, Nerd, der Gecko, würde uns nicht anstarren. Fred und ich fangen an zu knutschen, und Nerd STARRT einfach. Vielleicht ist er eifersüchtig! LOL!

20:51 Uhr

ICH KÜSSE NICHT mit offenen Augen. Ich habe nur eine Sekunde gelinst.

21:04 Uhr

ACH DU SCHANDE! Vielleicht ist Nerd ein schwuler Gecko. Was übrigens keine Rolle spielt. Ich bin total für Schwulenrechte und Schwulenhochzeit.

Ich finde es SUPER, dass Mum wegen Fred und mir nicht ausgeflippt ist. Ich glaube, sie versteht, dass ich äußerst reif bin und man mir vertrauen kann.

22:13 Uhr

Vielleicht hat Mum Nerd aber auch mit einer Spionageausrüstung ausgestattet, und deshalb starrt er so.

22:34 Uhr

Habe gerade Fred gesimst, dass er Nerd auf Minikameras überprüfen soll. Er hat gesagt, ich solle schlafen gehen. Das ist wahrscheinlich eine gute Idee.

FREITAG, 3. DEZEMBER

17:35 Uhr

Gran hat mich gerade auf dem Handy angerufen.

Sie sagte: „Hattie, ich muss dir was sagen."

Ich dachte: OH GOTT! WAS? KLINGT ERNST.

Dann sagte sie: „Hattie. Ich habe einen Overall gekauft, und er hat mein Leben verändert. Ich ziehe ihn nie wieder aus!"

Als ich sauer wurde und zurückgab: „Gran, LASS das. Ich dachte, es wäre etwas passiert!", sagte sie: „IST es doch! Ich habe einen Overall bekommen!" Dann legte sie auf.

Ich rief sie zurück, um ihr von Fred zu erzählen, und sie sagte nur: „Na endlich! Jetzt muss ich aufhören. Sie wiederholen *Columbo*. Tschüss!"

SAMSTAG, 4. DEZEMBER

16:55 Uhr

Ich habe Fred eine Plüschechse gekauft! Weil er Nerd liebt, aber ihn nicht mit ins Bett nehmen kann, aus Angst, dass er ihn zerquetscht!

17:12 Uhr

Fred schien seine Plüschechse zu mögen, bis Gran ihm ein Paket gab! Er hat nicht mal Geburtstag! Sie sagte: „WILLKOMMEN IN DER FAMILIE, FRED!" Es war ein Overall, der mit Minifröschen übersät war. Fred sprang vor Freude auf und ab.

Jeder ist plötzlich verrückt nach Overalls.

19:12 Uhr

Ich bin etwas sauer.

Fred und ich hatten unseren ersten großen Streit.

1. Fred geht morgen früh wie gewöhnlich zum Flohmarkt. Anstatt mit mir zu knutschen.
2. Mum hat Fred für morgen Nachmittag eingeladen, den Weihnachtsbaum mit aufzubauen, weil er „jetzt Teil der Familie" ist. Er hat zugestimmt – anstatt mit mir zu knutschen.

Ich bin vom LEIDENSCHAFTSregen in die LEIDENSCHAFTStraufe geraten.

Ich habe es satt, dass meine Familie mir Fred ausspannt. Ich weiß, das klingt jämmerlich, aber es ist WAHR.

19:49 Uhr

Habe gerade Gran angerufen. Ich beklagte mich darüber, dass alle mit Fred reden wollten, Fred zu irgendwas einluden, Fred irgendwohin mitnahmen oder ihm etwas schenkten.

Gran sagte nur: „Hör zu, JUNGE DAME. Diese Eifersuchtsgeschichte geht wieder los. Finde dich lieber damit ab, dass wir diesen Jungen lieben. Viele Leute tun das. Und gewöhn dich auch an Overalls. Sie werden die Welt verändern."

Bei den Overalls hat sie unrecht. Aber vielleicht nicht bei Fred.

Gran HAT recht bei Fred.

21:45 Uhr

Bin gerade bei Fred gewesen. Ich habe mich entschuldigt, dass ich ein bisschen … besitzergreifend war.

Fred sagte nur: „Hattie, wenn Leute dich lieben … Ich möchte nur Zeit mit ihnen verbringen." Dann knutschten wir. Und knutschten. Und knutschten.

Fred und ich … OH, ES WIRD IMMER BESSER. Hattie, vermassle das nicht, denn das ist DIE GROSSE LIEBE.

SONNTAG, 5. DEZEMBER

19:12 Uhr

Heute war der BESTE TAG ALLER ZEITEN. Nach dem Flohmarkt kam Fred vorbei und half uns, den Baum aufzustellen. Dann haben ich, Mum, Rob, Gran, NATHAN und Fred alle zusammen im Wohnzimmer Weihnachtsplätzchen gegessen und dieses ultraspießige Musical *The Sound of Music* geguckt. Dann fragte Rob: „Wer hat Lust, etwas zu spielen?" Schließlich haben wir Twister gespielt. Gran meinte, sie sei die Beste darin, weil sie Yoga und Zumba gemacht hätte, aber Rob war wie ein Schlangenmensch! Es war urkomisch! DANN schlug ich Nathan VERNICHTEND in Monopoly. Er ist vielleicht älter als ich, aber er ist total schlecht darin, Grundstücke zu kaufen und zu verkaufen. Anschließend kramte Gran das Casino-Set raus, das sie mal bei QVC gekauft hatte, als sie beschwipst gewesen war, und wir spielten Roulette! Princess versuchte, das Rad zu zerfleddern, aber Gran bestach sie mit einer Mini-Gourmet-Schweinepastete, und sie blieb in der Küche.

Ich finde, meine Familie ist eigentlich echt großartig …

Muss jetzt mit dem Schreiben aufhören. Fred will mich küssen. FRED WILL MICH KÜSSEN. DIES wird der perfekteste Dezember ALLER ZEITEN … NICHTS kann das kaputtmachen. Nicht mal, wenn Gran mir einen Rentieroverall zu Weihnachten schenkt und mich dazu ZWINGT, ihn vor dem Mann zu tragen, den ich liebe UND DER MICHT TOAL LIEBT.

ACH DU SCHANDE! Ich hoffe, das macht sie nicht …

DANKE AN

Kevin Johnson
Für deine endlose Geduld und allgemeine Lebensleistung.

Meine Mum
Für all deine großartige Inspiration.

Und:

Tom Wagstaff
Dass du einen Gecko hast und Rob Wagstaff mir alles darüber erzählt hat.

© Rae Earl

Rae Earl wurde 1971 in Lincolnshire, England, geboren. Sie arbeitete 15 Jahre lang fürs Radio und durfte sogar einmal ein ganzes Wochenende im Privatjet von Westlife verbringen. Nachdem sie Brian McFadden einen Mars-Riegel abgeluchst hatte, war Rae klar, dass sie den Höhepunkt ihrer Radiokarriere erreicht hatte. Also wandte sie sich wieder ihrer ersten Liebe zu – dem Schreiben.

Ihr Buch „My Fat Mad Teenage Diary", das auf ihrem eigenen Leben basiert, wurde von der Financial Times als „lustiger, trauriger und unverfrorener als Adrian Mole" bezeichnet und fürs Fernsehen verfilmt. Inzwischen läuft die mehrfach ausgezeichnete Serie in über 40 Ländern.

Rae Earl lebt heute mit ihrem Mann und ihrem Sohn in Tasmanien. Eigentlich hatte sie vorgehabt, sich völlig dem Landleben zu widmen und sich selbst zu versorgen. Leider ist der Anbau von Gemüse weniger reizvoll als gedacht, vor allem, wenn es gleich um die Ecke einen ganz tollen Supermarkt gibt …